KB074555

로드 투 카타르

축구 국가대표 팀닥터의
Goal! 때리는 좌충우돌 분투기

로드 투 카타르

축구 국가대표 팀닥터의 Goal! 때리는 좌충우돌 분투기

김광준 지음 | **박보영** 엮음

예미

프롤로그

좋아하는 세상을 지키고 싶었다

들려주고 싶었다.

말하고 싶었다.

좋아하는 게 있으면 얼마나 신나게 살 수 있는지, 그리고 좋아하는 걸 지키려면 얼마나 노력해야 하는지. 책을 쓴 목적은 단순했다.

2020년 코로나19 팬데믹이 선언되고 축구계는 어려움에 빠졌다. 가장 기본인 경기를 열 수 없었다. 열려고 하면 온갖 비난이 쏟아졌다. 목숨이 중하지, 운동이 중요하냐고. 저마다 자신의 세상을 지키기 위해 기를 쓰면서도, 스포츠계를 향해서는 문을 닫아야 한다고 거침없이 말했다. 그곳도 사람들이 살고 있고, 목숨을 걸고 있는데.

그곳을 들락거리는 축구팬이자 국가대표팀 팀닥터로서 내가 좋아하는 축구 세상, 좋아하는 사람들을 지키고 싶었다. 눈곱만큼이라도 도움이 되어주고 싶었다. 코로나 바이러스에의 감염을 방어하면서 내 세상을 지킬 방법을 찾아 동분서주했고, 이 책은 그에 대한 기록이다. 기록은 참 중요하다. 아무리 좋은 경험을 했더라도 기록이 없다면 사라져버린다. 누군가와 나눌 수도, 발전을 꾀할 수도 없다.

의사이자 팀닥터로서의 생활, 코로나 방역, 말 많고 탈 많았던 오스트리아 원정 & 한일전 경기, A 대표팀의 월드컵 준비 그리고 10회 연속 월드컵 본선 진출까지, 축구를 지키기 위해 온몸으로 부딪치는 사람들 등 머릿속에 담아 두었던 이야깃거리를 차곡차곡 정리했다. 언론매체에 보도된 사건들의 이면을 담아보려고 했기에 흥미롭게 들여다볼 점들이 많을 것이다. 내분비내과를 전공했고 지금은 대학병원에서 노년내과 교수로 일하고 있으며, 국가대표 팀닥터와 AFCAsian Football Confederation, 아시아축구연맹 메디컬 오피서, FIFA 도핑 컨트롤 오피서로도 활동 중인, '어느 인간'의 사는 얘기도 볼만할 것이다.

축구를 좋아하는 나는 사실 축구와 어울리지 않는다.

MBTI 중에서 소심하고 공감 능력이 떨어지는 ENTP이다. ENTP는 활기찬 성격 타입이다. 그러나 난 내향성인데 사회화된 I라서 E가 되었다. 그러니까 본래는 INTP이다. 좋아하는 일, 해야 하는 일에 집중력이 강하고 그것 외에 아무것도 보지 못한다. 타인과 어울리기 힘들고 사회성이 떨어진다. 새 옷을 입은 아내에게 "예쁘다"라는 말을 하지 못할 정도니까. 아내 속을 무던히 썩인 게 미안해서 노래까지 만들어주었으면서도 지금까지 만날 그 타령이다.

이런 성격이라 많은 이들과 어울리고 팀플레이가 강한 축구에 맞지 않는다. 그럼에도 축구가 참 좋다. 선수들이 찬 공이 골망을 뒤흔들 때 느끼는 짜릿함, 드넓은 운동장에 애국가가 울려 퍼지는 가운데 선수들이 국기에 경례하는 걸 볼 때의 가슴 떨림, 관중석에서 나부끼는 태극기가 주는 감격을 마다할 수 없다. 생과 사의 전선에서 싸워야 하고 때로는 패배해 좌절하는 나에게 주어진 힐링키트와도 같았다.

그래서 이 책은 내 개인적으로는 축구에 대한 연가戀歌이자, 대외적으로는 축구를 지속시키기 위한 나름의 방법서라 해도 좋겠다. 코로나뿐 아니라 그 어떤 바이러스가 나타나 우리를 우울하게 하더라도, 축구라는 스포츠를 포기하지 말고 계속 길을 찾아갔으면 좋겠다.

이 책을 읽어주시는 이가 대중이라면, 축구를 계속 응원해 주시길 부탁드린다. 읽어주시는 이가 축구인들이라면, 힘내서 계속 잘해보자고 부탁드린다. 책 한 권 써놓고 욕심이 너무 많은 것 같지만 염치불고하고 말해버렸다. 이걸로 충분할지 모르나 속이 조금은 시원해졌다.

2022년 6월

김광준

끝날 때까지 끝난 게 아니다

심판의 종료 휘슬이 울리기 전까지 아무도 결과를 알 수 없는 것이 스포츠의 매력이다. 축구는 그런 매력이 더 돋보인다. 모두 다 진 경기라고 생각했는데 막판에 결과가 뒤집힐 때, 최약체라 평가받는 팀이 강팀을 상대로 선전할 때, 아무도 주목하지 않았던 신예가 결승골을 넣을 때와 같은 예측불허의 묘미에 축구가 대중의 사랑을 받는 이유가 아닌가 싶다.

이와는 또 다른 의미의 예측불허 속에 우리는 3년째 지내고 있다. 코로나19로 우리 축구계는 고난의 가시밭길을 견뎌야 했다. 선수들은 경기를 할 수 없게 되었고, 축구가 생업인 많은 이들이 어려움을 겪었다. 대한축구협회 역시 허리띠를 졸라매며 엄혹한 시절을 견뎠다. 모든 이들이 고난을 감수하고 헌신하는 이유는 축구를 좋아한다는 것, 오직 이것 하나다.

시련이 아름다울 수 있는 것은 성장의 기회를 제공해서일 것이다.

코로나로 인한 시련은 우리를 집요하게 괴롭혔으나 우리는 바이러스를 다스리면서 축구를 할 수 있는 방법을 알게 되었다. 이 책은 저자 개인의 역사를 넘어서 우리 축구대표팀 선수들, 스태프들, 대한축구협회 직원들 모두가 3년간 자신이 사랑하는 세계를 지키기 위해 벌인 격투의 기록이다. 기록하지 않았다면, 어쩌면 우리 스스로조차 흘려보냈을 수많은 땀방울을 잊지 않고 세심하게 기억하고 기록해주신 저자의 수고에 아낌없는 박수와 격려를 보낸다.

주목받지 않는 수많은 이들이 묵묵히 노력한 결과 우리는 영광의 기록을 써 내려갔다. 한국 축구는 10회 연속 월드컵 본선 진출의 성과를 이뤄냈다. 2022년 카타르 월드컵에서 우리 선수들이 어떤 결과를 거둘지는 아무도 모른다. 섣불리 승리를 다짐하기도 어려우며, 아직 미진하고 보완해야 할 부분들도 많다. 하지만 팬들께 약속드릴 수 있는 것은 지금까지처럼 우리가 할 수 있는 최선의 노력을 다할 것이라는 점이다.

지금까지 쌓아온 자랑스러운 기록을 바탕으로 우리 축구는 더욱 발전할 것이다. 한 세계를 발전시키는 가장 큰 자원은 대중의 관심과 애정이다. 선수들의 열정을 불러내는 건 다름 아닌 팬들의 환호성이다. 잘할 때도, 부족할 때도 한결같이 애정 어린 격려와 건설적인 비판을 당부드리고 싶다. 언론을 통해 축구계의 모습이 알려지고 있지만, 경기장과 관중석의 거리처럼 팬들과 축구계 역시 그만큼의 간극이 존재한다고 생각한다. 이 책이 그러한 간극을 조금이라도 좁히는 데 기여할 수 있기를 진심으로 기대한다.

대한축구협회장 **정몽규**

추천사

김철중 조선일보 의학전문기자 겸 논설위원

누구나 예상치 못한 난관을 만날 때가 있다. 이 책은 전 세계가 만난 코로나 그리고 이를 극복하고자 몸부림쳤던 축구계의 이야기이다. 언론에서 다뤄지지 않은 아니 솔직히 말할 수 없었던 많은 비하인드 스토리가 담겨 있다. 그래서일까. 언론계, 축구계, 의료계 모두를 경험한 사람으로서 이 책을 읽고 나니 후련한 기분이 든다.

김학범 전 올림픽 대표팀 감독

내가 저자를 처음 만난 건 2018년 아시안게임 때였다. 팀닥터를 처음 시작한 저자는 열정 그 자체였다. 그가 예선전을 치르고 병원에 복귀하면서 한 말이 있었다. 결승전 가면 다시 오겠다고. 그리고 우리는 결승전에서 다시 만나서 함께 금메달을 목에 걸었다.

대한민국 축구 국가대표라는 이름은 화려하지만 만만찮은 무게가 있다. 선수들은 그 이름에 영광과 상처를 함께 받는다. 이 책은 대표팀 선수들이 느끼는 마음의 무게뿐 아니라 팀의 하모니를 잘 그려냈다. 축구를 사랑하는 한 사람으로서 미래의 대한민국 국가대표를 꿈꾸는 이들, 축구를 사랑하는 이들에게 꼭 권해주고 싶은 책이다.

박정선 베스트일레븐 발행인 겸 대표

이 책은 벤투호 3년의 역사를 깔끔하게 정리해두었다. 이 3년이란 시간은 코로나를 상대로 싸운 기록이자 10회 연속 월드컵 본선 진출이라는 쾌거를 담은 자랑스러운 역사이기도 하다. 이 책을 보면서 우리 축구사에 있어서 다시 없을 경험을 쌓은 시간을 찬찬히 되짚어보게 되었다. 축구계에 종사하는 한 사람으로서 앞으로 우리 축구가 어떤 역사를 쌓아갈지 궁금해진다. 앞으로 대한민국 축구가 계속 발전할 수 있도록 많은 분들의 응원을 부탁드린다.

서동원 KFA 의무분과 위원장

한 시대가 발전하려면 반드시 수반되어야 하는 것이 바로 기록이다. 많은 이들이 코로나19 팬데믹 시기에 쌓은 경험, 소중한 땀방울을 기록하지 않으면 기억하기 어렵고, 기억하지 못하면 경험은 사라져버리고 만다. 코로나와의 싸움 그리고 벤투호의 업적, 우리 축구계의 나아갈 방향까지 꼼꼼하게 기록해주신 저자에게 고마움을 전하며, 이 책이 앞으로 우리 축구 발전에 밑거름이 되길 기대한다.

윤영설 연세대학교 의과대학 신경외과 교수

영화와 축구 경기는 비슷한 부분이 참으로 많다. 좋은 영화 한 편, 좋은 축구 한 경기가 만들어지기까지는 훌륭한 감독은 물론이고 멋진 선수(배우)들이 있어야 한다. 그러나 이러한 명작이 나오기 위해서는 화면에서는 결코 접할 수 없는 많은 이들의 수고와 땀이 더해져야만 한다. 비록 그들의 역할이 선수(배우)나 감독이 아니더라도 분명 대다수의 그들은 축구(영화)가 미치도록 좋아 그 자리에 있으며 각자의 역할과 그 수고로움을 마다하지 않는 것이다.

꽤 오래전 어느 날 우연한 기회에 자기가 좋아하는 프로 축구팀의 경기를 쫓아다니며 서포터석에서 목놓아 응원하고 눈물을 흘린다는 한 후배 교수를 만나게 되었다. 유창한 영어에, 뛰어난 의학 지식과 고매한 인격을 갖춘 내과 전문의 김광준 교수였다. 몇 차례의 테스트 결과 나의 마음을 사로잡은 것은 단연코 그의 축구에 대한 순수한 열정이었다.

이 책은 전 세계가 고통받았던 코로나, 그리고 이를 극복하고자 몸부림쳤던 축구계, 그리고 이를 함께한 의료인의 이야기이다. 평소 우리 선수들의 이야기는 매스컴에서 많이 소개된다. 그렇지만 이 책에 소개된 이야기들은 그동안 언론에 나간 적이 없었던, 무대 뒤의 솔직하고 진솔한 모습들이다. 축구를 사랑하는 한 사람, 저자를 축구계에 처음으로 안내한 스승으로서, 힘든 시기를 이겨낸 축구대표팀의 이야기를 진솔하게 풀어낸 저자의 노고에 박수를 보낸다. 또한 이 책을 보신 많은 축구팬들께서 더욱더 축구에 애정을 갖고 성원을 보내주실 것이라 믿는다. 마지막으로 한국 축구의 무궁한 발전을 기원한다.

홍명보 울산현대 감독

대중의 시선은 늘 스포트라이트가 쏟아지는 무대 중앙의 선수들에게 있다. 그러나 축구는 수많은 사람들이 만들어가는 종합 예술이다. 이 책에는 그동안 주목받지 않았던 스태프들의 땀방울을 담아내고 있다.

이 책을 읽으며 문득 내가 대한축구협회 전무이사로 재직하고 있던 지난 2020년 11월 오스트리아에서의 일이 떠오른다. 전 세계적으로 불어닥친 코로나19 팬데믹은 벼락같은 재앙이었고 우리 국가대표팀 또한 이러한 재앙을 피해 갈 수 없었다. 긴박한 상황 속에서 모두가 대책 마련에 고심하고 있던 그때, 당시 주치의였던 김광준 교수가 현장 지휘체계를 구축하고 협회에 전세기를 요청하여 더 큰 피해를 막았던 일이 기억에 남는다. 지금 돌이켜 보면 이러한 분들이야말로 보이지 않는 영웅이 아닐까 생각한다.

우리 사회에 이들처럼 각자의 삶터에서 묵묵히 제 역할을 해내는 이들이 얼마나 많은가. 축구 관계자로서, 리더로서 평범한 옷을 입은 '슈퍼맨들'을 향한 저자의 따뜻한 시선에 감사하다는 말을 전하고 싶다.

황보관 KFA 대회기술본부장

축구가 감동적인 이유는 한 사람의 뛰어난 천재보다 마음을 합한 다수의 협력이 기적을 일으키는 걸 볼 수 있어서다. 이 책은 특히 다수의 협력이 어떤 결과를 낳는지, 협력을 이뤄내려면 개개인이 어떤 마음을 가져야 하는지를 잘 보여주고 있다. 이 책을 읽으면서 내가 클럽팀 감독, 단장 그리고 협회의 본부장을 하면서 항상 강조한 팀워크가 우리 대표팀에 스며들어있음을 확인할 수 있었다. 이는 축구인뿐 아니라 사회 공동체 구성원으로 살아가는 이 시대 모든 이들에게 꼭 필요한 메시지라고 생각한다.

이재성 선수(FSV 마인츠 05)

원고가 제법 두툼했는데 받자마자 푹 빠져서 읽었다. 내가 잘 알고 있다고 생각한 우리 팀닥터가 이런 사람이었구나! 축구팬이었던 의대 교수가 팬심으로 도핑 오피서/메디컬 오피서가 되고 KFA 의무분과위원, 팀닥터로까지 세계를 넓혀가는 것이 흥미로웠다. 일반에 공개되지 않은 도핑 이야기를 읽는 재미도 쏠쏠했다. 우리 대표팀이 코로나 시기를 이겨내고 월드컵에 진출하기까지 그동안 작은 톱니바퀴를 자처하면서 기꺼이 땀방울을 흘린 우리 모두에게 박수를 보낸다.

조현우 선수(울산현대)

책을 읽으면서 '나는 축구를 위해 앞으로 무엇을 더 해야 할까'라는 자문을 하게 되었다. 평소 나를 비롯한 대표팀 선수들의 건강관리를 위해 저자가 얼마나 노력하는지 나는 알고 있다. 그런 저자가 이번에는 축구 발전에 기여하고자 이 책을 쓰신 걸 보면서, 나 역시 선수로서 경기를 뛰는 것 외에도 축구계 그리고 이 사회에 더욱더 기여하고 싶다는 생각이 들었다. 이 책이 우리나라 축구계와 축구를 사랑하는 모든 분들에게 긍정의 메시지를 줄 수 있을 거라 확신한다.

황의조 선수(FC 지롱댕 드 보르도)

원고를 읽으면서 우리 대표팀이 보내온 시간들이 파노라마처럼 머릿속에 펼쳐졌다. 가장 기분 좋았던 순간, 남몰래 두려웠던 순간, 자랑스러웠던 순간, 가슴으로만 울었던 순간 등 모든 시간들이 들어 있었다. 언제나 못다 한 이야기가 있다고, 하지만 말할 수 없다고 느꼈는데 이 책 덕분에 처음으로 그 간격을 좁힐 수 있을지도 모른다고 생각했다.

황희찬 선수(울버햄튼 원더러스 FC)

스포츠는 냉정한 세계이다. 과정이 어떠했든 승패의 결과로써 평가받을 수밖에 없는 자리에 서 있다. 그렇기에 이번 카타르 월드컵에서 어떤 성과를 거둘지가 초미의 관심사일 것이다.

이 책을 읽으면서, 월드컵이라는 공동의 목표와 승리라는 목적을 위해 각기 다른 개인이 하나가 되어 '팀'을 이루어가는 과정 또한 박수받아 마땅하다는 것을 다시 한번 느낄 수 있었다.

어떠한 결과도 후회 없이 받아들일 수 있도록 최선을 다해온 대한민국 축구 국가대표팀. 우리가 흘린 땀이 이 책에 고스란히 배어 있다. 선수들과 스태프들, KFA 모든 임직원들의 노력과 열정에 경의를 표한다.

목차

KOREA

Chapter 1
그 남자의 이중생활

Chapter 1

그 남자의 이중생활

누군가를 위해 일할 때는 진심으로 하라.

- 지그 지글러

"거기서 태클을 하다니. 결국 페널티를 받네."

"저 위치면 100% 들어가겠는데…? 헐, 막았어!"

'슈마이켈'의 펀칭으로 공이 튀어나오자 모니터 안의 관중들과 모니터 밖의 동료 전공의들이 함께 환호했다. 됐어! 승리를 확신하며 주먹을 불끈 쥐었다가 황급히 컨트롤러를 붙들었다. 방심은 금물이다.

이날 동료 A와의 축구 대결에서 2:1의 짜릿한 역전승을 거뒀다. 후반전에 상대팀 선수를 태클해서 페널티킥을 받았을 때 모두 혀를 찼지만, 나에겐 전설의 골키퍼 '슈마이켈'이 있지 않은가. 그는 내 기대를 배신하지 않았고, 승리의 여신은 나에게 미소를 지어주었다. 이로써 지난번 점심 내기 시합에서 패배한 굴욕을 깨끗이 씻을 수 있었다. 콧노래가 저절로 흘러나왔다.

나는 축구가 참 좋다. 자다가도 축구 소리만 나오면 벌떡 일어날 정도이다. 경기를 하는 것도 정말 좋아하는데, 특히 딱 맞는 타이밍에 태클을 잘하는 걸로 악명이 높다. 내가 축구를 한다고 뻐기면 의심의 눈초리가 사방에서 날아든다. '그 덩치로 축구를?'이라고 묻고 싶겠지만, 염려하지 않아도 좋다. 그라운드에서 공을 찬다는 게 절대 아니니까.

나는 컴퓨터 게임 「위닝 일레븐」(1995년 일본 코나미사에서 첫 출시한 축구 게임 시리즈. FIFA 시리즈와 함께 세계 축구 게임 시장의 양대 산맥. 지금은 FIFA 게임이 더 사랑받지만 마니아 사이에선 위닝 일레븐이 더 각광받는다. 축구 해설가들도 가상 게임을 통해 실제 축구 경기 스코어를 예측해 보기도 한다)으로 축구를 한다. 의대 재학 시절 축구 게임 대회에 여러 번 출전했고, 시간에 쫓기는 전공의 신세임에도 동기들과 "딱 한 게임만 하자!"며 새벽 한 시부터 네 시까지 달리기도 했다(물론 다음 날에도 열심히 환자를 봤다).

게임 속 세상에는 과거부터 현재까지 내가 사랑하는 선수들이 모두 있고, 그들의 족보와 특성 등을 다 파악할 수 있다. 비록 그라운드에서 직접 뛸 능력은 안 되지만, 내가 사랑하는 선수들을 선택해서 팀을 짜서 경기할 수 있다는 것에 만족한다.

"끝났어? 빨리 가봐. 윤 교수님이 찾으신 지 좀 됐어."

경기가 끝날 때를 기다렸던지 B가 나를 채근한다. 윤영설 교수님이 찾으시는데 그것도 모르고 게임 삼매경이었다니, 동료들에게 인사를 하는 둥 마는 둥 하고 부랴부랴 방을 나섰다.

부르가다 신드롬이라니, 말도 안 돼!

신경외과 윤영설 교수는 당시 KFAKorea Football Association. 대한축구협회 의무醫務분과위원회의 위원장이자 FIFA 의무분과위원이었다. 그는 1987년 국가대표 팀닥터를 시작으로 1988년 서울올림픽에서 축구 의무·도핑 조정관 즉 도핑 컨트롤 오피서DCO:Doping Control Officer를 맡았고, 1998년 프랑스 월드컵 국가대표 팀닥터를 지냈으며 2002년 한일 월드컵 때에는 FIFA 한국의무 총책임자 및 월드컵 조직위 의무전문위원장으로 의무 분야를 총괄했다. 필설로 다 풀기 힘들 정도로 화려한 이력의 소유자로, 한마디로 정리하면 35여 년간 우리나라 스포츠 의무醫務, 특히 도핑 분야의 살아 있는 전설이다. 내분비내과를 전공한 나와 과科는 다르지만 같은 학교, 같은 병원에서 몸담고 있는 하늘 같은 선배님이다.

노크에 앞서 옷매무새를 가다듬었다. 문을 열고 윤영설 교수를 보자마자 도둑이 제 발 저리듯 말을 더듬거렸다.

"늦게 와서 죄송합니다. 잠시 무얼 하느라…."

"누가 뭐라나. 괜찮아. 김동진 선수에 대해 상의하려고 불렀어."

윤 교수의 입에서 김 선수의 이름이 나오자 긴장감이 들었다. 2009년 10월 축구 국가대표팀은 세네갈과의 평가전을 위해 선수들을 소집해서 파주NFC에서 훈련을 진행하고 있었다. 이때 김동진 선수가 갑작스럽게 코피를 흘리면서 의식을 잃고 쓰러졌다. 그는 2004년에도 이미 실신 경험이 있었다. 김 선수는 병원으로 옮겨져 진료를 받았는데, 윤 위원장은 김동진 선수에게 세브란스 병원에서 재진료를 받도록 권했다. 그때 김 선수를 진료한 사람이 나였다.

김동진 선수는 국가대표 선수이자 탁월한 윙백측면 수비수으로 평가받고 있었다. 그의 건강에 문제가 생긴다면 개인의 불행이자 국가적인 손해였다. 뇌파 검사 등 실신에 관련된 기본적인 검사를 실시했으나 아무 이상이 없었다. '반드시 원인을 찾고야 말겠어!' 머리를 싸매고 온갖 논문과 연구 결과를 뒤적였다.

사람이 의식을 잃고 쓰러질 수 있는 원인은 수천, 수만 가지다. 그중에 병명이 명확한 경우가 있고, 이름을 붙일 수 없는 불확실한 현상인 경우도 많다. 그가 쓰러지기 전 겪은 증상과 직전 상황 등을 꼼꼼하게 살폈고, 범위를 확대해 추가적인 검사를 실시했다. 우리나라에서 부정맥의 최고 권위자로 손꼽히는 이문형 교수, 뇌혈관 분야 권위자인 이병인 교수가 김동진 선수의 증상을 살피고 정밀 검사를 실시하였다. 그리하여 원인을 찾아낼 수 있었는데, 바로 '미주신경성 실신'이었다.

미주신경은 뇌의 연수에서부터 뻗어 나온 열 번째 신경으로 얼굴, 성대, 심장 등에 폭넓게 분포하며 부교감신경과 감각/운동신경의 조절에 관여한다. 미주신경성 실신은 극심한 스트레스 혹은 긴장 상태가 되면 부교감신경이 지나치게 활성화되면서 심장 박동이 느려지고 혈압이 낮아지면서 뇌혈류량이 감소해서 의식을 잃게 되는 것을 말한다. 과도한 신체적·정신적 스트레스와 에너지 저하가 원인으로 추정되며, 컨디션을 잘 조절함으로써 실신을 예방할 수 있다. 당시 김 선수는 소속 구단이 러시아라서 경기를 치르기 위해 몇 시간씩 비행기를 타고 오갈 때가 많았고, 대표팀 소집으로 우리나라로 귀국하느라 상당히 피로한 상태였다.

그가 미주신경성 실신임을 확인하고 안도의 한숨을 쓸어내렸다. 미주신경성 실신은 심각한 병이라고 할 수 없고, 운동을 하는 데 아무런 지장이 없었다. 문제는 김동진 선수가 속한 러시아 구단이었다. 김 선수는 한국에서 받은 검사 결과를 가지고 소속 구단에 복귀했으나, 구단은 그를 독일로 보내 재검사를 실시했다. 독일 병원에서 내린 진단은 부르가다 신드롬Brugada Syndrome이었다. 부르가다 신드롬은 5번 염색체 유전자 중 하나의 돌연변이로 인해 발생한다. 부정맥으로 인한 심인성 급사를 유발하는 유전질환이라, 김동진 선수가 부르가다 신드롬이 맞다면 더 이상 경기를 뛸 수 없는 심각한 상황이었다.

선수에게는 두 개의 생명이 있다. 인간으로서의 생명과 선수 생명. 목숨을 잃는 것과 비교할 수는 없겠지만 더 이상 경기에 뛸 수 없다는 것은 선수에게는 사형선고나 다름없다. 자칫 선수 생명이 끝날 수 있는 상황에서 이렇게 성급히 결정하게 둘 수는 없었다. 검사 결과를 정리하고, 참고할 수 있는 논문 등을 모두 뒤지고 교수님들과 수없이 논의하여 근거 자료로 러시아 구단에 보냈다. 그러나 구단은 독일의 권위 있는 메디컬 센터에서 받은 진단이라며 물러서지 않았다. 이듬해 초 김 선수는 러시아 구단과의 계약을 마무리했다. 이후 한국과 중국에서 선수 생활을 이어갔으며, 현재는 홍콩의 명문구단 키치 SC에서 감독으로 활약하고 있다. 김 선수가 부르가다 신드롬이었다면 10년 넘게 아무 탈 없이 선수 생활을 이어가기 힘들었을 것이다. 독일이 아닌 한국, 우리 병원의 진단이 맞았던 것이다.

김동진 선수는 내가 처음으로 진료한 축구 선수이다. 그와는 이때의 인연을 쭉 이어가고 있다. 그가 중국에 있을 때 몇 차례 윤영설 교수와 나를 초대해서 경기를 보러 갔는데, 그의 이름을 목청 터져라 외치며 응원했던 기억이 지금도 마음 한편에 고운 앨범으로 남아 있다.

게임이 아닌 진짜 축구 세상 속으로

"김 교수, 이러저러한 문서를 만들어야 하는데 직접 해보는 게 어때?"

"내가 이번에 말이야. KFA 관련해서 출장을 가는데 같이 가볼까?"

"대표팀 중에 내과 질환이 있는 선수가 있는데 진료 좀 해봐."

2011년에 나는 교수로 임용되었다. 언제부터인가 윤영설 교수는 나에게 이것저것 시키고 가르쳐주기 시작했다. 세브란스 병원에서 추진 중인 비즈니스 업무를 함께하다가 3년 차부터, 즉 2013년부터 KFA, AFC와 관련된 일을 같이 하게 되었다.

도핑 컨트롤 오피서DCO는 어시스턴트Assistant를 둘 수 있다. DCO 어시스턴트는 자격증이 없어도 되는데, DCO 어시스턴트를 해보지 않은 사람은 DCO를 할 수 없다. 그래서 윤영설 교수는 나를 줄기차게 동행시키면서 어시스턴트를 하도록 했다. 도핑은 그 과정이 철저히 비공개라 자료로 공부할 수 있는 게 아니어서 DCO 어시스턴트로서의 활동은 나에게 중요한 경험이었다.

차츰 도핑을 알게 되고 축구 선수들을 진료하는 일도 늘어났다. KFA나 AFC와 관련된 일은 병원의 공식적 업무가 아니므로 휴가를 내고 개인 시간, 사비로 참여했다. 1년 휴가를 거의 털어 써도 진짜 축구 세상으로 다가갈 수 있다는 사실이 너무나 행복했다.

신경외과 선배가, 내분비내과를 전공한 후배를 왜 데리고 다녔을까. 남들 눈에는 이상하게 보일 수도 있을 듯하다. 윤 교수는 그 자신이 국내 유일의 FIFA/AFC 도핑 컨트롤 오피서로서 후배를 양성하고 싶어 했고, 우리나라 축구를 위해 글로벌하게 활동할 수 있는 사람을 키우려고 내게 경력을 쌓게 한 건 아니었을까. 그는 축구에 깊은 애정이 있었기 때문에 자신처럼 축구 국가대표팀 선수들을 진심으로 도와줄 수 있는 후배 의사들을 찾았던 것 같다. 내 추측이 맞는지 알 수 없지만, 윤 교수가 나를 7~8년간 들여다보면서 지금의 이 자리로 이끌어준 것만큼은 사실이다. 개인주의가 갈수록 짙어지는 세상에서 누군가를 오랫동안 지켜본다는 게 얼마나 대단한 일인가. 훌륭한 리더, 참을성 만렙의 선배를 만난 건 내 인생의 행운이었다.

윤 교수의 인도를 받은 건 나 말고도 한 사람 더 있었는데, 송준섭 원장(JS정형외과)이다. 2012년 런던올림픽 때 홍명보 감독이 이끄는 축구대표팀 팀닥터를 맡았던 것을 시작으로, 축구 A 국가대표팀의 주요한 경기들에 팀닥터로 참여했고 윤영설 위원장 밑에서 부위원장으로 행정적인 부분을 책임져 왔다. 이 두 분은 KFA 의무분과위원회에서 중요한 역할을 담당하면서, 내가 진짜 축구 세상에서 자리를 잡아가는 데 길라잡이 역할을 해주었다.

윤 교수가 KFA 의무분과위원장으로서 나를 AFC에 추천해주어서, AFC 메디컬 오피서Medical Officer, 경기에서 의학적 부분 전담하고 AFC와 각국 축구협회, A 대표팀과 관련 협의 진행와 도핑 컨트롤 오피서Doping Control Officer, 선수들의 도핑 테스트 전담가 되기 위한 교육을 받게 되었다.

AFC는 각 나라 축구협회에서 도핑을 담당할 전문가와 의료를 담당할 전문가를 추천받아서 교육을 실시한다. 추천 기준은 스포츠 분야에서의 경험과 더불어, 메디컬 전문 자격증(의사 자격) 보유, 영어로 쓰고 읽는 데 문제 없이 잘할 것, PPT 프레젠테이션에 능숙할 것 등등이다. 외국어의 경우 영어는 기본이고 스페인어, 불어를 할 줄 알면 일할 때 더 유리하다. 나는 2017년이 되어서야 교육을 받을 수 있는 자격이 생겼다.

축구 분야에서 메디컬 오피서가 되려면 운동선수의 부상이나, 경기장에서의 응급구조 등에 대한 특수 교육을 이수해야 한다. 교육을 마치면 자격증을 취득한다. DCO는 조금 다른데, 교육을 받은 후 시험을 봐서 합격해야 한다. 5~7일간 진행되는 교육 후 시험을 치르기 위해 휴가를 내서 시험을 봤다. 필기와 실습 모두 있고, 상당히 디테일한 테스트가 이뤄져서 쉽지 않았지만 열심히 준비한 덕분에 자격을 취득할 수 있었다(사실 시험이 끝나고 아내에게는 떨어진 것 같다고 이야기 했다). AFC DCO가 되고 나서 FIFA에서 실시하는 교육을 이수하면 FIFA DCO가 된다. 나는 2017년에 AFC DCO 자격을 취득했으며, 2020년에는 FIFA와 IOC DCO 자격도 취득했다. 우리나라 축구계에서 FIFA/AFC에서 공인받은 DCO는 윤영설 교수와 나 두 사람뿐이다(AFC 공인 DCO는 조선대학교 정형외과 이준영 교수까지 세 사람이다).

메디컬 오피서와 DCO 교육은 따로따로 이뤄진다. 그렇지만 대부분 한 사람이 두 자격을 함께 보유하고 있어서, 한 경기에 한 명이 도핑과 메디컬 오피서 일을 전담하기도 한다. 물론 두 명이 각각 맡을 때도 있다. 나 역시 메디컬 오피서이자 DCO이다.

두 자격증을 갖고 활동하면서 병원에서 환자를 진료할 때와는 많은 것들이 달라졌다. 그전까지 축구는 게임기 혹은 TV나 신문, 인터넷 매체 속에 존재하는 꿈의 세계였는데, 이제는 내 눈앞에 리얼하게 펼쳐지고 있다는 게 신기했다. 마치 메타버스처럼 현실의 내가 가상세계로 들어간 느낌이랄까. 무엇보다 전 세계를 다니면서 좋아하는 선수들을 직접 만날 수 있다는 것이 마음에 들었다. 평소 만나지 못했던 새로운 영역의 전문가들과 교류하는 것 역시 즐거웠다.

윤 교수는 AFC 메디컬 콘퍼런스에 나를 데려가서 AFC와 FIFA 멤버들을 소개해 주었다. 전 세계에서 활동하고 있는 많은 메디컬 오피서들과 안면을 트게 된 것은 이후 국가대표 팀닥터로 일할 때 여러모로 도움이 되었다.

메디컬 오피서/DCO는 해마다 정기적인 교육을 받는다. 매년 1회 AFC에서 정한 국가로 가서 교육을 받아야 한다. 도핑과 축구 의학과 관련된 콘퍼런스도 정기적으로 진행된다. 비행기를 타고 왕복하는 시간까지 합하면 일주일 가까운 시간을 투자해야 하므로, 그해 휴가는 '영원히 안녕'이다. 2021년에만 코로나 때문에 이틀간 온라인으로 교육받았다.

교육 내용은 선수들의 부상 예방, 경기력 향상, 신기술과 관련된 과학적 연구 등이고, 스케줄은 상당히 빡빡하다. 커피 브레이크 시간이 있어도 각 나라 전문가들과 소통이 중요하므로 쉴 틈이 없다. 화장실 갈 시간을 줄여서 사람을 만나고 관계를 쌓아야 한다.

AFC 워크숍에서 만나는 각국 메디컬 오피서들은 나처럼 의무분과위원회에 속해 있다. 그래서 만나면 대화가 잘 통한다. 일본, 레바논, 말레이시아, 싱가포르 등의 메디컬 오피서들과 좋은 관계를 유지하고 있다. 대부분 축구 관련 연구를 열심히 하고, 자국의 역량을 다른 국가에 홍보하기 위해 기업 스폰서십을 유치할 정도로 열정적으로 뛰는 사람들도 있다. 그런 이야기를 들으면 나도 자극을 받아서 더 열심히 해야겠다는 생각이 든다.

메디컬 오피서들이 발표한 연구 주제들은 축구 경기 운영에 활용된다. 예를 들어 쿨링 브레이크Cooling Break라는 제도가 있다. 무더운 여름 축구 경기 때 시행되는데, 전후반 각각 30분에 3분간 쉰다. 강제 규정은 아니고 권고사항으로, 메디컬 오피서가 습구흑구온도계Wet Bulb Globe Thermometer:WBGT로 온도를 잰 다음 매치 커미셔너, 심판진,

각 팀과 합의하여 결정한다.

이 제도가 처음 도입된 건 2014년 브라질 월드컵 때였다. 당시 브라질 노동법원이 FIFA에 32도 이상의 무더위일 때 선수들을 보호하기 위해 휴식 시간을 가지라고 명령하면서 마련되었다.

제도를 하나 만들려면 메디컬 오피서들이 그것이 왜 필요한지, 어떤 방법으로 해야 하는지 등을 연구한다. 선수들이 30분 정도 뛰었을 때 수분이 어느 정도 소실되는지, 경기력이 어느 정도까지 떨어지는지, 일사병 위험률은 어떤지 등등을 같이 공부하고 토의해서 발표한다. 그런 다음 FIFA 메디컬 위원회에서 해당 주제를 논의한다. AFC아시아축구연맹, UEFA유럽축구연맹, CAF아프리카축구연맹, OFC오세아니아축구연맹, CONCACAF북중미카리브축구연맹, CONMEBOL남미축구연맹 등 6개 대륙연맹 모두 동의하면 제도화된다.

내과 의사로서 메디컬 오피서 교육 내용은 특별한 게 없으나 도핑은 색달랐다. 도핑Doping이란 운동 능력을 향상시켜 좋은 성적을 거두게 할 목적으로 선수에게 심장 흥분제, 근육증강제, 호르몬제 등의 약물을 먹이거나 주사하는 것을 말한다. 도핑을 하면 일시적으로는 선수들의 경기력이 크게 증강될 수 있지만, 결국 신체에 무리가 오고 건강에 해가 된다. 그래서 스포츠계 전체적으로 도핑을 금지하고 있으며, 도핑 약물을 지정하여 선수들이 이를 잘못된 목적으로 활용하지 않도록 엄격하게 규제하고 있다. 도핑 테스트는 선수들의 소변을 채취, 분석해서 약물 사용 여부와 사용했다면 어떤 약물을 사용했는지 등을 밝혀내는 작업이다.

현재 스포츠계의 도핑은 WADA세계반도핑기구, IOC국제올림픽위원회, FIFA국제축구연맹 등 세 곳에서 관장하고 있다. 금지약물의 종수는 어마어마하게 많다. 약의 성능과 사용 목적에 따라 금지 여부가 달라지는 경우도 적지 않다. 예를 들어 스테로이드 중에서 코르티코 스테로이드는 천식이나 류마티스 질환, 알레르기 질환, 염증 완화 등 치료목적으로 일부 사용되지만, 아나볼릭 스테로이드는 금지 약물로 지정되었다. 본래 아나볼릭 스테로이드는 고환이 발달되지 않아 테스토스테론이 생성되지 않는 환자를 치료할 목적으로 개발됐으나 근육량을 늘려서 경기력이 좋아지는 효과가 있어서 일부 운동선수들이 이 약물을 남용한 경우가 있었다. 체내 남성 호르몬 생성을 억제하고 심혈관계·비뇨생식기·정신과 질환 등을 일으키는 등 심각한 부작용으로 인해 사용할 수 없도록 금지되었다.

만약 금지 약물이더라도 치료 목적이라면 투약 시기와 투약량을 따져서 제한적으로 허용될 수 있다. 문제는 약물이 체내에서 머무르는 시간에 개인차가 있어서, 선수가 치료 목적별 적정 투약량 기준에 따라 투약해도 도핑 테스트에서 검출될 수 있다는 점이다. 까다롭게 따져야 하는 상황이 많아서 선수들을 진료하는 의사들은 항상 신중을 기해야 한다. 약 하나 잘못 처방해서 선수에게 '도핑 위반'이라는 낙인을 찍게 해서는 안 된다. 나아가서 선수들도 약을 먹을 때 스스로 판단하기보다 전문가에게 정확한 진단을 받아서 약물을 사용하는 게 좋다.

007 작전보다 은밀한 소변 작전

“어제도 환자가 많았는데, 오늘도 마찬가지라 힘드시겠어요.”

“괜찮습니다. 휴가 때문이니까요.”

“이왕 가시는 휴가인데 푹 쉬다 오세요.”

간호사는 내가 쉬려고 휴가를 낸 것이라 알고 있으나, 굳이 정정하지 않았다. 어차피 밝힐 수 없는 비밀 일정이므로.

DCO는 축구 경기 일정에 따라 도핑 테스트를 위한 출장을 간다. 도핑은 AFC와 FIFA 주관 경기, A매치, 프로팀 경기 등 모든 경기에서 실시될 수 있는데, 매번 하진 않고 경기의 중요도를 고려해서 실시 여부가 결정된다. 갑작스러운 제보를 통해 테스트가 결정될 때도 있다. 출장지는 그야말로 전 세계다. DCO가 언제, 어디에서, 누구의 도핑 테스트를 하는지는 비밀에 부치는 게 원칙이다. FIFA와 AFC는 출장 스케줄을 출발 2주 전쯤에 DCO에게 알려준다. 일정 통보가 워낙 급박하게 이뤄지니 흡사 기습 공격을 당하는 것 같다. 처음에 잘 몰랐을 땐 조금이라도 귀띔해주면 안 되냐고 사정해본 적도 있었는데 어림없었다. 직접 해보니까 윤영설 교수가 20년이 넘는 시간 동안 이걸 혼자 다 하셨다는 게 참 놀라웠다.

가장 어려운 점은 병원 스케줄을 조율하는 것이다. 진료 일정에 타격을 줄 수 없어 1박 3일 일정으로 다녀온 적도 있었다. 우리나라에서 거리가 먼 곳일수록 시간이 빠듯하다. 축구 경기는 대부분 주말에 진행된다. 토요일 아침 새벽에 인천에서 출국해 현지에 도착해서 도핑 테스트를 진행하고 그날 하룻밤 묵은 후, 일요일에 다시 테스트하고 출발해서 월요일 새벽에 한국으로 돌아오는 거다. 아무리 고되고 힘든 스케줄이라도 난 FIFA와 AFC로부터 콜이 오면 무조건 짐을 싼다. 일정 횟수 이상 도핑 업무를 거절하면 자격이 취소되는 경우도 있기 때문이다.

도핑 테스트 일정의 비밀 유지가 중요한 이유는 만약 사전에 공지되면 그에 맞게 선수들이 대응할 수 있어서다. 도핑 테스트는 불시에 실시돼야 그 효과를 신뢰할 수 있다. 그래서 일정은 아무도 모르게 진행된다. 심지어 경기 당일까지 비밀에 부친다.

선수들의 건강을 지키기 위해 도핑 테스트는 매우 중요하다. 도핑 의혹은 선수 당사자에게 가장 치명적일 뿐 아니라 해당 스포츠계 혹은 나라를 뒤흔들 정도의 충격으로까지 확대되곤 한다.

2014년 러시아가 소치 동계올림픽에서 자국 선수들의 소변을 바꿔치기하거나 도핑 분석 결과를 조작했다는 사실이 드러났다. 러시아 정부와 정보기관까지 나서서 이뤄진 조직적인 불법 행위에 전 세계 사람들은 당혹감을 감추지 못했다. WADA는 2020년 도쿄올림픽과 2022년 카타르 월드컵에 대한 러시아의 공식 출전을 금지할 것을 결의했다. 출전이 금지되지 않는 선수들에 한해 개인 자격으로 참여할 수 있으며(러시아 유니폼 착용 불가), 러시아 국기를 게양하거나 국가를 연주하는 것이 금지된다.

2018년 러시아 월드컵에서 러시아 축구선수들이 '전차 군단' 스페인을 꺾고 8강에 진출했다. 러시아 선수들이 압도적인 체력을 보여 주자 혹시 도핑을 한 것이 아니냐는 의혹의 시선이 쏟아졌다. 그러나 FIFA가 러시아 선수들을 조사해 증거 불충분 결론을 내림으로써 사건은 일단락되었다.

2018년 축구계가 떠들썩했던 사건이 발생했다. 독일 슈피겔지는 풋볼 리크스Football Leaks, 유명 축구선수들의 이적료, 계약정보 등 선수와 구단, 축구계의 비밀을 폭로하는 웹사이트의 폭로를 인용해서 "레알 마드리드의 중앙 수비수 세르히오 라모스가 금지 약물 덱사메타손Dexamethasone을 복용했고, 과거 도핑 테스트를 거부한 전력이 있다."고 보도했다. 2017년 챔피언스 리그 결정전을 앞두고 도핑 테스트가 실시되었다. 이때 라모스에게서 '덱사메타손'이 검출되었으며, 이 약물을 준 사람은 다름 아닌 레알 마드리드의 팀닥터라는 것이다.

덱사메타손은 염증을 완화하고 면역반응을 억제하는 합성 부신피질호르몬제로, 스테로이드 성분 때문에 WADA가 금지 약물로 지정했다. 치료용으로 사전에 보고하는 경우에 한해 허용된다. 슈피겔지의 보도가 사실이라면 레알 마드리드 구단 차원에서 선수에게 도핑을 했다는 말이 된다. 게다가 라모스는 레알 마드리드가 UCLUEFA 챔피언스리그 3연패를 비롯해 수많은 우승을 거둘 수 있도록 한 주역이자, 현역 수비수 중에서 가장 뛰어나다는 평가를 받는 선수이다.

사건이 터지자 라모스는 절대 도핑을 하지 않았다며 완강히 부인했고, UEFA는 이 사건을 철저히 조사하겠다고 천명했다. UEFA의 조사 결과는 이러했다. 구단 팀닥터가 치료 목적으로 라모스의 어깨와 무릎에 덱사메타손 주사를 놓은 다음 보고서에 덱사메타손이 아닌 베타메타손Betamethasone을 투여했다고 잘못 기재했다는 것이다. 팀닥터가 이 같은 경위를 시인함에 따라 라모스의 도핑 의혹은 해프닝으로 끝날 수 있었다.

2021년 UEFA는 AFC 아약스 암스테르담의 골키퍼 안드레 오나나에게 도핑 규정 위반으로 1년 출전 정지란 징계를 내렸다. 안드레 오나나는 아약스의 주전이자 2018-2019 UCL에서 아약스가 4강까지 진출하는 데 큰 기여를 한 선수이다. 그는 몸이 좋지 않아서 아내가 준 약을 먹었는데, 그 약에는 금지 약물인 푸로세미드Furosemide 성분이 들어 있었다. 푸로세미드는 고혈압과 부종을 치료하는 데 쓰이는 이뇨제로, 약물 복용 사실을 은폐하는 데 사용되어 금지 약물로 지정되었다.

그는 절대 도핑할 생각이 없었고 아내가 준 약의 포장이 아스피린과 비슷하여 착각했다고 해명했다. 오나나는 UEFA의 징계가 부당하다며 CAS국제스포츠중재재판소에 항소했는데, 그가 푸로세미드 성분을 복용함으로써 얻는 이익이 없다는 사실이 감안돼 최종적으로 9개월 징계로 종결되었다.

2021년 미국의 육상 스타 샤캐리 리처드슨은 선수 선발 직후에 시행된 도핑 검사에서 대마초마리화나 양성반응을 보였다. 그는 어머니가 사망했다는 사실을 듣고 슬픈 마음에 대마초를 사용했다며 투약 사실을 인정했다. 미국 USADA도핑방지위원회는 그에게 한 달간 선수자격 정지 처분을 내렸고, 단거리 경주에서 강력한 우승 후보였던 그의 도쿄올림픽 출전은 좌절되고 말았다. WADA는 (훈련 중을 제외하고) 경기 도중에는 대마초를 사용하지 말라고 규정하고 있다.

2022 베이징 동계올림픽에서 러시아 피겨스케이팅선수 카밀라 발리예바의 도핑 사실이 적발돼 큰 파문이 일어났다. 그는 금지약물 트리메타지딘Trimetazidine에 양성 반응을 보였다. 트리메타지딘은 협심증을 치료하는 약물이지만, 심장에 들어가는 산소량이 증가돼 심폐기능이 향상되고 흥분 효과가 있어서 금지 약물로 지정되었다. 발리예바처럼 나이가 어리거나 젊은 사람이 복용할수록 효과가 크다. 고난도의 점프를 구사하는 피겨선수에게 지치지 않은 경기력을 선물할 수 있지만 파킨슨병 유발과 떨림 등의 부작용 위험이 있으므로 절대 복용해서는 안 된다. 약을 복용하다가 중단하면 향상됐던 심폐기능이 급격하게 떨어지고 결국 선수 생명이 끝나게 된다.

발리예바에게 검출된 트리메타지딘의 양은 1㎖당 2.1ng으로, 다른 선수들 소변 샘플에 비해 무려 200배가량 많다. 심장병으로 이 약을 복용하는 할아버지와 컵을 같이 썼다는 것만으로 이렇게 검출될 수 없다. 게다가 트리메타지딘 외에도 하이폭센Hypoxen과 엘카르니틴L-Carnitine도 검출됐다. 이 두 약물은 금지약물은 아니지만 피로를 감소시키고 에너지와 지구력을 끌어올리는 효과가 있다. 어린 선수의 몸에서 여러 가지 약물이 동시에 검출되는 건 극히 이례적이다.

그렇다면 발리예바는 어떻게 이런 약물을 복용하게 된 것일까. 주변인들이 개입하지 않고서는 불가능하다는 게 DCO로서의 소견이다. 15세에 불과한 어린 소녀가 그 약물의 성질을 이해하고 단계별로 복용량을 높이면서 섭취했을 거라고 생각하기 어렵다. 자신을 믿고 따르는 어린 선수를 도핑의 늪에 빠뜨린 사람이 누구인지 반드시 조사해 밝혀내야 할 것이다.

금지약물 복용 사실이 알려진 후 러시아 반도핑기구RUSADA는 발리예바의 올림픽 출전 자격을 일시적으로 정지시켰다. 그러나 선수 측의 이의 제기로 자격 정지를 철회했고, CAS는 발리예바가 만 16세 이하의 보호선수라는 이유를 들어 IOC·WADA·ISU의 제소를 기각했다. 금지약물을 복용한 선수가 올림픽 무대에서 메달을 노리는 상황이 벌어지게 되었다. 이 조치에 김연아 선수를 비롯해서 많은 스포츠 스타들이 도핑 선수가 경기에 출전해서는 안 된다는 의견을 밝혔다. 마리화나 복용으로 도쿄올림픽 출전이 금지된 리처드슨은 발리예바와 자신이 다른 게 뭐냐면서 분통을 터뜨렸다.

여자 싱글쇼트에서 1위를 한 발리예바는 프리에서 세 차례나 엉덩방아를 찧는 등 평정심을 잃어버린 모습을 보여 최종 성적 4위에 그쳤다. 올림픽이 끝난 후 WADA가 발리예바를 지도한 사람들을 조사하겠다는 계획을 발표한 데 이어 ISU국제빙상연맹은 3월 1일 발리예바를 비롯한 러시아 피겨 선수들과 벨라루스 선수들의 세계선수권대회 출전을 금지하는 징계안을 발표했다. 도핑과는 무관하게 러시아의 우크라이나 침공과 관련된 조치로서, 러시아는 카타르 월드컵 출전도 금지되었다.

발리예바 논란은 WADA의 조사가 끝날 때까지 당분간 진행형이다. 그가 메달을 따지 못해서 그나마 다행이라고 해야 할까. 이 사건으로 정정당당하게 실력으로 승부하는 전 세계 스포츠 선수들은 실망을 금치 못했다. 오직 메달이라는 목표를 위해 수단은 아무래도 상관없는 걸까. 경기력과 건강, 이 두 가지를 모두 얻기 위한 방법은 무엇일지에 대해 더 고민하게 된다.

많은 선수들이 좋은 성적을 거두길 희망한다. 이에 과도하게 집착하면 도핑의 유혹에 빠지기 쉽다. 러시아 사례처럼 능동적인 도핑이 아니더라도, 세르히오 라모스나 안드레 오나나처럼 건강 관리 혹은 치료 목적으로 약물을 사용했다가 도핑 위반으로 적발되는 경우도 심심찮게 발생한다. 어느 쪽이든 선수 개인을 비롯해 소속 구단 혹은 국가에 불행한 결과를 초래할 수 있다. 선수들 스스로 자신이 복용하는 약물에 대해 체계적인 지식을 갖추고 엄격하게 관리할 수 있어야 한다.

이토록 중요한 도핑 관리의 최전선에서 DCO가 동에 번쩍, 서에 번쩍 뛰어다닌다. 스케줄은 007 작전처럼 은밀하고 전격적이다. 내가 제임스 본드 형님처럼 생기지 않았다는 게 유일한 옥의 티일 뿐.

DCO는 매우 중요한 역할을 하지만, 사실 업무를 수행하는 모습은 생각보다 근사하진 않다. 실수란 있어서는 안되기 때문에 항상 초긴장 상태에서 경기장에 들어간다.

앞서 언급한 것처럼 도핑 테스트는 선수의 혈액이나 소변을 받아서 분석하는 것인데, 검사 대상 선수는 '제비뽑기'로 결정된다. 선수들의 백넘버가 적힌 플라스틱 코인이 담긴 통에서 각 팀당 두 명의 코인을 무작위로 뽑는다. 도핑 검사 대상이 된 선수는 경기가 끝나자마자 크루들에게 '붙잡혀' 도핑룸으로 들어온다(크루들은 KFA가 경기가 열리는 지역에서 선발한 자원봉사자들로, 대학생이나 고등학생 축구팬이 절대 다수이다. 경기가 원활하게 진행되도록 도와주는 역할을 한다). 도핑의 투명성과 정확성을 위해 어느 곳에도 들를 수 없고, 도핑룸에 입장하면 도핑이 끝날 때까지 나갈 수 없다.

소변 채취 방법은 일반적인 건강검진 때와는 확연히 다르다. 검진 땐 대상자가 화장실에 들어가서 컵에 소변을 채취해와서 제출하면 되지만, 금지 약물 사용 여부를 검사하는 도핑 테스트에서는 소변 바꿔치기를 방지하기 위해 DCO가 선수의 몸에서 소변이 배출되는 걸 확인해야 한다. 선수가 하의를 완전히 내리고 서서 컵을 대고 소변을 받으면, DCO는 두 눈으로 직접 그 광경을 본다. 소변 채취 방법을 고려해서 선수와 같은 성별의 검사관(여자 선수에겐 여성 DCO, 남자 선수에겐 DCO)이 투입된다. 그렇다고 해도 선수와 DCO 모두 민망하기는 마찬가지다. 소변 채취가 끝나면 선수와 DCO는 굳이 시선을 마주치지 않고 각자 갈 길을 간다.

DCO와 선수 모두 가장 곤혹스러운 순간은 '소변이 나오지 않을 때'이다. 선수가 90분간 벤치에서 대기했다면 큰 문제 없이 소변 채취를 할 수 있지만, 경기를 뛴 경우라면 체내 수분이 많지 않아서 소변이 잘 나오지 않는다. 그래서 도핑룸에 미리 생수를 박스째 가져다

두고 선수가 마시도록 하는데, 2~3시간 이상 기다려야 할 때도 있다. 도핑검사가 끝나야 경기 운영팀 스태프들이 철수할 수 있으므로 모두가 한마음으로 선수가 '잘 해내기를' 기원한다.

채취된 선수들의 소변은 검사를 통해 금지약물의 검출 여부를 확인한다. 양성이면 약물이 검출된 것이고, 음성이면 검출되지 않은 것이다. 양성이 나오면 추가로 검사를 실시하여 금지약물의 종류와 수치를 확인한다. 양성이 나왔다고 선수가 곧바로 징계받는 것은 아니다. 해당 약물을 치료 목적으로 사용했다면 선수는 메디컬 위원회에 그 같은 경위를 해명하고 면책을 요청할 수 있다. 해명을 받아들이기 어려울 때 위원회는 논의를 거쳐 징계 수위를 결정한다. 출전 금지는 최소 몇 개월에서 수년까지 가능하며, 경우에 따라 영구 정지 처벌이 내려질 수 있다. (사실 도핑과 관련된 내용은 대외비에 해당하는 것이 많아서, FIFA에서 공개한 도핑 프로세스에 대한 내용 정도만 기술하였다)

이런저런 어려움이 있어도 DCO로서 사명감과 보람을 안고 업무를 수행한다. DCO로서 일할 때 주의할 점은 병원 일정에 차질을 빚으면 안 된다는 것이다. 의사들은 환자 진료가 있으므로 휴가를 마음대로 내서는 안 된다. 휴가를 내려면 미리 진료 스케줄을 조정해서 환자들이 불편하지 않도록 해야 한다.

요즘 '본캐'와 '부캐'라는 개념이 유행이다. 나에게 있어 '세브란스병원 교수'는 본캐이고, '도핑 오피서·메디컬 오피서'는 부캐이다. 내 일상을 아는 이들은 안 그래도 바쁠 텐데 어떻게 부캐까지 하느냐며 놀라기도 한다. 본캐와 부캐를 완벽하게 하는 건 쉬운 일이 아니다. 환자를 치료하는 의사, 아빠, 남편, 가장 등 모든 역할을 다해내면서 부캐까지 감당하려면 치열한 노력이 필요하다. 절대적 시간이 부족한 건 사실이지만 부캐를 포기할 생각은 없다. 부캐는 내가 숨을 쉬게 해주는 몇 안 되는 통로 중 하나이니까. 만약 축구가 없었다면 어땠을지 상상하기가 어렵다.

똑똑한 의사 말고 좋은 의사

환자를 치료하는 의사이지만, 자신에게 생긴 병을 치료하는 건 쉽지 않은 문제이다. 의사로서의 자괴감과 회의감에 멘탈이 무너졌던 때가 있었는데, 그때 나를 치유해 주었던 것이 축구였다. 축구는 좌절의 늪에서 허우적대는 나를 구원하는 방주와 같은 존재였다.

내분비내과 전문의로 일하다가 2016년부터 노년내과에서 환자 진료를 하게 되었다. 노년내과는 이름 그대로 어르신 환자들을 진료하는 과이다. 노령인구가 급속하게 증가하는 사회적 흐름으로 그 중요성이 커지고 있으며, 전국적으로 10여 곳의 종합병원에서 노년내과 진료과목이 개설돼 있다. 우리 병원의 경우 2010년에 노년내과가 개설되었다.

새로운 도전을 한다는 마음으로 임했으나 얼마 지나지 않아 우울감에 시달리기 시작했다. 나에게 찾아오는 환자들이 오래지 않아 사망하는 일을 반복적으로 겪자 견디기 힘들었고, 자존감은 거의 바닥으로 추락했다. 그전까지 미처 겪어보지 못했던 경험이라 걷잡을 수 없었던 것 같다.

내분비내과와 건강검진센터에서 일할 때는 중증 환자를 잘 만나지 않았다. 내분비내과에서 주로 진료한 갑상선, 당뇨병, 골다공증 환자들 중 사망하는 경우는 거의 없었다. 건강검진센터도 마찬가지였다. 대부분 건강한 분들이었고, 검진 결과 이상이 발견되더라도 해당 과로 진료를 배정하는 것이 내 역할이었다.

반면에 노년내과는 그 특성상 위중한 환자들을 만나게 된다. 의사가 최선을 다해도 병세가 나아지기 쉽지 않다. 의욕적으로 치료에 임해도 속절없이 환자를 놓치는 일이 반복되면서 내 능력에 대한 한탄, 자괴감, 무기력감에 빠졌다.

또 다른 어려움으로는, 환자가 원하는 대로 치료를 다 해줄 수 없다는 점이 있었다. 우리 병원은 종합병원이라 입원 대기 중인 환자가 늘 많다. 무한정 환자들을 머물게 할 수 없으며, 좀 더 소생 가능성이 있는 환자들을 치료하기 위해 힘을 집중한다. 병원 치료가 의미가 없다고 판단되는 환자들, 즉 말기에 해당하면 퇴원을 권유할 수밖에 없다. 의학적으로 말기란 단지 암만 해당되지 않는다. 심장이 거의 기능하지 못하는 말기 심부전, 폐가 거의 기능하지 못하는 말기 폐부전도 있다. 이 역시 말기 암환자와 함께 호스피스에 해당한다.

병원은 말기 환자의 보호자에게 퇴원해서 요양병원이나 호스피스 병원으로 옮길 것을 권한다. 이 권유를 수용하는 보호자들이 있고, 그렇지 못한 보호자들도 있다. 환자가 의식이 없는데도 끈을 놓을 수 없는 거다. 종합병원에 입원해서 받을 수 있는 치료와 요양병원에 입원해서 받을 수 있는 치료는 차이가 있다. 이 점을 알고 있는 보호자들은 계속 우리 병원에서 치료를 받고 싶어 한다. 제한된 공간, 제한된 의료인력으로 일하는 병원의 사정을, 절박한 심정의 보호자들이 헤아리기가 어려울 것이다.

원하지 않는데 등 떠밀려서 퇴원했다면서 항의하는 분들이 적잖았다. "인간이 아니다."라며 저주를 퍼붓는 분들도 있었다. "세브란스 병원 김광준 교수가 입원장을 주지 않았다. 이건 환자를 거부하는 거다."라는 내용의 민원을 관할 보건소와 보건복지부에 줄기차게 제기하는 보호자도 있었다. 민원이 제기되면 나는 사유서를 써야 한다. 사유서를 써서 제출하면 상대는 다시 민원을 제기한다. 그럼 다시 사유서를 써야 한다. 끈질기게 이어지는 실랑이와 줄다리기에 정서적으로 피폐해져 갔다.

온갖 비난과 항의 중에서 가장 충격을 받았던 사건은, 어느 환자의 손녀로부터 전달받은 손편지였다.

똑똑한 의사 말고 좋은 의사가 되세요.

환자는 90세가 넘는 고령이었는데, 안타깝게도 생명의 불꽃이 꺼져가고 있었다. 나의 지식과 경험을 토대로 볼 때 환자는 어떠한 의학적 조치에도 이전의 건강 상태를 회복할 가능성은 없었다. 인공호흡기와 투석기에 의지해서 하루하루 '연명'할 수밖에 없는 상태였다. 사실 의사는 환자를 위해 최선을 다해야 하지만, 소생 가능성을 판단해서 보호자들에게 알려야 할 의무도 지고 있다. 나는 보호자들에게 연명 치료를 하는 게 의미가 없다는 사실을 알려주었다. 어떻게 해서든 아버지를 살리고 싶었던 보호자들은 내 말에 낙심했는데, 그 자리에 함께 있었던 환자의 손녀가 나에게 편지를 써준 것이다.

의사가 그래서는 안 돼요, 똑똑한 의사 말고 좋은 의사가 되세요, 환자를 치료할 생각은 안하고 죽을 거라는 말만 하면 안 되잖아요, 맞춤법보다 편지 내용을 봐주세요. 중학생 소녀가 또박또박 연필로 써 내려간 한 문장 한 문장이 가슴에 와 박혔다. 멘탈이 뒤흔들리는 충격이었다. 감정적으로 동요하지 않으려고 냉정함을 유지했더니 보호자들의 마음을 알아주지 못한 의사가 되었구나. 진정한 치료는 환자와 보호자의 마음까지 어루만져야 하는 건데, 내가 진짜 의사가 맞을까. 환자들에게 도움을 줄 수 있는 사람이 맞나. 좌절감이 들었다.

알고 있다. 환자들, 보호자들이 얼마나 의사들에게 서운해하는지를. 아픈 몸, 더 아픈 마음을 이끌고 찾아온 병원에서 위로받지 못하고 의사들의 차가운 말 한마디에 상처받는 경우가 많다는 것을. 그런 현실을 알기에 한편으로 깊이 반성했고, 다른 한편으로는 지쳐갔다. 나도 최선을 다했는데… 뭘 더 해야 할까. 할 수 있는 게 있기는 한 걸까.

우울감이 심해지면서 우울증으로 발전했다. 약을 먹지 않고 견디기 힘들었다. 내 마음도 조절하지 못하면서 남을 치료하는 처지가 한심해 더 우울해지는 악순환이 반복되었다. 이런 나에게 선배인 노년내과 과장 김창오 교수가 조언해 주었다.

"자아를 분리해봐. 의사로서의 너와 인간으로서의 너를 구분해서 살아야 해. 그리고 모든 환자를 최선을 다해서 진료하지만 신이 아닌 이상 모두를 살릴 수는 없어. 결과를 받아들일 줄도 알아야 해."

나와 똑같은 경험을 한 선배의 진심 어린 조언은 어둠 속을 희미하게 비추는 빛 같았다. 그 빛을 따라서 찬찬히 어둠을 헤쳐나오기 시작했다. 선배의 말처럼 자아를 분리하여 감정적으로 휩쓸리지 않으면서 환자들의 마음을 헤아리는 방법을 실천하게 되었다. 어찌 보면 이때 난생처음으로 부캐를 만드는 경험을 했다고 할 수 있다.

윤영설 교수 덕분에 만나게 된 현실 축구세계 역시 구원의 빛과 같았다. 피폐해진 마음을 회복하기 위해 더 축구에 빠져들었고 몰입했다. 동경했던 세상을 만나 행복하고 그곳에서 필요한 사람으로 변화해 가면서 많은 용기와 자신감을 얻을 수 있었다. 휘청거리는 나를 지켜보면서 불안해하고 염려해 준 가족들의 도움이 가장 컸지만, 축구에서도 엄청난 에너지를 받았다.

이제는 제법 마음의 평안을 유지해나가는 중이다. 환자들, 보호자들을 대할 때 최대한 그분들 입장에서 생각하려고 노력한다. 귀가 어두운 분들을 위해 목소리를 크게 키우고, 어려운 개념이나 용어 등을 쉽게 풀어서 설명한다. 가끔 전공의들로부터 그렇게까지 자세하게 말하기 힘들지 않느냐는 질문을 받는다. 의사가 아무리 자세히 설명해도 보호자들은 힘들어한다. 처음 겪어보는 '아픈 부모의 보호자' 역할인데, 어려운 게 당연하다. 그 경험이 없는 건 나도 마찬가지다. 그래서 되도록 쉽게, 되도록 여러 번 반복해서 설명한다. 환자, 여러 명의 보호자, 매번 바뀌는 간병인 모두를 이해시키고자 최선을 다한다.

환자들에게 똑같이 잘해 드리려고 하지만, 좀 더 마음이 쓰이는 순간이 있다. 연로하신 어르신 부부가 함께 오시다가 한 분이 돌아가시고, 다른 한 분이 계속 진료받으러 오실 때이다. 빈자리를 메울 순 없지만 이때 더욱더 잘해 드리려고 노력한다.

지금처럼 열정적으로 환자를 진료하는 데 있어서 축구가 가장 큰 도움이 되었다. 병원에서 환자들을 진료하면서 에너지를 쏟아내면, 축구계에서 일하면서 에너지를 충전 받는다. 내 노력을 알아주시고 위안을 주시는 분들을 통해서도 용기를 얻는다. 당연히 할 일을 하는 것이므로 별말씀을 안 들어도 괜찮지만, 가끔 격려해 주는 말씀을 들을 땐 진심으로 고마움을 느낀다. 누군가 나에게 묻는다면 좋은 의사가 되었다고 장담할 수는 없다. 그러나 적어도 그 방향으로 가는 중이라고, 다행히 방향을 잘 잡았다고, 말할 수 있을 것 같다.

KONAMI

KJ
IW
KOREA
kt

Chapter 2
잘하거나 이상하거나

Chapter 2

잘하거나 이상하거나

경험은 만들어낼 수 없다. 겪어야 한다.

-알베르 까뮈

2018년 자카르타-팔렘방 아시안게임에서 우리나라 남자 A 축구 대표팀 선수들에게 징크스가 있었다는 사실을 아는가. 바로 주먹밥이다.

대표팀 지원 스태프 조리사가 경기를 앞두고 선수들에게 제공하는 마지막 간식으로 주먹밥을 준비했는데, 그날 우리 선수들이 경기에서 시원하게 승리를 거두었다. 그 모습을 보면서 홍보 담당관이 긍정적인 의미의 징크스를 만들면 좋겠다고 생각했다. 선수들의 사기를 북돋아 주고 좋은 에너지를 불어넣는 역할을 할 것이라고 기대하며 매경기마다 주먹밥을 준비한 것이다. 그 기대대로 선수들은 아시안 게임 때 잘 싸워줬고 금메달을 거머쥐었다.

선수들이 맛있게 주먹밥을 먹는 걸 지켜보면서 무척 뿌듯했다. 처음 인도네시아에 왔을 때만 해도 선수들이 여행자 설사와 풍토병으로 고생이 많았는데, 그걸 다 극복하고 건강을 회복해 승승장구하는 걸 보니 무척 자랑스러웠다.

2018년 자카르타-팔렘방 아시안게임은 처음으로 내가 국가대표 팀닥터로 참여한 경기였다. 선수들과 같은 유니폼을 입고 같은 장소에 있다는 사실에 가슴이 벅차올랐다. 똑같이 국가대표가 된 것 같았다. 정말 최선을 다해, 열심히 선수들을 돌보겠다고 다짐했다. 죽어라 열심히 한다고 잘하는 게 아니라는 사실을 머지않아 실감할 거라고는 그땐 미처 알지 못했다.

국가대표 팀닥터로서 첫 임무, 풍토병과 싸우기

2017년에 나는 KFA 의무분과위원회 의무위원으로 임명되었다. KFA 의무위원이 되면서 우리나라 축구선수들과 감독들, 스태프들을 접할 기회가 늘었다. 그전까지 팬심이었다면 이제는 축구 의무분과의 미래를 고민해야 하는 위치가 된 것 같았다.

KFA 산하 의무분과위원회는 축구인들의 건강, 축구선수들의 의료보건환경, 부상과 재활 등을 논의하는 분과이다(코로나19 팬데믹 후에는 코로나 방역이 최대의 화두가 되었다). 한 해에 국내외에서 열리는 축구대회는 유소년부터 성인까지 따진다면 대단히 많다. 경기가 많은 만큼 (가벼운 타박상부터 수술까지 포함해서) 부상도 자주 발생한다. 의무분과위원회는 경기 중 발생하는 부상과 예방에 대해 많은 관심을 갖고 해법을 찾고 있다. 의사, 물리치료사, 심리치료사, 약사 등 스포츠의학 분야에서 경력을 쌓은 전문가들이 의무위원으로 임명된다. 자원봉사 개념이지만 모두 축구를 정말 좋아하고 의무위원으로 활동한다는 데에 상당한 자부심과 긍지가 있다.

일반적으로 의무분과위원회의 의사 위원들은 정형외과·신경외과·재활의학과·응급의학과 전문의가 많은 편이다. 2021년에는 정신과와 산부인과 전문의도 의무위원으로 임명되었다. 선수들의 신체 건강뿐 아니라 정신 건강까지 돌봐주고, 여자 축구선수들의 부인과 질환 및 증상을 상담해줄 수 있도록 영역을 넓힌 것이다.

처음 의무분과위원이 되었을 때 의무분과위원회에서 내 이력은 특이하게 여겨졌다. '할아버지, 할머니를 진료하는 노년내과 의사가 왜 축구랑 놀지?' 하는 궁금증을 가진 이들이 적잖았다. 의무분과위원회는 분과의 특성상 선수들의 개인 (건강)정보가 오가기 때문에 어쩔 수 없이 폐쇄적인 면이 존재한다. 낯선 인물이 등장했을 때 혹시 저 사람이 공명심 때문에 온 게 아닐까, 자기 잇속을 챙기러 온 게 아닐까 싶어서 부담스러워 한다.

내가 KFA 의무분과위원회에 입성할 수 있었던 것은 스포츠의학계에 불어온 변화의 바람 덕분이었다고 생각한다. 근래 들어 스포츠의학 분야에서는 부상 치료뿐 아니라 관리와 예방을 더 잘해야 한다는 목소리가 커지고 있다. 훈련이나 경기 중 선수들이 입는 부상을 예방 및 치료할 뿐 아니라 건강 전반을 케어해서 건강하고 오래오래 생활할 수 있도록 하는 데까지 스포츠 의학의 범위가 확대되어가고 있다. 이런 변화의 움직임을 윤영설 당시 KFA 의무분과위원장과 송준섭 부위원장이 적극적으로 반영했다. 여기에 더해 축구를 열렬히 좋아하는 내 팬심이 의무분과위원들 사이에서 동질감을 주면서 서서히 가까워지게 되었다.

의무분과위원회는 어떤 대회에 어떤 팀닥터를 파견할 것인지를 결정한다. KFA로부터 각급 대표팀의 1년 경기 스케줄을 모두 받아서 경기가 열릴 지역의 상황, 기후, 경기의 성질 등을 살펴본다. 이같은 정보를 바탕으로 KFA 협회장, 의무분과위원회 위원장, 대표팀 감독이 상의해서 의무분과위원회 위원들 중에서 팀닥터를 선정한다. 별도의 시험을 거치는 건 아니고 협회 내 일정한 기준하에 면접, 서류 등을 갖춰서 평가한다. 대개는 정형외과, 신경외과, 재활의학과, 응급의학과 등과 같이 선수 부상을 치료하는 과의 전문의가 1순위로 선정된다. 팀닥터는 한 명을 파견하는 게 원칙이다. 다만 2018년부터 중요 경기에 한해서 내과계·외과계 각 한 명씩, 두 명을 파견하기로 결정했다.

2018년에 처음으로 국가대표 팀닥터로 임명되었다. 앞서 언급했듯이 인도네시아에서 열린 자카르타-팔렘방 아시안게임 축구대표팀 팀닥터가 된 것이다. 윤영설 당시 의무분과위원장은 인도네시아의 특성상 우리 선수들이 현지 풍토병에 걸릴 가능성이 있으며, 축구 경기가 열리는 팔렘방이 수도인 자카르타에서 떨어져 있어 의료상황이 좋지 않을 거라고 우려했다.

"김 교수가 내과니까 먼저 대표팀을 동행해서 출국하도록 합시다. 예선전을 무사히 치르면 선수들과 스태프들의 현지 적응이 어느 정도 끝났을 테니 귀국해도 돼요. 이후 본선 일정에는 정형외과 전문의가 팀닥터로 합류할 겁니다."

현지 상황을 고려해 팀닥터를 이원화한다는 방안에 따라 내가 먼저 대표팀을 동행해서 출국했다. 윤 위원장의 예상은 적중했다. 2018 아시안게임 E조 예선 두 번째 경기 말레이시아전을 앞뒀을 때 선수들이 여행자 설사에 걸리면서 체력과 경기력이 무너졌다. 그 경기에서는 안타깝게도 2:1로 패했지만 선수들의 몸 상태를 알고 있던 내 입장에서는 선수들이 경기를 뛰었다는 것만으로도 대단하다고 생각했다. 이후 선수들은 빠르게 정상 컨디션을 회복하면서 승전보를 이어갈 수 있었다.

열과 성의를 다해 선수들을 치료하면서 한편으로는 선수들의 체력을 보강할 수 있는 방안을 스태프들과 논의했다. 이러한 과정을 통해 아시안게임 대표팀 김학범 감독 그리고 선수들과도 많이 친해졌다. 예선전까지 선수단을 지켜내는 임무를 마치고 아쉬운 작별을 고하면서, 결승전에 진출하면 경기를 보러 다시 오겠다고 약속했다. 우리 축구팀은 결승에 진출했고 금메달을 목에 걸었다. 나는 약속대로 결승전을 보기 위해 현지로 날아가서 영광스러운 순간을 함께할 수 있었다.

밤을 새우고 다시 한국으로 돌아왔다. 이제는 '본캐'로 복귀하는 시간이다. 빡빡한 일정이었으나 피곤함을 느끼지 못했다. 당시 의사로서 정서적으로 피폐했던 때였는데, 아시안게임 축구대표팀 우승으로 극한의 에너지를 얻은 덕분이었다. 처음으로 국가대표 선수들과 합숙하면서 같은 유니폼을 입었고 승리의 기쁨을 나눈, 잊지 못할 경험 덕분에 온몸에 에너지가 넘쳐 흘렀다.

열심히 한다고 잘하는 게 아니다

"저 인간이 대표팀 유니폼을 입고 대체 여기에! 왜 온 거야!"

라커룸 바깥까지 들리는 목소리. 귀가 쫑긋 곤두섰다. 설마 아니겠지, 내가 온 게 뭐 어쨌다고… 이렇게 생각했지만, 자꾸만 목 뒤의 솜털이 쭈뼛 섰다.

2019년 11월 레바논에서 열린 월드컵 1차 예선전 어웨이Away 경기가 끝난 직후였다. 경기 스코어는 0:0. 현지의 살벌한 분위기 속에서 치른 경기에서 비겼기 때문에 우리 A 축구대표팀의 분위기는 무겁게 가라앉아 있었다.

그때 내가 왜 레바논에 갔을까? 본래의 일정은 AFC 메디컬 오피서로서 카타르 아스페타에서 열린 AFC·UEFA 메디컬 오피서 워크숍(아시아와 유럽이 처음으로 뭉쳐서 개최한 양 대륙 팀닥터 워크숍이었다)에 참석하는 것이었다. 이 워크숍을 마치고 카타르에서 활약 중인 남태희(현 알두하일SC)·정우영(알 사드SC) 선수들을 만나서 건강을 체크했다.

2018년 처음 팀닥터가 된 후, 할 수 있는 모든 노력을 다해서 선수들을 도와주겠다고 다짐했다. 그래서 누가 시키지 않아도 할 일을 찾아서 부지런히 다녔고, 선수들을 만날 기회가 있다면 놓치지 않았다. 카타르에서 두 선수를 만난 것도 그 일환이었다. 평소에도 꾸준히 선수들과 소통하면서 그들의 건강 이슈를 해결해주고 싶었다.

카타르 일정을 마치고 나서는 레바논을 가기로 했다. 마침 레바논 축구협회 의무위원과 트레이너의 초대를 받은 데다, 메디컬 오피서로서 추후 우리가 경기를 하게 될 레바논 경기장을 점검할 기회였다. 게다가 UEFA와의 미팅이 있었던 카타르와 레바논의 위치가 퍽 가까웠고, 그곳에서 우리 A 대표팀이 2022 카타르 월드컵 2차 지역 예선을 치르고 있었다. 이왕 간 김에 경기를 관람하고 선수들을 만나야겠다고 마음을 먹었다.

레바논에서 일을 마치고 나면 두바이로 갈 생각이었다. 그곳에서는 우리나라 U-23 대표팀이 참여하는 2019 두바이컵 친선대회가 진행되고 있었다. 1년 전 아시안게임 팀닥터로 대표팀과 합숙하면서 김학범 감독과 선수들과 많이 친해졌기에 만나고 싶었다.

'내가 멀리서 찾아온 걸 보면 선수들이 얼마나 기뻐할까!'

그동안 잘 지냈는지, 건강은 어떤지, 뭘 도와주면 좋을지 등등 궁금한 것 천지였다. 주말에 각각 다른 곳에서 경기를 진행하는 두 팀을 모두 돌아보고 귀국하려면 거의 메뚜기 뛰듯 다녀야 한다. 못 말리는 열정을 자화자찬하며 카타르 도하에서 레바논으로 출발했다.

그런데 당시 레바논에는 반정부 시위로 인해 대규모 소요사태가 발생했다. 직접 눈으로 목격한 현지 모습은 뉴스 화면보다 더 살벌했다. 무관중인데다 축구 경기가 열리는 경기장 주위를 뾰족한 철조망이 에워싸고 사방에 탱크가 지키고 있었다. 이런 분위기 속에서 우리 선수들이 경기를 준비하고 있었구나 싶어 마음이 아파왔다.

미리 준비해 간 대표팀 유니폼으로 갈아입고, 나를 초청해 준 레바논 대표팀 관계자로부터 건네받은 AD카드Accreditation Card, 대회 출입증를 목에 걸고 경기장으로 들어갔다. 먼저 레바논 대표팀 감독과 팀닥터를 만나 대화를 나누고 경기를 함께 본 다음 대표팀을 만나기 위해 우리 쪽 진영으로 향했다.

나를 발견한 몇몇 스태프들의 눈이 왕방울만 하게 커졌다. 마치 '네가 왜 거기서 나와?'라고 묻고 있는 것 같았다. 그렇게까지 놀랄 일인가, 고개를 갸웃하면서 선수들이 모여 있을 라커룸으로 다가갔다. 그때 문을 뚫고 나오는 분노의 고함 소리! 설마설마했는데 '저 인간=나'였다. 모든 스태프들의 시선이 나에게 쏟아졌다.

'왜 저렇게까지 화를 내는 거야. 내가 온 게 뭐 어때서….'

벤투 감독, 선수들과 잠깐 인사를 나눴다. 분위기상 길게 얘기할 수도 없었다. 쫓기듯 경기장을 떠나 공항으로 가서 두바이행 비행기에 올랐다. 불과 몇 시간 전까지만 해도 유니폼을 입고 대표팀을 만날 생각에 꿈에 부풀었는데, 순식간에 시무룩해졌다. 사람들과 친해지면 잘해주고 싶고 자주 만나고 싶은데, 상대편이 이렇게나 불편해 하는 모습을 보니 참 서운했다.

두바이에서는 정반대로 따뜻한 환대가 쏟아졌다. 김학범 감독은 반갑게 나를 맞이해 주었다. 김학범 감독이 이끄는 우리 선수들은 대회 준우승을 차지했다. 경기가 끝난 뒤 잠시 스태프들을 만나서 그동안 쌓였던 이야기를 나눴다. 너무 좋았다.

만남을 마치고 다시 공항으로 향해서 밤비행기를 타고 한국으로 돌아왔다. 3박 5일의 빠듯한 일정으로 몹시 피곤했으나, 집에 들를 여유도 없이 병원으로 향했다. 언제나처럼 눈 돌아가게 바쁜 일상으로 돌아가서 일에 집중했다. 레바논에서의 내 행동이 어떤 파도를 일으킬지 전혀 짐작조차 못한 채.

한국에 복귀한 후 며칠 지나지 않아 윤영설 위원장으로부터 연락을 받았다. 레바논에서 A 대표팀을 방문했던 일로 지원팀장이 의무분과위원회에 정식으로 항의했다는 것이다. 국가대표팀 경기가 장난도 아니고, 스태프도 아닌 사람이 사전에 아무 허가를 받지 않고 마음대로 들어와서 감독과 선수들을 만나려 할 수 있냐는 것이다. 지원팀장이 보안 담당팀장을 질책했는데, 그는 자신도 전혀 몰랐다며 앞으로 '그 사람'이 다시는 유니폼을 입고 불쑥 나타나지 않았으면 좋겠다고 의무분과위원회에 이야기했다고 한다.

KFA 직원들이 보는 나는 '이상한 놈' 그 자체였다. A 대표팀 경기 때마다 팀닥터가 지정되는데, 난 팀닥터가 아닐 때도 늘 경기장에 갔다. 원래부터 축구팬으로서 K 리그는 시즌권을 끊고 경기 직관을 즐겼지만, 2018년부터는 사명감으로 더욱 부지런을 떨었다. 경기장에 가면 유니폼으로 갈아입고 대표팀과의 일체감을 가슴 깊이 만끽하면서 경기를 응원했다. 2018년 아시안게임 팀닥터였을 때 받은 팀 유니폼은 나의 소중한 보물이다. 이걸 입으면 선수들과 함께 호흡하는 것 같아 정말 행복했다. 그런데 내 마음에만 충실했을 뿐, 다른 이들의 입장은 미처 생각하지 못했다.

2019년 3월 축구 A 대표팀이 상암 경기장에서 콜롬비아와 평가전을 가졌을 때도, 스카이박스에서 국가대표 유니폼 복장으로 경기를 관람하고 난 후 AD카드를 목에 걸고 선수단이 있는 쪽으로 갔다. 온통 싸늘한 시선이 쏟아져 내리는 것도 모르고, 상대팀인 콜롬비아 팀닥터를 만나 반갑게 인사했다. 한술 더 떠서 콜롬비아 스타 플레이어와 사진을 찍었다. 그 모습을 본 스태프들은 아마도 이렇게 생각했을 것이다.

'우리나라 팀닥터라는 사람이 경기장에 와서 상대팀 선수와 사진을 찍다니…. 그동안 경기장에 왔던 것은 저러려고 오는 거였구나.'

내 행동에 대한 말들이 심심찮게 돌고 있었다. 윤 위원장은 내색하지 않았으나 레바논 방문으로 정식 항의를 받게 되자 그동안의 일들을 담담하게 설명해 주었다.

"죄송합니다. 전혀 몰랐습니다. 그런데 왜 저한테 한마디 말씀도 안 하셨어요?"

"뭐 하러 얘기해. 나는 김 교수가 축구를 엄청나게 좋아하는 걸 알고 있어. 너무 좋아하다 보니 그런 건데 뭐. 의무분과위원이고 팀닥터였는데 경기장에 가는 게 무슨 문제겠어. AFC 메디컬 오피서로서 레바논 의무팀 초청을 받았으니 레바논에 갔던 거고."

선배는 나를 믿어주고 지켜주는데, 후배란 녀석은 도와주진 못할 망정 뻥뻥 사건을 터뜨리는구나. 감사하면서도 정말 죄송스러웠다.

개인이 아닌 팀으로 일한다는 것

불만은 쉽게 사그라들지 않았다. 재발 방지를 강력하게 요청하는 목소리가 KFA 내에서 커져갔다. 결국 책임을 지는 차원에서 '사유서'를 썼다.

학교에서 말썽을 부린 아이들이 교무실에 불려가면 어떻게 반성문을 쓸까? 어떤 아이는 반성하는 마음으로 '죄송합니다'라고 단정히 쓰고, 또 다른 아이는 '내가 어쨌다고 그래요.'라는 마음으로 삐뚤빼뚤 쓴다. 나는 '죄송합니다'와 '내가 뭘요?'를 왔다 갔다 했던 것 같다. 축구를 향한 내 뜨거운 애정을 몰라주는구나 싶어서 반항심이 들다가, 스태프들에게 끼친 민폐를 생각하면 절로 고개가 수그러들었다. 그전까지 의무분과위원회에서 존재감이 크지 않았던 나는 단숨에 요주의 인물, 또라이로 등극했다.

"제 생각엔 박사님이 이렇게 하시면 어떨까 싶어요."

한동안 심리적으로 위축되었을 때 다가와 준 사람이 있었다. 내 인생에 윤영설 위원장과 송준섭 박사, 김창오 교수가 첫 번째와 두 번째, 세 번째 귀인이라면 네 번째 귀인이라고 할 만한 사람. 축구대표팀 의무팀에서 일하는 최주영 트레이너이다.

최주영 트레이너는 2009년에 KFA 의무팀에 들어왔다. 국가대표팀 스태프로 활동한 경험이 풍부한 베테랑으로, 2018년 아시안 게임 때 처음으로 합숙훈련을 하면서 친해졌다. 최 트레이너는 내가 축구를 좋아하고 뭐든지 죽어라 열심히 하는 모습을 좋게 봐주었다. 나 역시 그의 프로다움과 사람을 대할 때의 지혜로운 태도가 퍽 좋아 보였다.

아시안 게임 때 최주영 트레이너를 비롯한 코칭 스태프와 합이 잘 맞았다. 감독, 선수들과도 마찬가지였다. 그래서 내 문제점이 무엇인지 잘 몰랐던 것 같다. 그는 내가 꾸준히 사고를 치는 모습을 지켜보다가, 조심스럽게 하나씩 가르쳐 주었다. 행정을 총괄하는 직원들 입장에서 내 돌출 행동은 골칫거리였을 거라고.

“스태프들은 경기에 참여하는 모든 인력을 사전에 파악해서 경기 주최 측에 전달하고, 그에 맞게 준비해요. AD 카드를 비롯해서 식사, 숙소 등을 준비하고, 참여 인원들의 동선까지 다 계산하죠. 그렇기 때문에 박사님이 선수단과 접촉하고 싶으시다면 사전에 KFA와 협의하는 게 좋아요.”

지원 스태프들은 선수들의 경기력을 최상으로 유지하기 위해 선수단 소집-훈련-경기-소집 해제까지의 전 일정을 타임 테이블로 꼼꼼하게 만들고, 모든 환경을 통제한다. 선수들이 머무는 공간 중에서 가장 예민한 곳이 경기장이다. 전력을 다해 경기를 치르고 승패를 결정짓는 곳이므로, 스태프들은 어떠한 돌발변수와 사고 없이 경기장 안팎을 완벽하게 통제하고자 한다.

경기장에는 선수들과 스태프들이 머무는 공간(관중석 밑 안쪽 공간과 지하 공간)이 별도로 존재하는데, 스태프들이 하는 일에 따라 '어디까지 갈 수 있는지'가 정해져 있다. 대회 조직위원회 스태프라 해도 피치까지 올라갈 수 있는 사람과 없는 사람이 구분된다. 그런데 난 팀닥터로 참여하지 않았던 경기까지 가서, (경기만 보고 돌아갔으면 아무 문제 없지만) 유니폼을 입고 선수들이 있는 곳까지 내려갔던 것이다.

게다가 레바논은 소요사태로 분위기가 살벌했고, 경기가 0:0으로 끝나면서 모두들 극도로 예민해져 있었다. 그럴 때 나타나서 눈총을 한 보따리 받고도 다시 두바이까지 날아갔으니…. 두더지 게임에서 두더지가 불쑥불쑥 머리를 내밀면 뿅망치로 때려줄 수 있지만 사람한테 그럴 수도 없었을 테고, 진짜 승질이 났겠구나 싶었다.

최 트레이너의 애정 어린 조언 덕분에 스태프들의 입장을 이해할 수 있었다. 뜨거운 열정을 왜 몰라주는 거야, 라고 투덜댔던 그간의 모습이 부끄러워졌다.

"박사님은 축구를 사랑하는 분이니 사람들이 불편해 하는 부분만 조심하시면 정말 좋은 팀닥터가 되실 수 있을 거예요."

의도가 나쁘지 않더라도 상대에 대한 배려가 떨어지는 행동은 반감을 살 수 있다. 그러한 실수가 누적되면 결국 팀에서 배제될 수도 있다. 팀으로 일할 때는 내 일만 보는 게 아니라 다른 이들의 일도 이해해야 한다. 그래야 조화를 이루고 목표를 달성할 수 있다. 그동안 내 일에만 푹 빠져 있었고 내 관심사에만 몰두해 왔다. 축구를 좋아하고 축구계에 진정으로 도움이 되는 의사가 되고 싶다면 모두와 건강하게 소통하고 화합하는 방법을 찾아야 한다.

어떻게 하면 미안한 마음을, 진심을 보여줄 수 있을까. 틈이 날 때마다 고민했지만 딱히 좋은 방법이 떠오르지 않았다. 어영부영 시간이 흘러갔다. 늘 그랬듯이 일상은 루틴하게 굴러갔다. 병원에서의 내 삶도, 그라운드를 둘러싼 그들의 삶도 그럭저럭 괜찮았다. 우리가 다 알고 있는 '폭탄'이 떨어지기 전까지는.

2020년 초, 코로나19바이러스의 대유행이 시작되었다.

KOREA

Chapter 3

아무도 모른다, 닥치지 않으면

Chapter 3

아무도 모른다, 닥치지 않으면

조금도 위험을 감수하지 않는 것이 인생에서
가장 위험한 일일 거라 믿는다.

-오프라 윈프리

'설마, 그럴 리가 없는데…?'

축구 국가대표팀 지원팀장의 굳은 얼굴을 바라보는 내 표정 역시 순식간에 얼어붙었다. 국가대표팀 지원팀장이 선수들이 치료를 받는 의무실에 갑자기 찾아오는 경우는 거의 없다. 그가 내 눈앞에 있다는 건 그만큼 긴급한 상황이 발생했다는 얘기다. 타박상을 입은 선수를 치료하던 손이 자동적으로 멈췄다.

"박사님, 상의 드릴 일이 있습니다."

서둘러 자리를 옮겨서 그가 가져온 소식을 들었다. 코로나19 검사에서 양성 반응이 나타난 선수가 있다는 것이다. 그것도 한 명이 아닌, 네 명이나(정확하게는 선수 4명, 스태프 1명)!

2020년 11월 우리나라 축구 A 국가대표팀은 총 2주 일정으로 오스트리아로 와서 두 차례의 평가전을 준비하던 중이었다. 코로나19 팬데믹으로 1년 만에 해외파와 국내파 최정예 선수들이 소집되었고, 11월 15일 멕시코, 11월 17일은 카타르와의 경기를 치를 예정이었다.

당시 FIFA 규정상 경기 시작 72시간 전에 대표팀 선수단 전원에 대한 코로나 검사(정확하게는 PCR : Polymerase Chain Reaction으로, '중합효소 연쇄반응'이라고 한다. 환자의 콧속이나 구강에서 채취한 검체에서 RNA를 채취해 증폭한 다음 코로나19 감염의 특징적 유전자가 있는지 관찰해 감염 여부를 확인하는 검사를 말한다)를 진행하고 결과를 기다렸는데, 확진자가 있다는 검사 결과를 통보받은 것이다. 선수들의 검체를 채취해서 외부의 검사실로 보낼 때만 해도 크게 불안하지 않았다. 그동안 코로나 유증상자가 단 한 명도 없었고 방역수칙도 잘 지켰으므로 별다른 일이 없을 거라 믿었다.

다음 날 검사 결과를 확인하는데, '결과가 안 나온 사람'이 있다는 말을 들었다. 대개 음성이면 바로 결과가 나오지만, 양성으로 의심된다면 재검을 실시한다. 다른 검사자들보다 결과가 늦게 나온다는 건, 양성 가능성이 있다는 말이다. 신경이 쓰였지만 다시 음성으로 나올 수 있으므로 괜찮을 거라 생각했는데, 진짜 현실이 될 줄이야. 그것도 네 명이라니…. 어디서부터 잘못되었을까, 어떻게 대처해야 할까. 머릿속의 회로가 뒤죽박죽 엉켜버리는 것 같았다.

최선을 다해도 날벼락은 떨어진다

"비엔나에 와서 비엔나 소시지도 못 먹어 보고…."

불과 몇 분 전까지 우스갯말을 하던 여유가 눈 깜짝할 새 사라져 버렸다. 그렇다고 넋 놓고 앉아 있을 수는 없었다. 나는 이 사태를 수습해나가야 할 책임이 있는 축구 국가대표팀 팀닥터가 아닌가. 마음을 차분하게 가라앉히고 지난 시간을 더듬어 보았다. 오스트리아로 오게 되었던 상황부터 말이다.

2020년 전 세계를 공포로 몰아넣은 코로나19 팬데믹으로 인해 축구 대표팀은 그해 단 한 번도 소집되지 못했다. 파울루 벤투 감독은 월드컵 준비를 위해 선수들 상태를 반드시 파악해야 하므로 선수단 소집을 해야 했다. 단순히 소집만 하는 게 아니라 경기를 뛰어야 한다. 하지만 코로나 때문에 경기를 할 상대팀을 구하는 건 여간 어려운 일이 아니었다. 선수들의 기량을 점검하고 훈련에 도움이 될 평가전을 치르기 위해 애를 쓰던 KFA가 찾아낸 경기 장소는 오스트리아였다.

KFA가 평가전을 계획하던 2020년 9월경만 해도 오스트리아는 몇 가지 장점을 갖고 있었다. 첫째로 유럽에서 활동 중인 해외파 선수들을 소집하기에 유리했다. 항공편이 많고, 선수들의 접근성이 뛰어나며, 자가격리 기간이 14일이던 당시 우리나라와 달리 유럽의 자가격리는 7~10일 정도라 선수들이 평가전을 마치고 소속팀에 복귀하는 데의 부담이 적었다.

두 번째 장점은 (이왕이면) 훌륭한 경기력의 상대팀을 섭외하는 데 있어서 수월하다는 것이다. 오스트리아가 '코로나 청정국'이라는 평가를 받던 때여서 우리나라뿐 아니라 일본을 포함해 8개 국가가 오스트리아에서 평가전을 하기로 결정한 상황이었다. 경기할 수 있는 기간을 'FIFA A match period window'라고 하는데, 선수들을 소집하여 약 열흘 정도의 기간에 국가대표 대항전을 치르는 것이다.

KFA는 오스트리아로 원정 경기를 결정했고 상대팀까지 모두 섭외한 다음 대표팀 스태프, 팀닥터들과 함께 수차례 회의를 진행하면서 꼼꼼하게 방역지침을 세워나갔다. 나는 코로나 방역정책을 수립하는 데 주도적인 책임을 맡았다. KFA 내에 존재하던 '이상한 놈, 오지라퍼'란 평판이 신경 쓰였지만, 원정 경기를 차질 없이 준비하는 데 집중하자고 마음먹었다.

아무리 훌륭한 규범이나 제도도 따르지 않으면 의미가 없기에 선수단의 협조가 가장 중요했다. 부지런히 파주NFC를 오가면서 감독과 코칭 스태프, KFA 직원을 대상으로 수차례 코로나 방역교육을 실시했다.

10월 하순에 들어서 오스트리아 현지 상황이 달라졌다. 코로나 환자가 폭발적으로 증가하기 시작한 것이다. 환자 발생 숫자가 하루 5천 명이 넘는 등 상황이 급변하자, 원정 경기 일정을 취소해야 하는 것 아닌지 모두들 걱정이 태산이었다. 준비팀의 비상 회의가 이어졌고, 외교부에서도 염려하는 연락이 여러 차례 왔다. 그러나 이미 상대팀과의 매치가 결정된 데다, 선수들의 개별 일정 조율과 현지 장소 섭외까지 끝난 상태에서 일정 취소는 현실적으로 불가능했다. 코로나 19 팬데믹이 단지 1~2개월 만에 종료될 게 아니라면 무작정 피하기보다 일정대로 진행하되 더욱 철저히 준비하는 게 낫다고 판단했다. 준비팀은 오스트리아 일일 감염자 숫자를 체크하고 주오스트리아 한국 대사관에 수시로 현지 상황을 문의하면서 차근차근 준비해나갔다.

오스트리아 원정 경기에 참여할 선수들은 한국에서 출발하는 국내파와 오스트리아 현지에 곧바로 오는 해외파로 나뉜다. 한국에서 활동하는 선수들은 11월이면 시즌이 끝나므로 한 번에 소집해서 이동하는 게 가능하다. 선발대는 출국일 48시간 전에 모여서 PCR 검사를 받았고, 선수단의 안전을 증명하는 오스트리아 대사관 발급 서류와 병원 서류를 지참하고 인천공항에서 출국하였다. 후발대인 해외파 선수들은 개별적으로 오스트리아 현지로 오기로 했다. 유럽에서 활동 중인 선수들은 2020-2021 유럽 챔피언스 리그가 한창이어서 스케줄이 제각각이고, 한국에서 활동하는 선수들 중 아시아 챔피언스 리그에 참여하는 선수들 역시 스케줄이 달랐기 때문이다.

앞에서 이야기한 것처럼 국가대표팀 경기 일정에는 외과 계열 전문의가 팀닥터로 동행하는 게 일반적이다. 그리고 팀닥터로 합류하는 의료진은 병원 일정 조정이 쉽지 않아서 선수단과 함께 출발하기보다 따로 가는 경우가 많았다. 합숙 기간의 처음부터 끝까지 함께하지 않는 경우가 대부분이었다. 특히 평가전이라면 초반부터 의료진이 필요한 이슈가 발생하지 않으므로 중간에 합류해도 무방하다. 그런데 이번 오스트리아 원정 경기는 코로나19 팬데믹 이후 첫 국가대표팀 소집이었다.

"원정 기간이 길지 않고, 선수 부상보다는 코로나 감염 이슈가 훨씬 더 중요한 문제니까 이번엔 내과 의사가 팀닥터로 가는 게 좋겠습니다."

당시 의무분과위원회 송준섭 부위원장은 나에게 팀닥터로서 선발대와 함께 출발할 것을 권유하여, 선발대와 함께 모든 일정을 같이 하게 되었다.

호텔에 도착해 보니 독일에서 활동 중인 황희찬(당시 RB 라이프치히), 권창훈 선수(당시 SC 프라이부르크)가 먼저 도착해 있었다. 다음 날에 황인범(당시 러시아 FC 루빈카잔), 황의조(프랑스 FC 지롱댕 드 보르도), 손흥민(영국 토트넘 홋스퍼 FC) 등 또 다른 유럽파 선수들이 합류하였다. 한국에서 일요일에 출국해 현지 시간으로 일요일에 도착하였고, 국가대표팀이 완전체가 된 건 화요일이었다. 서로를 바라보는 선수들의 얼굴에 화색이 돌았다. 모두들 반가워서 어쩔 줄 몰라 했다. 1년 만에 만났으니 왜 안 그렇겠는가. 그러나 나는 혹시 모를 '빈틈'으로 코로나가 파고들지도 모른다는 불안감에 긴장의 끈을 늦출 수 없었다.

선발대 선수들은 한국에서 함께 모여서 건강 상태를 점검하고 코로나 검사를 받았으나, 해외파 선수들의 경우 각자의 지역에서 코로나 검사를 받고 결과지를 제출하였다. 선수들이 다양한 환경에서 모이게 되므로, 100% 완벽하게 통제하기가 현실적으로 어렵다는 것이 불안했다.

눈앞에 쏟아지는 변수들, 어떻게 통제할까?

당시 나는 늘어난 환자 진료와 국가대표팀 원정 경기 준비를 병행하느라 컨디션이 퍽 좋지 않았다. 몸이 무거워지니 머릿속 한편에 걱정과 불안감이 고개를 치켜들었지만, 준비한 대로만 잘하자고 마음을 다졌다. 그런데 현장은 생각지 못했던 변수의 연속이었다.

가장 먼저 맞닥뜨렸던 변수는 호텔의 예약 취소였다. 오스트리아 정부는 코로나 때문에 호텔이 영업을 못 하면 호텔 측이 신고한 수입의 70%를 국고에서 보전해 줬다. 그러다 보니 호텔이 우리의 예약을 취소하고 영업을 중단한 것이다. 오스트리아 현지 상황을 확인하기 위해 먼저 떠났던 지원 스태프들이 이를 알고 부랴부랴 다른 호텔을 정했다. 우리 선수단을 맞이하기 위해 미리 준비를 갖춘 곳이 아니었으므로 모든 부분에 있어서 열악할 수밖에 없었다.

게다가 당시 오스트리아는 코로나로 인해 락 다운Lockdown, 봉쇄령 상태여서 직원들 숫자가 평소보다 줄어들어 우리 팀을 서포트해 줄 사람이 없었다. 본래대로라면 오스트리아 축구협회나 호텔 직원들이 우리 선수들과 일반 숙박객들의 동선을 분리해 주고, 감염과 방역 조치에 협조해 준다. 우리도 코로나19로 인해 스태프 인원을 평소보다 줄여서 왔는데, 현지의 도움이 없다니 정말 당황스러웠다. 한국에서 꼼꼼하게 작성해 온 '코로나19 방역 리스트'의 20개가 넘는 항목 중 충족되는 건 1인 1실 사용과 마스크 착용, 이 두 가지뿐이었다.

우리 선수단과 스태프들은 두 개 층을 사용하기로 했고, 외부 이용객들과 동선을 분리하기 위해 애썼다. 선수들이 거치는 공간마다 손 소독제를 비치하여 수시로 손 소독을 하도록 지도하였고, 실내에서 마스크 착용을 하고 3인 이상 모이지 못하도록 주의를 기울였다. 물리치료실과 짐Gym 등 선수들이 집단활동을 하는 공간은 환기가 필수이다. 그래서 발코니가 있고 창문을 열 수 있는 방 두 개에 짐을, 방 한 개에 치료실을 만들었다. 본래 선수들이 치료를 받는 공간은 추워서는 안 되지만 방역을 위해 선수들이 치료를 받을 때도 창문을 열어 두었다.

선수들이 외부의 훈련장과 경기장으로 이동할 때 버스에 탑승한다. 이때 반드시 양쪽 옆, 창가 자리에 앉도록 했다. 우리가 통제할 수 없는 버스 운전기사의 혹시 모를 코로나 감염 가능성에 대비해 운전석 뒷줄은 아무도 앉지 못하게 했다. 그렇게 하니 48인승 차량인데 22명만 탑승할 수 있었다. 지원 스태프를 포함해 50명이 이동하고 각종 장비와 선수들 짐까지 실으려면 버스가 한 대 더 필요했다. 평소라면 버스를 구하는 게 뭔 대수겠는가. 하지만.

"버스를 구하기가 너무 어려운데요."

"여기가 락 다운 상황이라 그럴 거예요. 게다가 지금 오스트리아에 8개국이 모여서 경기를 준비하는 중이라 더 그렇지 않을까요."

"오스트리아 내에서 찾기보다 인접 국가에서 구하는 게 더 쉽겠어요."

스태프들은 재빠른 상의를 거쳐 오스트리아 위쪽 동구권 국가에서 간신히 버스 한 대를 구했다. 여기에 밴을 대여해서 선수단과 스태프들이 거리두기를 지키면서 탑승할 수 있었다.

훈련장에서도 문제가 발생했다. 벤투 감독이 훈련장을 보더니 상태가 안 좋아서 사용하지 못하겠다는 것이다. 그래서 훈련장을 바꾸었는데, 사전에 외부인 출입 통제를 요청했음에도 불구하고 오스트리아 국가대표 육상 팀 선수들이 사용하고 있었고, 생활체육을 하는 일반인들까지 드나들었다. 처음 훈련장을 방문해서 그 광경을 보고 나도 모르게 얼굴이 벌겋게 달아올랐다.

"뭐 하는 거에요? 이 사람들 당장 나가게 해요!"

내가 고래고래 소리를 지르자 우리 스태프까지 당황해 했다.

"저기 박사님… 그렇게 화내지 마시고…."

얼굴빛을 달리하면서까지 화내는 걸 처음 본 스태프들은 어쩔 줄 몰라 했다. '역시나, 저 인간이 또 사고 치는구나'라고 생각했을 것 같다. 화가 난 건 오스트리아 육상 팀 코치도 마찬가지였다. 그는 내가 날뛰는 모습을 보더니 경기장 총책임자를 찾아갔다.

"우리가 먼저 사용하기로 허가를 받았는데, 한국 팀이 왜 저러는 겁니까?"

오스트리아 코치의 항의를 받은 경기장 총책임자는 "육상 팀이 먼저 예약했고 한국 팀이 나중에 예약했으니 육상 팀은 나갈 수 없다"고 잘라 말했다. 이 삼자대면 자리에서, 우리가 요청했던 '외부인 차단'이 잘 전달되지 않았다는 사실을 확인할 수 있었다. 하는 수 없이 차선책을 강구해야 했다.

오스트리아 육상 팀 코치에게 사과하고 우리 팀 사정을 설명하며 양해를 구했다. 그리하여 우리 선수들이 지나갈 때 오스트리아 육상 팀과 동선을 분리해 줄 것, 오스트리아 육상 팀이 트랙을 돌며 훈련할 때 우리 선수들이 훈련하는 곳과의 간격을 최소 1미터 정도 비워줄 것, 외부 라커룸은 가운뎃 공간을 비우고 양쪽 끝을 각각 사용할 것 등 몇 가지 조건에 합의했다. 선수들에게 훈련장에 머무는 동안 마스크를 절대 벗지 말고 철저하게 손 소독할 것을 신신당부했다.

안전하게 식사하는 방법을 찾는 것 역시 골치 아픈 문제였다. 본래 계획은 한 테이블당 한 명이 독립된 상차림으로 식사하는 것이었다. 그런데 호텔에서는 하나의 테이블에 여섯 명이 앉아야 한다는 것이 아닌가.

"무슨 말씀이세요? 저희는 선수 한 명당 테이블 하나가 필요하다고요."

"안 됩니다. 저희 호텔 내부 공간이 부족하고, 현재 락 다운이라 호텔 직원도 평소보다 모자라요. 개별 서빙이 불가능합니다."

식당에서 식사할 때는 어쩔 수 없이 마스크를 벗어야 한다. 가장 위험한 공간이 되는 것이다. 그런데 호텔은 우리가 원하는 방식대로 식사할 수 없다고 못을 막았다. 결국 우린 최대한 거리두기를 유지하면서 뷔페식으로 식사하되, 식당 창문을 열어두고 모든 선수들이 공동 식기를 접촉하기 전 반드시 손소독을 하고 식사 중 대화를 최소화하는 것으로 변경했다.

현지에서 가장 예민하게 반응했던 건 선수들 간의 접촉이었다. 선수들 간 친목과 단합은 경기력에도 도움이 되므로, 대표팀은 선수들이 화합할 수 있도록 많은 신경을 쓴다. 평소에는 선후배 선수들이 함께 대화를 나눌 수 있도록 식사 때마다 자리를 바꿔가며 앉는다. 친교엔 좋아도 코로나 감염 가능성을 생각하면 위험한 행위다. 코로나19는 밀접 접촉을 좋아한다.

선수들은 오매불망 만나고 싶어 하지만 나는 기어코 갈라놓는 '악역'을 담당했다. 누가 보면 평온하고 따뜻한 풍경 속에 미친 놈 하나가 뛰어다니는 형국이었을 거다. 식당, 짐, 치료실 등등에서 수시로 출몰하며 잔소리를 해댔으니까.

"그렇게 모이면 안 돼요. 밀접 접촉이 가장 위험하다니까요."

"그거 만지기 전에 손소독을 하셔야죠."

"안 됩니다. 마스크는 반드시 쓰고 하세요."

벤투 감독, 스태프들과 상의하여 첫날에 한해서만 자리를 옮기게 하고 이후부터는 정해진 자리에서 식사하도록 했다. 그리고 3인 이상 방에서 개별적으로 모이는 것을 금지시켰고, 미팅도 15분으로 제한하였다.

치료실도 주의해야 할 공간이었다. 선수들의 부상, 근육통 등을 치료하는 물리치료실은 평상시 대표팀 경기라면 세 곳으로 운영되는데, 치료받는 선수와 다른 선수들이 모여서 편안하게 대화를 나누는 만담의 장소이다. 사적인 고민부터 선수생활에 대한 고충까지 부담없이 나눈다. 선수들에게는 위로와 치료가 이뤄지지만, 물리치료사와 치료 대상 선수 그리고 동료 선수 간 밀접 접촉이 발생하는 공간이라는 점에서 촉각을 곤두세워야 했다.

치료실을 두 곳으로 줄이고, 치료실에서 선수들 다수가 모이는 걸 금지하며, 물리치료사는 비닐장갑을 착용하고 마사지를 시행하기로 했다. 치료받는 선수 외에 다른 선수들 입장 제한까지는 가능했는데, 물리치료사의 비닐장갑 착용은 문제가 되었다.

“박사님, 장갑을 끼고 선수들 몸을 만지면 근육 상태를 파악하는 게 어려운데요. 손 감각으로 촉진하면서 감지해야 하는데 잘 안 돼요.”

“어휴··· 비닐장갑 낀 손이 제 몸을 만지니까 너무 이상해요. 장갑 안 끼고 해주시면 안 될까요?”

물리치료사는 치료적 관점에서 난색을 표했고, 선수들 역시 비닐장갑의 감촉이 서늘하고 느낌이 좋지 않다며 질색했다. 물리치료는 선수들의 몸 건강을 위해 너무 중요한 영역이다. 게다가 우리나라 국가대표팀의 물리치료는 해외 어느 팀과 비교해도 뒤처지지 않는 탁월한 수준이다. 해외파 선수들조차 대표팀 소집 후 가장 하고 싶어 하는 게 물리치료일 정도니까. 방역도 중요하지만 경기력 향상에 저해된다면 차선책을 생각하지 않을 수 없었다. 고심 끝에 장갑 대신 수건을 사용하는 것으로 타협점을 찾았다.

예상치 못했던 변수는 하루에도 여러 번 발생했다. 그때마다 무엇을 선택해야 하는지 고민을 거듭했다. 나를 비롯한 의료진과 대표팀 지원 스태프의 목표는 '코로나19 방역'과 '선수들의 경기력 향상'이었다. 어느 것 하나 포기할 수 없었다. 그래서 우리는 두 목표 사이에서 밸런스를 잡고 '양보할 것'과 '양보할 수 없는 것'을 정했다. 몇 개월 전부터 코로나19 방역 준비를 해온 우리다. 출국 전에 코로나19 검사를 했고, 현지에서 외부인과 최대한 접촉을 줄였으며, 우리 중 어느 누구에게도 의심 증상이 없었다. 이 정도면 '방역'과 '경기력'의 밸런스를 맞춰가면서 대응해도 괜찮을 것이라 판단했다. 결코 양보할 수 없는 것은 기본 방역 수칙인 마스크 착용과 손 소독이었다. 나머지는 현장 상황에 맞게 차선책을 찾아 나갔다.

숱하게 일어나는 돌발 상황에 맞는 대응법을 찾는 데 있어 가장 큰 역할을 했던 것은 벤투 감독의 협조다. 아무리 최선책 아닌 차선책을 찾아 나갔다고 해도, 대표팀 입장에서 내가 제시하는 코로나 방역지침이 유난스럽게 느껴졌을 수 있다. 특히 유럽에서 활동하는 선수들의 경우 더 그랬을 것 같다.

유럽은 우리나라에 비해 상대적으로 코로나 방역에 예민하지 않다. 마스크를 안 쓰는 건 예사이고, 우리나라처럼 생활치료센터도 없으며, 감염되더라도 자기 집에서 나오지 못하게 할 뿐이다. 그래서인지 선수들의 코로나 감염이 심심찮게 발생한다. 코로나에 걸리면 잘 치료해서 나오면 된다는 게 전체적인 분위기이고, 우리나라처럼 개인의 자유를 통제하지 않는다. 그러나 대표팀의 수장인 벤투 감독은 방역을 위해 선수들을 통제하고자 한 내 방침을 지지하고 응원해 주었다.

"원칙대로, 엄격하게 관리하는 게, 관리를 하지 않아 문제가 생기는 것보다 훨씬 낫다. 방역에 대해서는 팀닥터에게 일임하겠다."

스태프도 마찬가지였다. 대표팀 지원 스태프는 각자 할 일이 정해져 있고, 코로나19 팬데믹으로 인해 평소보다 적은 인원으로 구성되어서 늘 바빴다. 여기에 코로나 방역을 앞세운 내 요구사항까지 수행하느라 몸이 열 개라도 모자랄 지경이었다. '이상한 놈'이라더니 진짜 극성이라고 투덜댈 수도 있었을 텐데, 모두들 별다른 이의제기 없이 잘 따라주었다. 선수들에게 있어 감독과 코칭 스태프, 지원 스태프는 중요한 구심점이다. 이분들이 나를 믿고 함께해 주지 않았다면 일하기가 정말 어려웠을 것이다.

여기까지가 PCR 검사를 진행하기 전까지 우리 국가대표팀의 상황이다. 우리는 검사 결과가 나오기 전까지, 그럭저럭 행복한 시간을 보내고 있었다. 화요일 저녁, 선수단과 스태프를 포함한 50여 명의 PCR 검사를 실시해서 검체를 보낼 때만 해도 우리의 관심은 온통 경기에 집중되어 있었다.

우리나라에서 검사했다면 네 시간 만에 결과가 나오지만, 오스트리아니까 호텔에서 검체를 채취해서 외부의 검사실로 보내야 한다. 코로나 검사를 진행한 경험자는 나밖에 없어서 검사실을 세팅하고 인원을 대기시키는 등의 과정을 다들 낯설어했다. 그러나 미리 준비해간 방호복을 갖춰 입고 원칙대로 진행했다.

검사 결과는 인터넷으로 확인할 수 있다. 검사 다음 날 결과를 확인하면서 양성 가능성이 있는 경우의 수가 존재함을 알게 되었고, 최종적으로 감염자 다섯 명을 확인했다. 재검을 의뢰했으나 결과가 같았다. 선수들 네 명, 스태프 한 명이었다. 더운 날씨도 아닌데 이마에 땀이 송골송골 맺혔다.

불안해하고 있을 수만은 없었다. 먼저 확진자들에게 검사 결과를 알려주고 격리를 시작했고 감독, 스태프와 긴급회의를 갖고 상황을 공유하였다. 의사로서 확진자가 더 늘어날 것을 직감했다. 환자가 증가할 수 있으므로 의학적으로만 본다면 경기를 진행하지 않아야 한다. 그러나 축구라는 영역에서 이 결정을 하는 주체는 의사 혼자가 아니다. 그래서 우리는 KFA와 오스트리아 방역당국, FIFA에 보고하였다. 국가대표 지원팀장이 전략강화실장에게 보고하고, 이 분이 다시 사무총장과 전무에게 보고한 후 최종적으로 협회장에게까지 보고되었다.

KFA는 말 그대로 난리가 났다. 현지 시각으로 새벽 1~2시경, 한국 시간으로 오전 8~9시에 비상대책회의가 열렸다. 이정섭 본부장, 국가대표팀 지원팀장, 나를 포함한 오스트리아 현지의 주요 스태프, 한국에서는 홍명보 당시 전무·전한진 사무총장·윤영설 당시 의무분과위원장, 김판곤 전력강화위원장, 김동기 전력강화실장 등 KFA 임원들이 참여한 화상회의였다.

○ '방역'과 '경기력'이 충돌할 때

"자, 현재 상황이 어떤지 들어보겠습니다."

다급한 마음으로 모니터 앞에 앉은 순간 말문을 잃었다. 모니터 안으로 보이는 한국 임원들의 모습이 평소와 다를 바 없이 차분했기 때문이다. 왜 아무도 당황하는 사람이 없을까? 확진자 다섯 명이라는 긴박한 상황이 혹시 한국 쪽에 제대로 전달되지 않은 걸까? 침대 광고도 아닌데, KFA 임원들의 '흔들리지 않는 평온함'은 내 상상과 많이 달라 이상해 보였다.

"지금 현재 코로나 확진자는 다섯 명입니다. 의사로서 예상해 보면 10명 이상으로 늘어날 가능성이 있습니다. 모든 선수들, 모든 스태프가 다 밀접 접촉자이기 때문에 확진자는 무조건 늘어날 거라고 봐야 합니다. 그래서 지금 굉장히 안 좋은 상황이고 선수들 중 확진자가 10명 이상으로 늘어나면 경기가 취소되므로 그러지 않기 위한 대책이 마련되어야 합니다."

내 발언 순서가 되었을 때 했던 말이다. 여기에는 두 가지 포인트가 있었다. 먼저 확진자가 추가로 더 발생할 것이라는 심각성을 정확하게 전달하기, 두 번째로 경기 진행 여부에 대한 빠른 결정을 구하는 것. 이렇게 두 가지 포인트를 정리하는 데 최주영 트레이너의 조언이 많은 도움이 되었다. 그는 어떤 방식으로 KFA와 소통하면 좋을지를 세심하게 짚어주었다.

"박사님은 경기 진행 여부를 결정하는 책임자가 아니에요. 현장 책임자는 국가대표팀 지원팀장이고, 경기 진행에 대한 모든 결정은 KFA 차원에서 하는 거예요. 박사님은 의사로서 전문가의 의견을 정확하게 알려주시면 됩니다. 모든 걸 직접 결정하려고 하지 말고요."

이 상황을 누가 리드하고 누가 결정을 내려야 하는지를 알려주면서, 나의 역할을 잡아주는 그의 말은 많은 도움이 되었다. 최 트레이너는 현지와 한국 간의 거리를 좁혀야 한다는 점도 알려주었다. 아무래도 현지 상황은 현지에 있는 사람들이 훨씬 더 잘 알 것이고, 한국에서는 다소간에 거리감이 존재할 수밖에 없다. 나 역시 오스트리아에 있으니까 정확한 상황을 아는 것이지, 한국에 있다면 그렇지 못할 것 같았다. 현지 책임자인 국가대표팀 지원팀장과 상의한 뒤 한국에 있는 임원들과 오스트리아에 있는 실무자들과의 인식 차를 좁히기 위해 한 말은 이것이었다.

"지금 앉아계신 여러분 옆에 코로나 확진자가 있다면, 어떻게 하시겠습니까."

답은 분명하다. 바로 옆에 확진자가 있다면 누구라도 즉시 자리를 떠나지 않겠는가. 이 질문은 임원들이 오스트리아 현지의 급박함을 이해하는 데 도움이 되었다. 구구절절한 말을 늘어놓기보다 현황을 빨리 파악할 수 있도록 도와주는 것이 중요했다. 현지에 함께 있었던 지원 스태프의 조언이 아니었다면 나는 "코로나 확진자가 다섯 명이나 나왔고, 더 확산될 거니까 다 때려치우고 빨리 귀국해야 합니다."라며 흥분했을지도 모른다.

KFA 관계자들은 확진자들의 건강 관리와 더불어 현재 상황에서 경기를 할 수 있는지를 논의했다. 사실 경기 진행과 관련해서는 이미 한국에서부터 미리 마련된 기준이 있었다. 이는 FIFA 규정에 따르고(FIFA 규정상 확진자를 제외하고 14명만 넘으면 축구 경기를 진행하게 돼 있다), 방역적인 측면은 오스트리아 방역당국의 지침에 따른다는 것이다. 확진자 판정이 나오고, 이 사실을 MCMMatch Commissioner Meeting, 최종 선수명단, 홈팀과 어웨이팀에 따른 유니폼 색깔 구분, 선수들 도착 및 입장 시간, 들어갈 때 악수 여부, 교환 대상 등 경기의 전반적인 부분을 결정하는 미팅. 각 팀 감독과 코칭 스태프, 경기를 주관하는 연맹의 매치 커미셔너가 참여한다에서 공유했을 때 FIFA의 반응은 "So what?(그래서 뭐 어떻다는 거야?)"이었다.

"몇 명이 감염되었나요?"

"네 명입니다."

"선수단이 몇 명이죠?"

"스물세 명입니다."

"그럼 열아홉 명이 남았네요. 열네 명 이상이 경기에서 뛸 수 있는 거죠?"

"현재까지 다른 선수들에게서 증상이 나타나지 않았습니다."

"FIFA 규정상 골키퍼 두 명, 포함 총 열네 명이 있으면 경기하는데 문제가 없습니다. 경기를 진행하겠습니다."

FIFA는 "파나마도 여섯 명이 코로나에 걸렸는데 경기한다."며 아무렇지 않게 말했다. 오스트리아 방역당국은 "한국 대표팀은 아무것도 할 게 없다. 확진자를 격리하고 축구 경기를 할 때만 왔다 갔다 하면 된다."고 답했다. FIFA와 오스트리아 방역당국의 쿨한 반응을 보면서 놀라지 않을 수 없었다. "코로나 확진자가 나왔어요."라는 말을 "감기 걸렸어요."라는 말처럼 듣는 것 같았다. 우리와는 문화와 정서적 차이가 너무나 확연했다.

FIFA와 오스트리아 방역당국의 답변을 공유한 후 대응 방안을 상의했다. 이날 화상회의에서 결정된 것은 총 세 가지였다.

첫째, 경기 진행 여부는 FIFA 규정과 오스트리아 방역당국 지침에 따른다. 경기가 열리는 국가의 방침이 가장 중요하다. 로컬 룰Local Rule에 따라 경기를 진행한다는 것이 FIFA 경기 규정에 명시돼 있다.
둘째, 본부장과 지원팀장이 현장 상황에 따라 의사결정을 할 수 있는 재량권을 갖는다. 선수들의 안전을 위해서 확진자 격리와 치료, 예방과 방역 등에 대한 사안은 현지에 파견된 의무분과위원회 소속 팀닥터가 책임을 지고 코칭 스태프와 함께 결정한다.
셋째, FIFA와 오스트리아 방역당국과 긴밀하게 교류해서 업데이트되는 소식에 대해서 KFA와 곧바로 공유해서 빠르게 의사결정한다.

KFA는 사태를 정확하게 파악한 후 신속하게 대응방안을 정리하였다. 규정에 따라 경기를 진행하고, 현지에 있는 국가대표팀 지원팀장, 팀닥터에게 전권을 부여한 것이다. 나는 이 점이 퍽 놀라웠다. 대부분의 조직문화가 그러하듯 KFA 역시 주요 사안들에 대해 협회장이 보고를 받고 결정한다. 그러나 현장은 실무자들이 가장 잘 안다.

KFA는 이를 알고 현장 책임자를 믿어주면서 재량권을 인정해 주었고, 덕분에 우리는 그때그때 맞는 해법을 찾아가며 대처할 수 있었다. 경기를 못 하게 되는 걸까, 당장 뭘 해야 하는 건가 등등 패닉 상태였던 나는 KFA가 공식 입장을 정리함으로써 침착함을 되찾았다.

KFA와 상황을 공유하고 협의하면서 느끼는 바가 컸다. 사람들은 어떤 사건이 발생했을 때 그것만을 바라본다. 사건 자체에 매몰되기 쉽고 당황해서 우왕좌왕한다. 사건과 주변 환경을 통합적으로 바라보면서 사고하지 못한다. 바로 내가 그러했다. 의사로서 선수들의 건강을 가장 중요하게 생각했다. 오직 그것만 보였다.

그런데 리더라면 달라야 한다. 모든 것을 종합적으로 판단하고 바라볼 수 있어야 한다. KFA는 나와 달리 선수들의 건강을 포함해 경기 운영 전반, 코로나19에의 대응력, 선수들의 경기력, 올림픽과 월드컵 등까지 보고 있었다. 내 스승인 윤영설 당시 의무분과위원장도 마찬가지였다. 의학적인 부분과 원정 경기 전반적인 상황, 대한민국 축구의 나아갈 방향까지 함께 고려하면서 조율하였다. 원정 경기의 목표가 '방역'과 '경기력' 사이의 균형을 찾는 것이었기에 무작정 포기보다는 상황에 맞는 해법을 찾는 게 더 타당했다. 나는 KFA와의 협의 과정을 통해서 이전에 경험하지 못했던, 전혀 알 수 없었던 것들을 배웠다. 뭐든 닥치지 않으면, 즉 경험하지 않으면, 정확히 알 수 없다.

이제 우리는 경기를 진행할 수 있는 상황이 되었다. 나에게 주어진 과제는 확진자를 치료하고, 다른 선수들이 경기에 집중할 수 있도록 도우면서, 추가 감염 예상자를 선제적으로 찾아내는 것이었다.

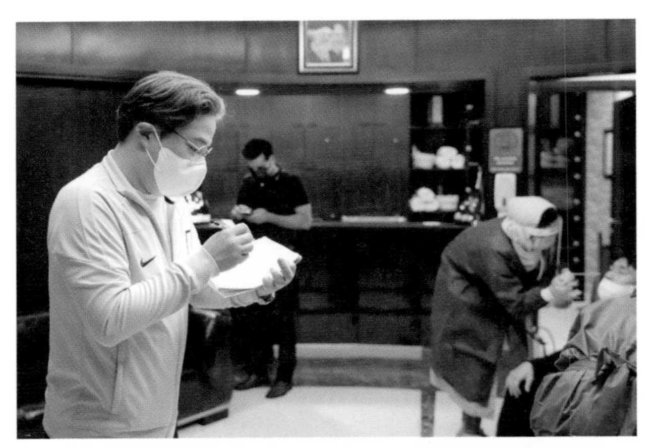

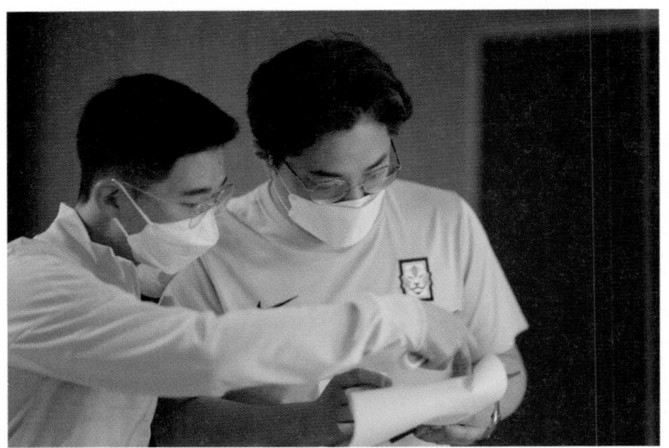

KOREA
kt

Chapter 4
도전과 실패 속에서 단단해지기

Chapter 4

도전과 실패 속에서 단단해지기

시도해보지 않고는 누구도
자신이 얼마만큼 해낼 수 있는지 알지 못한다.

- 푸블릴리우스 시루스

코로나 확진자가 발생했다는 사실이 선수단에 공표되었다. 확진자들이 격리되고 다른 선수들도 이전보다 훨씬 더 생활에 제약을 받게 되면서 안 그래도 썰렁했던 호텔은 더욱 을씨년스러워졌다. 이 정도면 머리채를 축 늘어뜨린 뭔가가 복도 벽을 찢고 기어나와도 이상하지 않을 것 같았다.

멕시코 경기를 24시간 앞두고 선수단 및 스태프 전원을 대상으로 다시 PCR검사(3차)를 진행했다. 여기서 확진자가 추가로 발생했다. 선수 두 명이었다.

예상했던 것처럼 코로나가 확산되고 있었고, 원인은 밀접 접촉이었다. 역학조사를 통해 감염되었을 가능성이 높은 사람을 선별하기로 했다. 시간이 부족해서 선수단과 스태프 모두에게 개별 면담을 진행하긴 불가능했지만, 매일 작성해둔 선수들 동선 데이터를 바탕으로 치료실부터 조사했다. 치료실을 이용한 선수 중 감염자가 있었다면 물리치료사와 그 선수 다음에 치료받은 선수도 주의 대상이었다. 경기 직전이라 치료실을 폐쇄할 순 없어서 치료시간을 30분으로 제한하고 반드시 1인만 입장할 수 있도록 규정을 강화했다.

현장과 경험에 들어맞는 규정의 중요성

최초 감염사태가 발생한 후부터 감염 가능성이 있는 사람을 선별하는 건 나에게 깊은 딜레마를 안겨주었다. 선수들의 안전을 생각하면 반드시 찾아내 격리시켜야 하는데 만약 이번에 평가전에 출전하지 않으면 안 되는 사람이라면 어떻게 할 것인가.

경기 전날, 경기에 출전할 선수와 출전하지 않을 선수의 훈련 스케줄은 다르다. 만약 내가 어떤 선수에게 감염 가능성이 있으니 뛰면 안 된다고 결정하면 그 선수는 훈련에서 제외될 테고, 당연히 경기에 나가지 못한다. 선수 입장에서는 미칠 노릇이다. 1년 만에 주어진 국가대표 평가전에 참여하기 위해 오스트리아까지 왔는데 경기에서 못 뛰면 실력을 보여줄 기회가 없는 것이므로, 이후 월드컵 예선과 본선의 베스트 일레븐에 들어갈지 못할지도 모른다. 코로나고 뭐고 간에 선수들은 무조건 경기를 뛰고 싶어 한다.

경기 참여가 선수들에게 매우 중요한 문제라서 섣불리 접근할 수 없었다. 확진 판정이나 눈에 띄는 증상도 없는데 나의 느낌만으로 선수를 훈련에서 배제하기도 어려웠다. 선수들의 상태를 매일 모니터링하면서 벤투 감독과 협의하였고, 감염 가능성이 있다고 판단한 선수들에게 방역지침을 철저히 준수하고 밀접 접촉에 각별히 조심토록 했다.

스태프 중에서는 언론 담당관과 국가대표팀 지원팀장이 감염 예상자로 파악되었다. 언론 담당관은 미팅을 많이 하는 업무라서 다른 사람보다 감염 위험성이 높을 수밖에 없고, 국가대표팀 지원팀장도 지원 스태프 총괄 책임자로서 사람들과의 접촉이 많다. 매일 체온 체크를 진행하였고 멕시코와의 경기 당일에도 체크했는데, 이 두 사람에게 살짝 미열이 나고 있음을 확인했다. 느낌이 좋지 않았다.

그때부터 언론 담당관과 국가대표팀 지원팀장의 동선을 선수단과 철저히 분리했다. 두 사람만 별도의 차량으로 이동하였고 선수들과 일체 접촉하지 않도록 했다. 언론 담당관은 경기장에서 언론과 접촉해야 하고, 지원팀장은 경기 당일 선수단 라커룸에 들어가는 등 모든 현장 상황을 파악하고 통제해야 한다. 국가대표팀 지원팀장이 경기하는 날에 선수 라커룸에 못 들어가는 건 축구계에서는 말도 안 되는 일이었고, 언론 담당관이 현장에 못 들어가는 것 역시 마찬가지였다. 하지만 두 사람 모두 단 한마디의 항의 없이 방침에 따라주었다.

국가대표 지원팀장의 대외적 역할은 문채현 차장이 대신했다. 나서지 않고 조용히 일하는 참모형 스타일인 문 차장이 선봉에 나서서 한국의 KFA와 연락을 주고받으며 현지 상황을 전하고 의견을 조율하는 역할을 맡아주었다. 언론 담당관은 경기 당일 선수들 개별 인터뷰를 진행해야 하는데 해서는 안 되는 상황이라, 이정섭 본부장이 대신 진행해 주었다. 본부장 역시 자신의 일처럼 적극적으로 뛰어다녔다.

비록 추가적인 확진자가 발생했지만 유증상자를 선제적으로 찾아내 분리하면서 확진자 수가 통제되기 시작했다. 선수들에게는 미안하지만 식당 내 식사를 금지하고, 모든 사적 모임을 금지시키고 밀접 접촉을 최소화하여 그나마 더 큰 확산을 막을 수 있었던 것 같다.

코로나19 방역 규정에 최선을 다해 따라주는 선수단과 스태프를 보면서, 규정을 만드는 게 정말 중요하다는 걸 깨달았다. 사람들은 규정이 주어지면 따르려고 노력한다. 그래서 현장에 잘 맞고, 경험에 의거한 규정을 만드는 게 중요하다. 규정이 존재한다면 돌발 상황이 닥쳐도 우왕좌왕하지 않으면서 사태가 최악으로 가지 않도록 방어할 수 있다.

온통 나쁘기만 한 경험은 없었다

확진자가 격리된 방에는 빨간 테이프를 붙여서 표시를 해두고 절대 밖으로 나오지 못하게 했다. 확진자들과 단톡방을 만들어서 실시간으로 상태를 체크했고 환기나 가습, 체열법 등을 꼼꼼하게 알려주었다.

스태프들은 확진 판정을 받은 이들을 챙기는 데 힘을 기울였다. 약과 식사, 간식 등을 방으로 직접 배달했다. 기본 업무에 코로나 방역 업무, 확진자 챙기기까지 삼중고였다. 스태프들의 발품, 땀방울, 분주함, 시간 투자는 상상 이상이었다.

확진자 기본 관리 내용

- 환기 : 2시간마다 약 10분간 창문을 열고 닫기를 반복한다.
- 가습 : 수건에 물을 적셔서 계속 침대 옆에 비치한다.
- 약 복용 : 소염제를 하루에 세 번(오전 8시, 오후 2시, 오후 8시)에 한 알씩 복용한다(증상에 따라 필요한 약과 복용량을 조절한다).
- 가글 : 가글액을 한 번에 10cc씩 써서 하루 5번(기상 후, 매끼 식사 30분 후, 자기 전) 실시한다. 목을 뒤로 넘기고 가글이 목젖에 닿는 느낌이 나도록 하는 게 원칙이다. 양치와 상관없이 필수적으로 해야 한다.
- 체온 측정 : 하루에 5번씩 체온을 잰다. 측정기의 버튼을 누르고 겨드랑이에 2분을 끼운다.

해열제는 아세트아미노펜Acetaminophen 또는 파라세타몰Paracetamol 계열만 가능했다. 미리 한국에서 약을 준비해 갔는데 확진자가 늘어나니까 금방 부족해졌다. 그래서 해열제를 구하기 위한 '특공작전'이 시작됐다.

오스트리아 정부가 락 다운을 선언하면서 상점에 가도 약이 없을 때가 많았다. 우리 대표팀이 머무는 모든 장소와 일정을 관장해준 현지 에이전시 직원 라파엘라가 어느 상점에 약이 있다는 걸 콕 집어서 알려주면, 유일하게 외부 출입 승인을 받은 문채현 차장이 재빠르게 상점을 덮쳐서 약을 구해 왔다. 라파엘라는 나중에 해외파 선수들이 소속 구단으로 복귀하기 위한 서류를 준비하는 것까지 꼼꼼하게 도와주었다.

해야 할 일, 챙겨야 할 것이 너무 많았음에도 스태프 중 누구도 불평하는 이가 없었다. 나 같으면 없던 병도 만들어서 방에 틀어박히고 싶을 것 같은데 말이다. 누가 알아주는 것도, 대가를 더 지불해주는 것도 아니었는데 방역법을 세심하게 따져가면서 일하는 모습은 정말 감동적이었다.

"박사님, 어떻게 하면 선수들이 원하는 물품을 안전하게 갖다주고 수거할 수 있을까요?"

스태프들은 식사 시간에도 격리자들 식사를 먼저 챙긴 다음에 밥을 먹었다. 스스로를 보호하면서도 동료들을 챙기는 데 게으름을 부리지 않았다. 일손이 모자라는 걸 알기에 내 일, 네 일 따지지 않고 다 함께 움직였다. KFA로부터 외주 의뢰를 받고 선수들과 경기 사진을 찍어주는 FA 포토스(Photos) 소속 정재훈 사진기자도 확진자 선수들과 스태프들의 배식을 적극적으로 도와주었다. 교과서에서 배웠던 이타성이 대표팀 내에 존재하고 있다는 걸 눈으로 확인하면서 뭉클해졌다. 사람이 사람을 이렇게 존중하고 배려할 수 있구나, 이것이 내가 대표팀 팀닥터로 일하면서 얻은 가장 큰 수확이었다.

스태프들이 최선을 다하는 걸 보면서 그간 내 태도의 문제점을 더욱 반성하게 되었다. 이렇게 한 사람 한 사람이 자신의 정해진 업무에 알파를 더해서 일하는데, 변칙적이고 제멋대로 움직이는 인간이 나타났으니 그동안 스태프들이 얼마나 골치 아팠을까. 진심과 열심을 다한다고 상대를 행복하게 해주는 게 아니었다. 내 마음을 앞세우기보다 상대의 입장을 배려하는 '좋은 사람'이 되도록 노력해야겠다고 다짐했다.

코로나 감염사태를 고지하면서 가장 염려했던 건 선수들이었다. 선수들은 몸이 재산인 사람들이니 얼마나 당황하고 스트레스를 받겠는가. 그런데 예상을 깨고 선수들은 차분했다. 특히 유럽에서 온 선수들이 더 그랬다. 주변에서 감염자 발생 상황을 종종 봤더라도 어떻게 아무렇지 않을 수 있을까. 순수하다고 해야 할까, 무모하다고 해야 할까. 선수들의 시간이 이전과 똑같이 흘러가는 걸 보면서 신기했다.

당시 코로나는 공포 그 자체였기 때문에 상식적으로 생각해서 내 방 바로 옆에 확진자가 생겼다면 방을 바꿔 달라고 했을 것이다. 나부터 그랬을 것 같다. 확진자가 사용한 물건을 만지고 싶어 할 리 만무하다. 옮으면 어쩌나 하는 생각에 주저주저했을 것이다. 그런데 인간의 당연한 본성으로 여겼던 모습이 나타나지 않았다. 선수들과 스태프 모두 특별한 요구나 불안을 표현하지 않았다.

"괜찮아? 걱정하지 마! 다 나을 거야."

저마다 방안에 격리 중인 이들이 잘 들을 수 있도록 큰 소리로 외치면서 용기를 주느라고 애썼다. 전우애로 똘똘 뭉쳐 있는 선수단과 스태프를 바라보면서 정신을 바짝 붙들어 맸다.

확진자들과의 단톡 내용. 다행히 선수들은 침착했고 치료 방침을 잘 따라주었다.

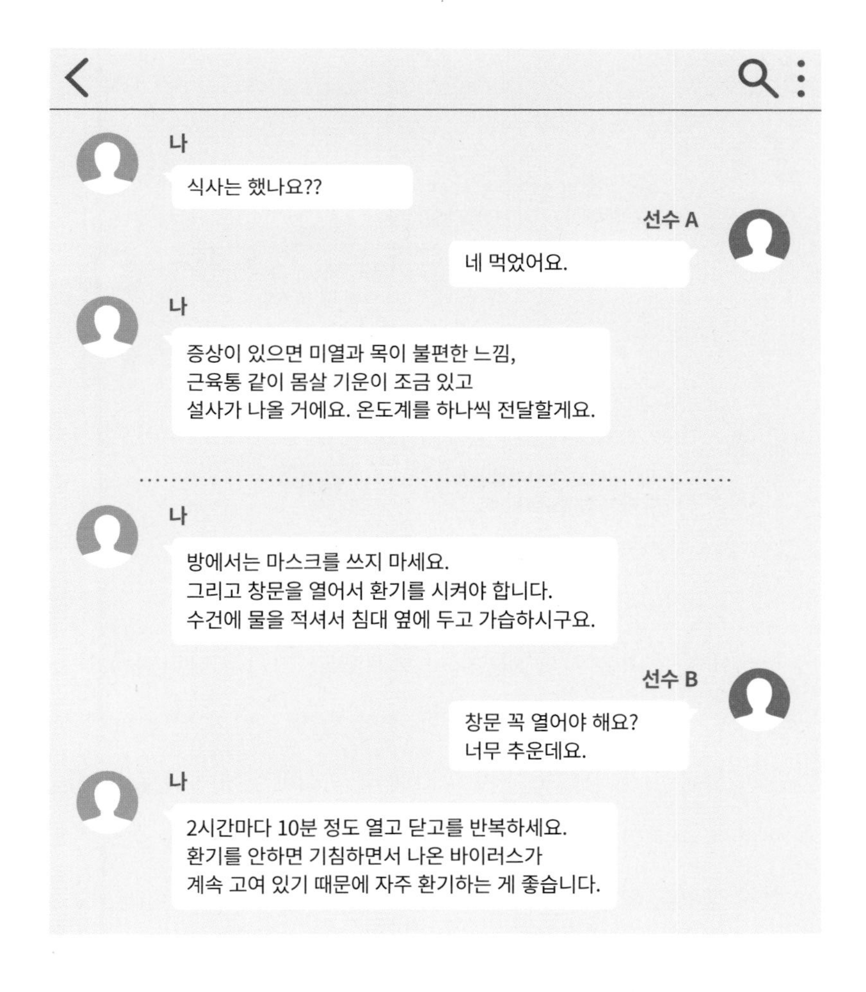

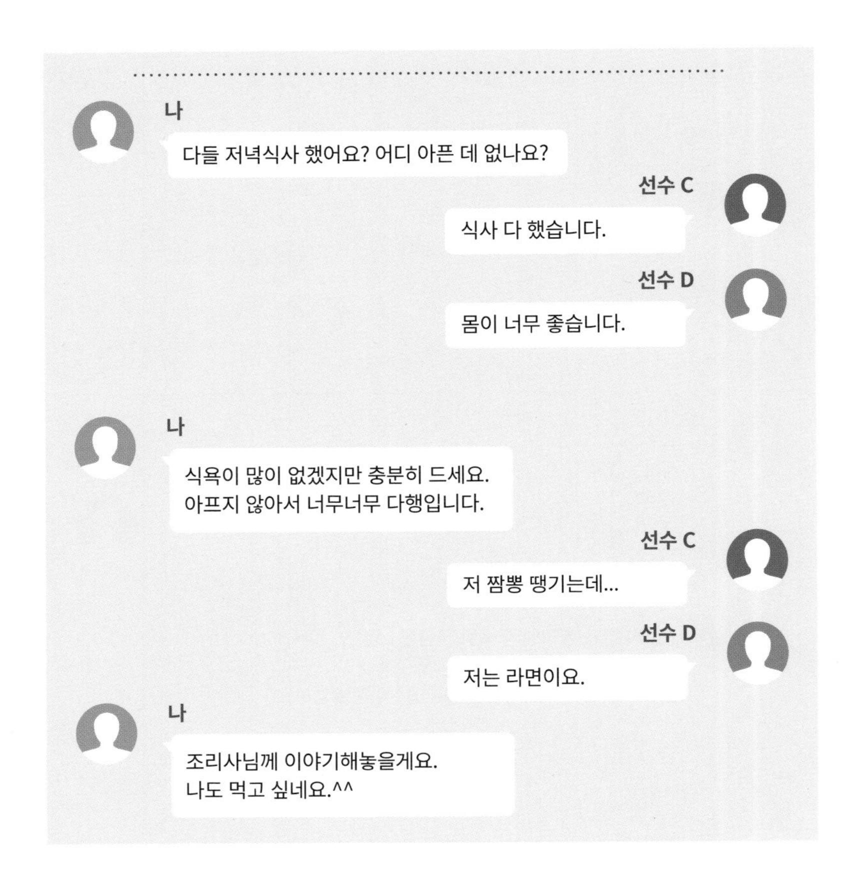

한국에서 가져온 약으로는 이미 한계였고, 거리를 다니면서 약을 구해오는 것도 쉽지 않았다. 어떻게 해야 할지 고민이 되던 차에 불현듯 한 사람이 생각났다. 전자 상거래 회사 이베이에서 글로벌 헤드로 일하는 이재현 대표였다. 그분에게 연락해서 대표팀과 오스트리아 현지 상황을 설명하고 약과 PPEPersonal Protective Equipment : 개인보호장비. 감염예방을 위하여 의료종사자가 착용하는 장갑, 마스크, 방호복, 캡, 앞치마, 고글 등의 보호장비를 말한다, 산소포화도 측정기 등 의료장비를 구해달라고 요청했다.

그분은 즉각 이베이 독일지사로 연락했고, 독일지사는 우리에게 연락해와서 필요한 물품 전부를 보내주겠다고 약속했다. 주말이고 락 다운 상황이라 배송이 어려웠는데, 독일 직원이 직접 오스트리아까지 와서 우리가 묵고 있는 호텔 앞에 배달해주었다. 우리는 감사함을 표하면서 비용을 문의하였다.

"아닙니다. 이건 이베이 독일지사가 한국 대표팀에게 드리는 선물이라고 생각해 주세요. 우리는 축구를 너무 사랑하는 사람들입니다. 한국 축구대표팀이 고생하는데 우리가 이렇게 도와드릴 수 있다는 사실이 굉장한 기쁩니다."

생각지도 못한 말에 당황스럽고 한편으로는 눈물이 핑 돌았다. 내가 어쩔 줄 몰라 하니 "고마우면 선수들 사인이 담긴 저지Jersey를 하나 보내주면 됩니다."라며 농담을 건넸다. 그렇게 우리는 수백만 원 하는 약품과 의료장비를 공짜로 얻을 수 있었다. 스포츠가 사람들의 마음을 하나로 만들 수 있다는 말은 사실이었다.

특히 유럽인들은 축구를 너무나 사랑한다. 차범근 이후 박지성, 기성용, 구자철, 지동원 선수 그리고 2020년 당시 권창훈, 손흥민, 이재성, 정우영, 황희찬 등 유럽에서 뛰고 있는 선수들 덕분에 한국에 대한 시각이 좋아지고 있다. 삼성전자와 BTS도 대단하지만 축구도 그렇다. 선수 한 명이 잘하면 그 국가에 대한 인지도가 올라간다. 말 그대로 국위선양이다. 내가 필드에서 뛰는 선수는 아니었지만 이들과 함께하고 있다는 사실에 괜히 어깨가 으쓱해졌다. 돈을 버는 일도 아니고, 자기 일도 아닌데 열정적으로 나서준 이재현 대표와 이베이 독일지사에 이 지면을 빌어서나마 고마움을 전한다.

한국에서는 축구 국가대표팀 코로나 감염사태가 보도되면서 비난 기사가 이어졌다. 축구대표팀 코로나 방역과 관련되어 언론에 나가는 보도자료는 내가 같이 관리해 왔다. 국가대표팀 팀닥터로서 해야 하는 일 중 하나로 기사가 나오기까지 사실 확인, 의학적 내용들을 일일이 검토해서 보도자료를 내보냈다.

특히 특정 선수로 인해 감염이 시작되었다는 기사가 나가지 않도록 주의를 기울였다. 만약 그런 내용이 공표되면 해당 선수가 사회적으로 매장되다시피 할 것이기 때문이다. 최초 감염자를 밝히는 것보다 확산을 최소화하는 데 주력하는 게 훨씬 중요하다. 하지만 언론은 누가 최초 감염자인지 밝히라고 요구했고, 아무런 응답을 받지 못하자 그것도 모를 정도로 무능력하냐는 질타를 쏟아냈다.

코로나19 팬데믹으로 기자들이 현지에 못 온 상태에서 몇몇 언론사의 유럽 특파원 두 명이 우리 대표팀의 훈련장을 방문해서 외부인이 드나드는 모습을 보고 코로나 감염 위험성을 지적하였다. 그분들은 당시 현지 상황이 변수의 연속이었고, 내가 경기장 총책임자와 오스트리아 육상 대표팀 코치와 치열하게 조율한 끝에 규정을 마련해서 훈련하고 있다는 사실을 확인하지 않았다. 그 기사에 대표팀 선수들의 건강을 걱정하면서 KFA를 비난하는 댓글이 줄줄이 달렸다.

코로나를 전문적으로 치료할 의사가 동행하지 않아서 혹은 방역 전문가가 없어서 코로나 방역을 제대로 못 해냈다는 기사도 있었다.

축구 국가대표 팀닥터는 의학적인 지식도 중요하지만 무엇보다 축구 자체에 대한 지식과 경험이 필수이다. 지금도 그렇지만 당시에 우리나라에서 방역을 담당하던 의사들은 몸이 두 개라도 부족할 정도로 일하고 있었다. 언론에서 말하는 방역 전문가가 대표팀에 동행할 수 있는 상황이 아니었다. 합리적인 비판과 불합리한 비난이 뒤섞여 쏟아졌다. 안 그래도 할 일이 천지인데 한국에서의 언론 보도까지 체크해야 하니 죽을 맛이었다.

앞서 잠깐 언급한 것처럼 내 몸도 좋지 않았다. 몇 개월 동안 병원 진료와 국가대표팀 원정 경기 준비를 병행하다 보니 스트레스와 텐션이 지나치게 올라가서 심방세동심장의 심방에 생기는 부정맥. 심장이 비정상적으로 빠르고 불규칙하게 뛰는 질환이 생긴 것이다. 하지만 약을 함부로 쓸 수도 없었다. 텐션이 어느 정도 유지되어야 일을 할 수 있었기 때문에 약을 두 번 정도 바꾸면서 업무에 지장이 없는 약을 찾아서 출국했었다.

혼신의 힘으로 정신줄을 부여잡고 있는데 한국에서 이메일이 하나둘씩 도착했다. 한국의 동료 교수들로부터 온 격려 메일이었다. 대표팀의 코로나 확진 소식을 들은 동료들은 선수들의 안위와 함께 내 걱정을 해주었다. 특히 노년내과 과장 김창오 교수는 내가 자리를 비운 탓에 가장 고생하였음에도 아무런 내색이 없었다. 평상시에도 내가 뭘하든 항상 지원을 아끼지 않았는데 이때도 자신이 힘들단 내색 없이 불안에 시달리는 후배의 마음을 만져주려고 노력했다.

"중요한 일을 하는 거니까요. 아무 걱정하지 말고 김 교수 건강도 챙겨요."

"세브란스병원 내과 의사로서 부끄럽지 않게 하고 오세요."

대표팀과 함께하는 내 출장 일정은 내가 소속되어 있는 세브란스 병원의 지원이 없었으면 불가능했을 것이다. 총 2주간의 일정이었는데, 확진자 발생으로 1주 더 늘어났고, 돌아와서 2주 자가격리에 들어가야 한다(당시 공무수행의 경우 문화체육관광부의 승인을 받으면 귀국 후 자가격리가 면제되었다. 그러나 확진자가 발생하면 자가격리를 해야 했다). 병원에서 월급 받으며 총 5주간 병원을 비우게 되어 면목이 없었다. 그럼에도 "최선을 다해 선수단을 챙기라"고 격려해 준 하종원 병원장님과 김창오 과장님 그리고 동료 교수들에게 너무나 감사했다.

확진자가 계속 발생할 가능성이 커서 누구라도 도망가고 싶은 상황이었을 것이다. 그런데 모든 이들이 자기 자리를 지키며 최선을 다했다.

"We are the one."

세상에 나쁘기만 한 경험은 없다더니 그걸 온몸으로 체험하고 있었다.

확진자들에게서 증상이 발현되다

멕시코와의 경기 당일 오전, 선수단 미팅에 참여해서 이례적으로 발언 기회를 얻었다.

"코로나는 제가 책임질 테니 선수들은 경기만 하세요. 지금의 감염사태에 정말 너무나 미안합니다. 여러분은 더 이상 신경 쓰지 않고 경기에 임하세요."

선수들의 모습은 담담해 보였다. 감염자가 더 있을 거라는 말에도 동요하지 않았다. 분위기는 염려했던 것보다 좋았고 선수들이 마인드 컨트롤을 하고 있다는 걸 느낄 수 있었다. 국가대표는 아무나 되는 게 아니었다.

우리는 상대팀에 우리 선수단에 확진자가 발생했다는 사실을 다시 한 번 알려주었다. 1차전 상대팀 멕시코는 "That's Ok(상관없다)!"는 반응이었다. 코로나19에 대해 다른 나라들과 우리나라의 반응이 확연히 다르다는 걸 다시 한번 체감할 수 있었다.

그날 저녁 8시에 경기가 시작되므로 그전까지 만반의 태세를 갖춰야 한다. 그러나 코로나 감염사태 때문에 일정대로 스케줄을 수행하기가 힘들었다. 더욱 어려운 문제는 확진자들에게 증상이 시작되었다는 점이다. 확진 판정을 받았을 때만 해도 무증상이었는데, 시간이 지나면서 열이 오르는 등 환자들이 힘들어하기 시작했다. 설사, 미각과 후각 상실, 근육통, 고열 등 코로나19로 인해 나타날 수 있는 다양한 증상들이 발현되었다. 현지 시각으로 경기 당일부터였다.

선수 D

배가 계속 부글부글 대요.
설사도 어제 밤부터 몇 번 했고요.
약이 필요할 거 같습니다.

나

코로나로 인해 생기는 설사는 일반 장염처럼
항생제를 쓰거나 항바이러스 제제를 쓰지는 않아요.
그런 약으로 억지로 멈추게 하면
몸 밖으로 나가야 할 안 좋은 것들까지 못 나가면서
오히려 몸에 무리가 오는 경우가 있어서요.
지금은 탈수되지 않게 수분을 섭취하는 게 중요해요.

선수 D

알겠습니다, 박사님.

확진자들에게서 증상이 발현되자 당황하지 않을 수 없었다. 스태프 중 의사는 내가 유일했다. 선수들이 경기하러 갈 때 팀닥터로서 함께해야 하는데, 환자들만 남기고 떠날 수가 없었다. 내가 자리를 비우는 동안 호텔의 격리 환자들에게 사고가 나거나 문제가 생길 수도 있었다.

어떻게 해야 할지 고심을 거듭하다가 환자들을 케어할 목적의 스태프 한 명을 남겨 두기로 했다. 앞서도 밝힌 것처럼 평소보다 스태프 숫자가 훨씬 적고 각자 할 일이 분명히 정해져 있는 상태에서 호텔에 남겨둘 사람을 빼내야 하는 것이다. 그래서 스태프 한 명을 남기고 나와 확진자들, 스태프 1인 모두가 참여한 단톡방에서 실시간으로 상태를 체크했다. 멕시코전을 마칠 때까지 정말 제정신이 아닐 정도로 바빴고, 지금 기억을 더듬어 봐도 시간이 어떻게 지나갔는지 다 생각나지 않을 정도였다. 멕시코전이 끝나고 나서야 비로소 정신이 돌아왔던 것으로 기억한다.

벤투 감독은 더했을 것이다. 최상의 경기력을 준비해야 하는데 베스트 일레븐에 들어가야 할 선수들이 확진 판정을 받았으니, 전력 구상에 심각한 타격을 받게 되었다. 한국에서라면 대체 선수를 뽑을 수 있겠지만 머나먼 오스트리아에서 할 수 있는 건 없었다. 선수들은 표면적으로 평정심을 유지해도 속마음은 편하지 않았을 것이다. 코로나 감염 증상이 생기면서 힘들어 하는 동료들을 뒤로 하고 경기장에 나서는 마음이 오죽했을까. 그러나 경기는 경기대로 잘해야 했다.

코로나 감염상황에서도 멕시코와의 평가전이 시작되었다. 전반전에서 우리 팀이 선제골을 넣었다. 2018년 러시아 월드컵, 멕시코와의 경기에서 2:1로 져서 16강에서 탈락했기에 선수들은 멕시코를 이기고 싶어 했다. 선제골로 1:0으로 리드하는 상황에서 전반전을 마무리하는 선수들이 정말 대단해 보였다.

그러나 누적된 피로와 스트레스는 언제든 모습을 드러내기 마련이다. 후반전에 들어서서 선수들의 집중력이 흐트러지고 있음이 감지되었다. 그동안 애써 버텨왔지만 얼마나 고달팠겠는가. 불과 5분 만에 멕시코가 세 골을 넣었고 선수들의 조직력이 무너지기 시작했다. 이에 벤투 감독이 선수교체 카드로 이강인 선수(당시 발렌시아 CF)를 투입하였고 후반 42분경 권경원 선수(당시 상주상무프로축구단)의 추가골을 얻어낼 수 있었다. 하지만 경기는 2:3으로 아쉽게 마무리되었다. 축구 전문가들이 어떻게 분석할지는 모르지만, 현장에서 지켜본 나로서는 선수들의 누적된 피로와 스트레스가 이날 패배의 원인 중 하나라는 죄책감이 아직도 남아있다.

감염 예상자로 파악돼 선제적으로 격리되었던 국가대표 지원팀장과 언론 담당관은 결국 확진 판정을 받았다(4차와 5차 검사). 대표팀에게 있어 현지 총괄 책임자인 국가대표팀 지원팀장과 언론 대응을 총괄하는 언론 담당관 없이 일하는 것은 마치 장기판에서 차車, 포包를 떼고 장기를 두는 것과 같다. 두 사람은 자기 역할의 중요성을 알고 있었고 끝까지 자기 임무를 다하려고 최선을 다했다.

국가대표 지원팀장은 호텔 방에 격리된 상태에서 39도를 넘나드는 고열에 시달리면서도 빠짐없이 화상회의에 참여했고 문서작업을 계속했다. 다른 사람에게 지시하기보다 자기가 직접 뛰는 스타일이라서, 나한테 수시로 휴대폰 메시지를 보내서 대표팀 상황을 파악하고 염려되는 바를 전달했다. 언론 담당관의 경우 선수단의 감염 사태가 보도되면서 한국으로부터 쏟아지는 기자들의 연락을 상대해야 했다. 기자들뿐 아니라 KFA 관계자들과 협의하여 보도자료를 만들었다. 시차가 다르니 연락이 밤낮없이 이어졌는데, 그는 고열과 온몸이 쑤시는 근육통에 시달리면서도 자기 일을 해냈다.

'아프면 쉬기'는 우리나라 코로나 방역수칙 중 하나이다. 그러나 두 사람에게는 이 수칙이 통하지 않았다. 힘들어 죽겠다고 투덜대다가도 두 사람이 악착같이 노트북을 붙들고 일하는 모습을 보면 나도 더 잘해야겠다는 생각이 들었다.

멕시코전이 끝나고 현지 시간으로 일요일이 되자 확진자들 중 두 명 정도가 약으로 진정되지 않을 정도로 상태가 나빠졌다. 고열, 설사, 편도선 붓기, 폐렴 증세가 나타나는 환자도 있었다. 현지 병원으로 환자들을 데리러 가기 위해 연락을 취했지만, "환자가 너무 많아서 와봐야 해줄 게 없다."는 황당한 답변을 들었다. 우리가 환자를 데려가도 치료를 해줄 수 없다는 것이다. 병원에 사정하고 오스트리아 방역당국에도 연락했지만 답변이 같았다.

"미안하지만 우리는 그 정도면 그냥 집에 있게 한다."

그렇다고 이대로 가만히 있을 수는 없었다. 증상이 심한 환자들의 객관적 상태를 알아보기 위해 '어전트 케어Urgent Care'를 요청했다. 우리 식으로 표현한다면 일종의 왕진 제도인데, 응급구조팀이 직접 와서 건강 상태를 체크하는 것이다. 코로나 방역장비를 착용한 응급구조팀은 우리가 묵고 있는 호텔로 와서 환자들의 체온, 맥박, 산소포화도, 심전도 등 폐와 심장을 비롯해 전반적인 몸 상태를 체크하는 검사를 실시했다. 다행히 그들이 제공해준 검사 데이터를 보면서 견딜 수 있겠다는 답을 얻을 수 있었다. 정확한 데이터로 상태를 확인한 후부터 막연한 불안감에서 조금씩 벗어났다. 두 사람은 3일간 증세 악화에 시달리다가 응급구조팀 방문을 계기로 조금씩 호전되었다.

확진자들을 치료하면서 한 사람도 빠짐없이 별 탈 없이 회복되길 간절히 빌었다. 벤투 감독과 지원 스태프, 선수 모두가 방역지침에 잘 따라주었다. 선수들을 이끄는 것이 리더의 역할이라는 점에서 벤투 감독과 국가대표팀 지원팀장에게 진심으로 감사드린다.

이틀 후 열린 카타르와의 평가전에서 대표팀은 2:1로 승리를 거두었다. 황희찬 선수가 선제골을 넣고, 손흥민 선수의 패스로 황의조 선수가 추가 골을 넣었다. 이로써 우리는 앞서 멕시코전 패배의 아쉬움을 달랠 수 있게 되었다.

카타르와의 경기까지 끝나자 긴장감이 풀리면서 한시름을 돌릴 수 있었다. 그러나 아직 끝난 게 아니었다. 시작을 했으면 끝을 내야 하듯, 선수들을 소집했으니 안전한 복귀를 하도록 해야 한다.

코로나가 아니었다면 경기가 끝난 후 해단식을 하고 평소대로 소속팀에 복귀하면 된다. 그러나 지금은 해외파 선수들 중 확진자와 비확진자의 복귀, 국내 선수들 중 확진자와 비확진자의 복귀 가이드라인을 만들어야 했다. 아울러 복귀한 다음에 선수들의 건강 상태, 특히 확진자들의 상태를 챙기는 방법도 정리해 두었다.

논의의 대상이 된 건 국내파 중 확진자와 비확진자를 어떻게 하면 안전하게 귀국시킬 수 있을까였다. 선례가 없어서 참고 혹은 기준으로 삼을 자료는 없었다. 우리는 조속히 선수단을 귀국시켜서 환자들을 치료하고 비확진자들은 일상으로 복귀하게 할 수 있는 방안을 고심했다.

그래서 제시된 방안이 전세기 투입이었다. KFA는 최단기간에 선수단과 스태프들을 안전하게 한국으로 데려오기 위해 수억 원의 비용을 감수하면서 전세기 투입을 결정했다. 전세기를 띄우는 건 생각보다 쉬운 일이 아니었다. 먼저 항로를 열어야 한다. 전세기가 러시아와 중국의 영공을 넘어가야 하는데, 항로 허가가 나오지 않았다. 또한 오스트리아 방역당국으로부터 출국 허가를 받아야 한다. 외교협약상 감염 위험성이 있는 사람을 임의대로 출국하게 할 수 없다. 그래서 우리나라 질병관리청이 "우리 선수들, 우리 스태프들이므로 우리나라가 입국시키겠다."는 공식 요청을 오스트리아로 보내야 한다. 오스트리아가 우리나라에서 보낸 서류를 보고 최종 승인을 해줘야 출국할 수 있었다. KFA를 비롯해 정부 관계자들은 이 모든 일들을 진행하느라 동분서주했다. 전세기를 띄우기 위해 내가 관계 부처에 보낸 메일만 40통이 넘는다.

구체적으로 협의해야 할 사안들이 많았다. 가장 중요한 이슈는 귀국 후 선수단의 자가격리 여부였다. KFA는 코로나19 비상대책위원회를 구성하고 질병관리청 관계자들, 이재갑 교수·진범식 교수 등 우리나라에서 감염내과의 최고 권위자들에게 자문을 받았다. 선수단의 자가격리 해제 기준, 선수단을 귀국시킬 때 비행기에서의 자리 배치, 승무원과 선수단 및 스태프와의 자리 순서, 의료진 동행 여부, 기내 방역 준비, 한국 도착 후 입국 절차 등 사안별 세심한 검토과정을 거쳐서 실행방안이 마련되었다.[1]

---

1 당시 우리나라 방역 규정상 해외에서 한국에 입국한 사람은 입국 직후 PCR 검사를 받으며, 음성 판정 결과가 나오면 14일간 자가격리를 거쳐 격리가 해제된다. 이와 별도로 유증상 확진자일 때는 확진 10일 후 72시간 동안 해열제를 복용하지 않고 발열이 없고 증상이 호전되는 추세일 때 PCR 검사와 상관없이 격리에서 해제된다. 무증상 확진자의 경우 확진 판정 후 10일 동안 증상이 없으면 PCR 검사와 상관없이 격리가 해제되는 상황이었다.

오스트리아에서 확진 판정 후 자가격리 14일을 마친 확진자들에게 해외 입국자 자가격리를 중복 적용할 것인지가 전문가들의 논의 대상이었는데, 수십 차례의 논의 끝에 '그럴 필요가 없다'는 결론이 나왔다. 확진자로서의 원칙을 충실히 지켰는데, 굳이 해외 입국자의 격리 규정까지 중복 적용할 필요는 없다고 여긴 것이다. 스태프는 귀국해서 해야 할 일이 많았고, 선수들은 건강을 회복했다면 하루빨리 구단에 복귀해서 훈련에 참여하는 게 중요했다. 현지에서 14일 격리 후 코로나에 완쾌한 사람이 반복적 자가격리를 하지 않도록 한 것은, 의학적인 관점에 현실적인 문제를 고려한 합리적인 결정이었다.[2]

시간이 갈수록 점점 초조해졌고 하루하루 버티기가 쉽지 않았다. 유럽에서 뛰는 해외파 선수들 중 일부가 먼저 소속팀으로 복귀하면서 호텔은 한층 더 썰렁해졌다. 확진자들을 치료하기 위해 보호장구로 중무장한 채 선수들 진료를 하는 나, 식사를 공급해 주는 호텔 직원들, 지원 스태프들만 왔다 갔다 했다. 참 괴상한 풍경이었다. 복도에 커다란 테이블을 놓아두고 거기에 1인용 식판들을 올려놓고 음식을 담은 다음 방문 앞에 하나씩 갖다 놓았다. 모두 각자의 방에서 자가격리를 했고, 식판을 가지러 갈 때만 잠깐 복도 밖 공기를 만날 수 있었다.

한국의 담당자들과 연락을 주고받으며 불안감에 보채기도 했다.

---

2 어려운 상황에서도 이 결정을 내리는 데 도움을 주신 모든 관계자분들께 이 자리를 빌어 감사 인사를 드린다.

고립감 때문에 이상한 상상이 거대한 뭉게구름처럼 몰려왔다. 확진자들을 치료할 때는 의사로서 의연한 척하다가 방에 돌아와서 홀로 있을 땐 '아흑, 여기서 영영 살게 되는 거 아냐?'라는 말도 안 되는 생각을 하며 손톱을 깨물었다.

대표팀 선수들 중 K리그에서 뛰는 상당수가 아시아 챔피언스 리그에 출전하는 팀 소속이라서 이들의 일정도 고려해야 했다. 하루빨리 한국으로 돌아가 확진자들이 무사히 치료받을 수 있기를, 선수들이 무사히 복귀하기를, 이 모든 일정이 잘 마무리되기를 바랐다.

마침내 전세기 스케줄이 나왔다. 음성 판정을 받은 선수들과 스태프가 먼저 선발대로 귀국하고 다음에 확진자들이 후발대로 가기로 했다. 확진자는 14일 전까지 격리 해제가 불가능하므로 현지에서 더 머물러야 했다. 비확진자 중 나와 신동일 조리사는 후발대로 남았다. 한국의 언론은 "대표팀 주치의와 조리장, 자진해서 격리 선수를 돌보기로 했다."고 멋지게 기사를 써주었다. 솔직히 고백하건대, 조리사님은 몰라도 난 '자원'한 적은 없다. 그저 의사로서 확진자들을 등지고 훌랑 떠나버릴 수 없었던 것뿐이다.

선발대의 무사 귀국을 위해 페이스 실드, 장갑, 신발 등 보호장구를 착용하는 방법을 일일이 사진으로 찍어서 선수들과 스태프들 전원을 교육했다. 선발대가 떠나고 나서 거의 일주일이 지난 후 후발대도 출발했다.[3] 선발대와 마찬가지로 후발대도 보호장구로 중무장

---

3 선발대가 한국으로 무사히 돌아가기까지 순천향대학교 김호중 교수가 건강을 챙겨주셨다. KFA가 선수들 귀국을 위해 전세기를 보낼 때 파견해 준 의료진이 김 교수였다. 축구에 대한 사랑으로 머나먼 타국까지 한걸음에 달려와 준 김 교수에게 진심으로 감사드린다.

한 다음 구급차 두 대에 나눠타고 공항으로 이동했다. 구급차를 구할 때는 생각지도 못한 '손흥민 찬스'의 덕을 보았다. 현지에서 우리의 PCR 검사를 도와주었던 남녀 의료진 두 사람 중 여의사에게 남자 친구가 있는데, 그가 손흥민 선수의 열렬한 팬이었다. 그는 손흥민 선수가 보내준 사진을 받고 너무나 좋아했고, 우리가 구급차를 구할 때 1대당 1,200유로(한화 약 163만 원)인 가격을 2/3 수준인 800유로(한화 약 108만 원)로 할인받을 수 있도록 힘을 써주었다.

공항에서 마련해 준 별도의 공간에서 별도로 입국 심사를 받은 다음 완전 중무장한 복장 그대로 비행기에 탑승했다. 에어컨이 있어도 방호복에 페이스 실드까지 쓰고 있으니 땀이 비 오듯 흘렀다. 감염 우려 때문에 제대로 된 식사는 불가능했다. 10시간 넘는 비행시간 내내 소 한 마리도 능히 잡아먹을 식욕의 소유자들이 항공사 측이 제공한 비스킷을 씹으며 배고픔을 달랬다.

한국에 도착한 후 공항 내 다른 이용자들과의 접촉을 방지하기 위해 우리는 별도로 구분된 트랙을 지나서 입국 절차를 밟았다. 전세기 귀국 시간에 맞춰 정몽규 축구협회장을 비롯해 홍명보 전무, 김판곤 전력강화위원장, 김동기 전략강화실장 등 당시 임원진이 공항에 마중 나와 주었다. 페이스 실드 너머로 그분들의 모습을 보면서 한국에 돌아왔다는 사실을 실감할 수 있었다. 인천공항 옆 검역 관리소에서 6~7시간 가까이 대기하면서 입국 후 방역 절차를 마친 비확진자들은 전원 파주로 이동해서 14일간의 격리에 들어갔다.

파주의 격리 생활은 건물 전체가 봉쇄되는 코호트 격리였다. 서로 만날 수 없고 대화할 수 없었지만 한국에 돌아왔다는 사실에 마음이 놓였다. 격리 기간 동안 질병관리청의 역학조사팀과 화상으로 역학조사 회의를 진행했다. 선수들 역시 역학조사를 받았다. 스태프들은 치료 혹은 자가격리를 마친 후에도 보건당국의 역학조사에 협조하느라 편히 쉴 수 없었다.

격리가 끝난 후 KFA 관계자들을 만났다. 그동안 못다 한 이야기들을 나누었고, 고맙게도 KFA로부터 감사패를 받았다. 원정 경기 스태프 전원은 협회장으로부터 노고를 치하하는 의미로 선물을 받았다. 그동안 오스트리아에서 다수의 확진자들이 발생한 것이 내 책임인 것 같은 생각에 괴롭고 미안했는데 KFA가 나뿐 아니라 모든 스태프들의 고생을 알아주고 인정해 주니 큰 위안이 되었다.

선수가 간절하게 경기를 원할 때

오스트리아 원정 경기가 마무리되고 한국에 돌아와서 자가격리를 하는 동안 국내 및 해외 선수들과 메신저와 전화 등으로 계속 소통했다. 확진자들 가운데 후유증을 겪는 이들도 있어서, 소속팀의 케어가 어떤지를 체크하고 소속팀 관계자에 연락해서 약 처방을 요청하기도 했다. 선수들을 끝까지 챙겨야 한다는 생각에서였다.

해외에서는 이강인 선수가 코로나19에 감염되었다는 소식이 들려왔다. 대표팀 소집 해제 후 당시 소속팀인 스페인 발렌시아로 복귀했던 상황이라 현지에서 감염되었을 것으로 추정되었다.

원정 경기에서 확진 판정을 받은 선수들 중에서 내가 가장 애를 태웠던 이는 황희찬 선수였다. 의무팀은 오스트리아에서 매일 모든 선수들의 컨디션을 리포트하고 이를 벤투 감독과 페드로 피지컬 코치와 공유했다. 황희찬 선수는 그때마다 감독과 코칭 스태프에게 끊임없이 출전 의지를 불태웠다. 진심으로 경기를 뛰고 싶어 했고 의욕이 강했다.

모든 선수들은 경기에 뛰고 싶어 한다. 앞서도 설명했듯이 코로나 검사 결과가 음성인데 내 마음대로 선수를 지목해 훈련에서 제외되게 할 수 없었다. 그래서 매일 건강을 체크하면서 염려가 되는 선수들은 별도로 훈련을 받게 했다. 감염은 막되 선수의 경기력을 해치지 않는 방법이었다. 황희찬 선수는 별도의 훈련을 게을리하지 않고 열심히 받았다. 그 결과 경기에 출전하였고, 카타르전에서 선제골을 넣어 우리 모두에게 기쁨을 안겨주었다. 황 선수의 선제골은 국가대표팀 역대 A매치의 최단 시간 득점이었고, 이 경기가 대한민국 축구대표팀이 A매치 통산 500승을 거뒀다는 점에서도 의미가 있었다.

그런데 황 선수가 코로나에 확진되다니…. 그는 독일로 돌아간 뒤 약 2주 동안 구단에서 제공한 집에서 자가격리에 들어갔다. 독일 역시 오스트리아와 마찬가지로 코로나에 대한 인식이 우리나라와 다르다. 당시 우리처럼 생활체육센터에 자가격리를 하지 않고 확진자들을 병원으로 데려가 입원시키지 않았다. 죽을 정도가 아니라면 자기 집에서 격리 생활을 하는 게 원칙이다. 유럽에서 활동 중인 선수들은 이런 방침에 익숙하다.

황 선수는 그토록 경기를 고대했으나, 격리 생활이 해제된 후에도 그해 구단 경기 일정에 참여하지 못했다. 코로나 합병증이 생겼기 때문이다. 코로나는 굉장히 다양한 '얼굴'을 가지고 있다. 누군가는 무증상으로 금방 완쾌하기도 하고, 다른 누군가는 합병증에까지 시달리며 고생하기도 한다. 그래서 감염 사실을 빨리 발견하는 게 중요하다. 마지막 PCR 검사를 통해 황 선수의 감염 사실이 발견된 것, 독일에서 코로나 합병증을 진단하는 프로토콜이 교과서적이라는 것, 이 두 가지로 최악의 불행을 막을 수 있었다. 구단은 고가의 심장 MRI를 3~4회 찍으면서 황 선수의 상태를 체크해 주었다.

황 선수는 코로나 감염 초기 그리고 심근염 초기에도 눈에 띄는 증상이 없었으나 검사 결과는 좋지 않았다. 율리안 나겔스만 당시 라이프치히 감독은 "황 선수가 올해 남은 경기에 출전하는 것은 불가능할 것이다. 지금은 컨디션을 끌어 올리는 것이 가장 중요하다."고 밝혔다(출처 : 뉴스1 기사 2020.12.16.).

독일의 황 선수와 계속해서 메신저를 주고받으면서 황 선수가 상당히 고생하고 있다는 걸 알 수 있었다. 아무리 선수가 경기를 원했더라도 내가 아득바득 고집을 부려서라도 출전을 막았어야 했나, 자책감에 미칠 것 같았다. 하지만 그는 되레 나를 위로해 주었다.

"아니에요. 박사님. 그때 박사님이 저를 경기에 뛰지 못하게 했다면 전 더 힘들었을 거예요. 경기에 나갔고 골을 넣었을 때 세상을 다 가진 것 같았어요. 지금 코로나로 고생하고 있지만, 그때 생각하면 충분히 이겨낼 수 있어요."

황 선수를 위해서 뭐라도 해야 했다. 마침 독일 라이프치히 구단의 팀닥터와 아는 사이고 나와 전공이 같은 내분비내과 의사라서 소통하기가 수월했다. 그와 수시로 연락해서 황 선수의 건강을 계속 모니터링했다.

코로나에 걸렸을 때 독일에서 사용하는 치료약이 있다. 이 약들을 모두 체크했다. 우리나라에서 사용하지 않는 건 성분을 확인했고, 우리 선수에게 안 맞는다고 생각이 들면 현지 팀닥터에게 연락해서 설명한 후 다른 약을 달라고 요청했다. 황 선수에게는 어떤 약을 먹어야 하고, 어떻게 먹어야 하는지 등을 알려주었다. 그는 '계속 열나고 누워있다가 약 먹으니까 조금 나아졌다'는 내용의 피드백을 보내왔다.

놀라운 것은 황희찬 선수가 그 와중에도 운동을 했다는 것이다. 황희찬 선수뿐 아니라 코로나 확진으로 치료를 받으며 자가격리를 했던 다른 선수들도 마찬가지였다. 열이 오르고 후각과 미각이 상실되는 등의 증상을 겪으면서도 운동을 했다. 근육 손실이 되는 걸 용납할 수 없었던 것이다.

피지컬 코치와 상의해서 일종의 '홈트 프로그램'을 만들어서 휴대폰 메신저를 통해 보내주었다. 그걸 받은 선수들은 어떻게 운동을 했다는 내용을 수시로 메신저를 통해 알려왔다. 특히 황인범 선수는 직접 홈트 프로그램을 만들 정도였다. 그들의 자기관리와 의지, 성실함은 놀라웠다. 국가대표는 정말 아무나 하는 게 아니었다.

황희찬 선수가 가장 늦게 확진 판정을 받은 만큼 가장 마지막으로 회복했다. 선수들의 인생이 걸린 문제였기에 모두가 최종 완쾌될 때까지 피를 말리면서 상황을 모니터링했다. 코로나 양성 판정을 받은 후 최종적으로 음성이 나오기까지 사람마다 시간이 다르다. 어떤 사람은 10일 만에 음성이 되고 또 다른 이는 몇 개월이 지나도 양성으로 나온다. 확진자들의 회복에 시간 차가 있긴 했지만 대부분 심각하게 고생하지 않고 완치 판정을 받았다.

귀국 후 병원으로 이송돼 치료를 받은 국가대표 지원팀장과 언론담당관, 트레이너도 완쾌했다. 그동안 나를 '이상한 놈'이라고 생각하고 바라보았을 스태프들은 오스트리아에서 유일한 의사로서 이리 뛰고 저리 뛰며 고군분투하는 걸 보면서, 그간 나에 대해 가지고 있던 생각을 바꾼 것 같았다. 국가대표 지원팀장과 다시 만난 자리에서 그간의 어려움을 나누었고 진심으로 서로를 치하했다. 사선死線에서 살아 돌아온 전우애의 마음이었다.

단 한 명도 큰 후유증이나 합병증 없이 건강을 회복했다는 건 선수들, KFA 그리고 나에게도 너무나 축복이고 행운이었다. 만약 한 사람이라도 건강이 나빠졌다면 의사로서 평생 죄책감을 떨쳐내지 못했을 것이다. 죽어라 노력했고 어쩔 수 없었다는 말은 변명이고 핑계일 뿐이다.

내가 잘해서 선수들이 완쾌한 게 아니라는 걸 잘 안다. 절대적인 힘을 가진 조물주가 이런 결과를 우리에게 주었다는 생각이 든다. 우리나라, 우리 선수들을 사랑하는 절대자가 행운을 선물한 것이다. 누군가는 운이라고 표현할 수도 있겠다. 선수들과 스태프들의 기본 건강이 좋았던 것도 원인이었을 것이다.

다수의 환자들을 치료해 본 경험이 있는 의사로서, 최선을 다하는 것만으로 환자들이 완쾌되는 건 아니라는 걸 알고 있다. 무슨 수를 써서라도 안 되는 일이 있고, 뜻밖의 좋은 결과를 얻는 경우도 있다. 우리 선수들이 아무 문제 없이 건강을 회복했다는 건 이유를 불문하고 감사한 일이었다.

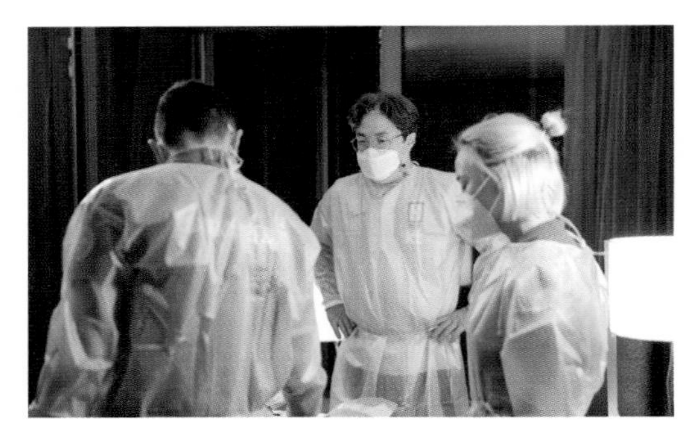

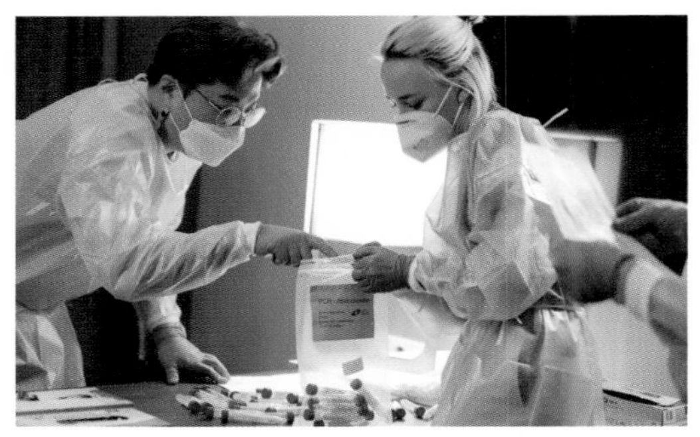

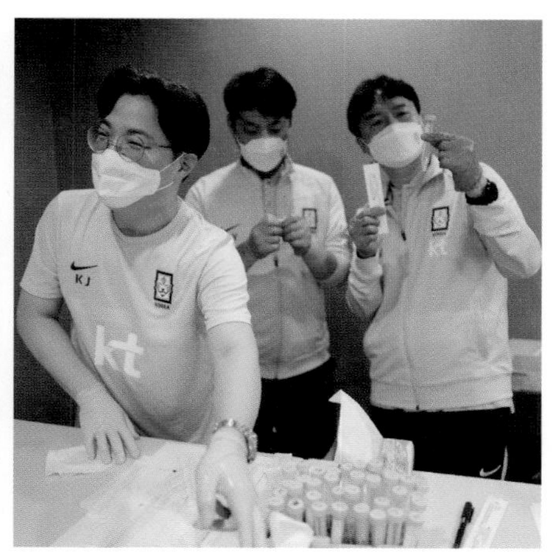

6:00
◀ 카카오톡
n.news.naver.com
×
N SPORTS 오늘의 경기
야구 해외야구 축구 해외축구 농구 배구 골프
뉴스 영상 일정 순위 구단·협회

스포츠경향

대표팀 주치의·조리장, 자진 해서 격리 선수 5명 돌보기로…19일 귀국행 비행기에는 선수 5명만

입력 2020.11.18. 오전 10:29 · 수정 2020.11.18. 오전 10:30

이정호 기자 >

61

[스포츠경향]

스포츠경향

대표팀 주치의와 조리장이 자진해서
격리선수를 돌보기로 했다고 보도된 기사.

비행기 안에서 우리가 먹었던 '식사'

우리를 태우러 온 전세기 내부 모습

KOREA
kt

Chapter 5

패자는 왜 말하면 안 될까

Chapter 5
패자는 왜 말하면 안 될까

승자와 패자를 분리하는 단 한 가지는,
승자는 실행하는 사람이라는 점이다.

-앤서니 로빈슨

"패자는 말이 없다."

언제부터 생긴 건지, 누가 한 말인지는 잘 모르겠다. 이 말인즉슨, 졌다면 변명할 것 없이 패배 원인을 곱씹으며 반성하라는 의미일 터이다. 일면 맞는 말이지만 지금부터 이 말을 어기려 한다. 2021년 3월 한일전에 대해 말할 생각이니까. 본전도 못 찾을지 몰라도 말이다.

KFA는 한일전을 치르기로 결정했다. 시기는 2021년 3월 25일. 한일전이 결정되자 걱정하는 목소리가 높았다. "오스트리아 원정으로 선수들을 고생시킨 것도 모자라서 또 일본을 가냐." "일본을 도와주러 가는 거냐."는 걱정과 불만이 섞인 반응이 매스컴을 통해 보도되었다.

많은 이들의 염려는 충분히 타당한 것이었다. 그러나 대표팀의 전력과 팀워크를 강화하려면 오스트리아 원정 경기만으로는 부족했다. 코로나 시기에도 축구대표팀의 해외 원정 경기는 피할 수 없고 또한 2021년으로 연기된 2020 도쿄 올림픽이 개최될 때를 대비해 일본 현지에서의 경기 경험이 필요했다. 오스트리아에서 코로나 방역에 대한 현장 경험을 하고 그에 맞게 매뉴얼을 치밀하게 준비했으므로, 이제는 처음부터 끝까지 실행해 볼 수 있는 무대가 있어야 했다. 선수들이 코로나로 고생하지 않고 경기하는 법, 일본에서 코로나 문제 없이 무사히 경기하는 법을 찾는 것, 이게 한일전의 목표 중 하나였다.

많은 우려를 안고 일본으로 출발하다

KFA는 일본 축구협회JFA, 후생노동성과 긴밀하게 협의했다. JFA는 경기 추진에 적극적이었으나 후생노동성(우리나라로 치면 보건복지부, 고용노동부, 여성가족부를 합친 개념의 일본 행정기관)은 일본 코로나 방역의 책임기관으로서 JFA보다 한일전을 보는 시각이 날카로웠다. 오스트리아와 마찬가지로 우리 준비팀의 방문을 허가하지 않다가, 선수단 입국 바로 전날 두 명만 와서 호텔 위치와 훈련장을 확인하는 정도로만 허가했다.

일본은 확실히 오스트리아와 달랐다. 우리나라가 협조를 요청하는 데 오스트리아보다 더 수월했다. 오스트리아의 태도가 '방임'에 가까웠다면 일본은 도쿄 올림픽을 무사히 치러야 한다는 압박감에 코로나 방역에 매우 예민했다. 한일전을 앞두고 해외파 선수들을 귀국시키기 위해 나라별로 전세기를 띄웠고, 일본 선수단이 머무는 숙소에는 코로나 검사 기계(우리나라 비용으로 약 1억 2천만 원 정도)를 아예 구입해서 설치해 두었다. 올림픽을 앞둔 일본에게도 한일전은 굉장히 중요한 테스트였을 것이다. 이 점은 많은 축구팬과 언론에서 알아챈 바와 같다. 그래서 우리가 오스트리아 원정 경기 경험으로 터득해서 요구하는 사항들에 적극적으로 협조해 주었다.

일본의 협조를 얻는 데 있어서 KFA 관계자들의 현지 인맥도 큰 도움이 되었다. 황보관 본부장은 '일본통'이다. 오이타 트리니타 구단에서 선수, 감독, 단장까지 했던 경험이 있어 일본어에 능통하고 일본 축구 관계자들과 친분이 두터워 협조를 이끌어내는 데 유리했다. 선수단의 전력분석을 위해 동행한 최승범 전력분석위원도 일본에서 코치를 한 경험이 있어 일본 축구 관계자들에게 협조를 구하는 데 큰 활약을 했다. 나 역시 일본에 있는 AFC 메디컬 오피서들과의 친분이 있어서 의학적인 협의가 좀 더 원활했다. 어디서든 인간관계가 중요하다. 실무적인 부분에서 매끄럽지 않더라도 인간관계가 존재하면 막히거나 껄끄러운 문제가 있어도 부드럽게 틔워준다. '인맥'이라고 표현하면 오해의 소지가 있겠으나 그런 의미보다는 한국과 일본의 관계를 다 떠나서 축구를 좋아하는 한 사람의 개인으로서 만나서 친해졌던 것이고, 이런 관계 속에서 의미 있는 수확을 얻을 수 있다. 오스트리아에서 이베이가 우리 대표팀을 적극 도와줬던 것처럼.

준비팀 업무와 별도로 대표팀을 소집하는 데에는 여러 가지 어려움이 있었다. 자가격리 이슈와 부상 문제로 여러 선수들이 합류하지 못했기 때문이다. 황희찬 선수의 경우 라이프치히 구단에서 "전세기가 아니면 못 보내준다."는 공식 입장을 밝혔고, 당시 독일에 있던 권창훈 선수(현 김천상무)도 주 정부 차원에서 선수 차출을 거부했다. 이재성 선수(현 독일 FSV 마인츠05)는 팀 내에서 코로나19 확진자 발생으로 자가격리 중이라 합류하지 못했다.

황의조 선수가 속한 프랑스 지롱댕 드 보르도 구단에서는 자가격리 이슈로 선수 차출을 거부했다(선수가 소속팀 복귀 후 5일 이상 자가격리를 해야 할 경우 FIFA 규정상 소속팀은 선수를 보내는 걸 거부할 수 있다). 중국에 있는 손준호 선수(중국 산둥루넝)와 김민재 선수(당시 베이징 궈안) 역시 자가격리 이슈로 합류가 불발되었다(당시 중국은 자가격리 기간이 3주였다). 김문환 선수(당시 로스엔젤레스 FC) 역시 합류가 불발되었다.

손흥민 선수는 왼쪽 햄스트링 부상, 엄원상 선수(당시 광주FC)는 내측 인대 부상, 주세종 선수(감바 오사카)는 소속 구단의 코로나 검사에서 양성 판정을 받아 한일전에 참여할 수 없게 되었다.

해외에서 활약하는 선수들의 건강 상태는 구단 팀닥터가 일차적으로 관리하지만, 우리 대표팀에서도 체크한다. 대표팀 팀닥터들은 구단들과 연락을 주고받으며 선수들의 상태를 모니터링한다. 해외파 선수들이 명단에 포함되었다가 최종적으로 소집에서 빠진 것을 두고 언론에서는 "선수들의 건강을 축구협회나 감독이 잘 모르는 것 아닌가." 하는 지적이 있었으나, 건강 상태를 보는 시각의 문제라고 말하고 싶다.

한일전 대표팀으로 발표된 선수들 중에 출국을 앞두고 부상을 당한 경우도 있었다. 선수단의 출국은 22일 월요일이었는데, 부상 소식이 주말에 날아들었다. 당시 예비선수를 포함해 선수단 명단이 발표되면 출국하기 72시간 전에 PCR 검사를 시행하였다. 검사를 하는 것 자체가 경기를 앞둔 선수에게는 부담이 될 수 있다는 점 때문에 선수단 명단에 포함되지 않은 선수들을 미리 PCR 검사를 받게 할 수는 없었다.

부상 선수들을 대체할 선수들을 추가로 선발하고 이들에 대한 PCR 검사까지, 전 과정이 급박하게 돌아갔다. 주말이라 보건소가 문을 닫은 바람에 부랴부랴 선수들이 소재한 지역의 병원들을 수배해서 코로나 검사를 진행하여 진단서를 발급받았다. 진단서를 일본 후생노동성에 제출하려면 영문으로 바꿔야 하고 그쪽에서 요구하는 보고자료도 준비해야 한다. 출국 날이 가까워져서 생기는 돌발 상황이라 난감했으나 선수들과 스태프들, 의무팀이 합심해서 필요한 절차들을 밟아나갔다.

우여곡절 끝에 대표팀 멤버가 정리되었다. 한일전을 위해 선수단 차출에 동의해준 K리그 구단들의 어려움도 컸을 것이다. 내가 감히 언급할 부분은 아니다. 다만 모두가 선수들의 A매치 경험, 대표팀의 한일전 승리를 기원하며 어려움을 감내해 주었을 것이라 짐작한다.

3월 22일 월요일, 대표팀은 한국을 떠나 일본으로 도착했다. KFA는 2021년부터 약 1년간 선수들의 부상 관리를 전담하고 책임질 장기모 교수(고대안암병원 정형외과)를 팀닥터로 그리고 오스트리아에서의 경험을 고려해 내가 함께 방역담당 팀닥터로 일본에 가도록 했다. 황보관 본부장, 김판곤 위원장, 김동기 국가대표팀 지원팀장도 대표팀과 함께했다.

일본 공항에 입국한 직후 시행한 검사에서 음성 판정을 받은 우리는 공항을 떠나 호텔에 도착했다. 호텔의 엘리베이터, 우리가 머무는 층 모두 외부인의 출입이 금지되었다. 엘리베이터는 우리 층에서만 멈췄다. 즉, 한국팀 전용이었다.

오스트리아에서도 그랬지만 대표팀 선수단이 머무는 숙소는 코호트 격리건물 봉쇄 차원으로 관리된다. 일본에서는 선수단이 머무는 층만 별도로 통제하는 방식으로 우리 대표팀 숙소를 관리하였다. 철저한 통제가 되고 있는지를 확인하기 위해 호텔 1층 엘리베이터 옆에 있는 편의점에 들어가려고 시도했다. 그러자 입구에 서 있던 직원이 출입을 막았다. 그는 엘리베이터에 함께 탑승해서 우리 숙소가 있는 층 번호를 눌러주었다. 그가 없으면 엘리베이터 탑승이 아예 불가능했다. 엄격하게 관리하고 있다는 생각에 마음이 놓였다.

JFA에서 파견 나온 직원 '료타'가 우리 대표팀과의 소통을 전담했다. 오스트리아에서 부족했다고 여겼던 식당에서 1인 1테이블 사용, 외부인 통제 등 우리가 희망했던 조건들이 잘 반영되어 있었다. 우리를 도와주는 JFA 직원들도 호텔에 상주하고 있었다. 일본 측은 우리 선수단과 스태프가 묵을 수 있는 방 배치를 모두 정해 두었다. 전반적인 환경이 사전에 우리의 요청대로 잘 준비되어 있었으나 숙소 배치가 마음에 걸렸다.

일반적으로 코칭 스태프와 협회 관계자들은 위층의 숙소를, 그 한 층 아래에 선수단 숙소를 배치한다. 선수단이 있는 층에 치료실, 의무실, 짐 등을 배치한다. 아쉬웠던 점은 JFA 직원들 숙소를 우리 숙소와 함께 배치하는 바람에 2개 층이 아니라 3개 층을 쓰게 되었다는 것이다. 층이 많아질수록 관리하기가 어렵고 동선이 복잡해진다는 단점이 있다.

일본 측 지원인력이 우리 선수단과 같은 공간에 머무는 만큼 코로나 검사를 모두 확실하게 받았는지를 확인하고자 일본 측에 자료를 요청했으나 받을 수 없었다. 이 문제는 결국 사건을 일으키고 만다.

○ 일본 지원인력 중 코로나 감염자가?!

입국 3일째 되는 날, 즉 경기 바로 전날(수요일)에 료타가 갑자기 찾아왔다.

"긴급 상황이 발생했습니다. 얘기를 좀 했으면 좋겠어요."

"무슨 일입니까?"

그는 이유를 설명하지 않았지만, 태도를 봤을 때 코로나와 관련된 일이 분명하다고 직감했다. 하지만 아무리 생각해 봐도 우리 내부에서 문제가 발생할 만한 일이 없었다. 오스트리아에서의 경험을 살려서 선수들과 스태프들 모두 밀접 접촉이 발생하지 않도록 환경을 조성해 왔기 때문이다. 위생과 방역 모두 잘 유지하고 있었다. 빨리 이유를 알고 싶어 채근했는데도 료타는 1시간 가까운 시간 동안 "Just a second" "Later"를 반복하며 어떤 문제인지 말해주지 않았다.

황보관 본부장, 김판곤 위원장, 김동기 국가대표팀 지원팀장, 문채현 차장, 장기모 교수, 그리고 나 이렇게 여섯 명은 료타가 안내한 장소에서 일본 측과 함께 화상 회의를 시작했다. 일본 측에서는 JFA의 경기 총괄 책임자, JFA 의무분과위원장, 일본팀 팀닥터(일본은 축구협회 소속 상근 팀닥터가 있다), 한일전 전담 매치 커미셔너 등 네 명이 참여했다. 이 자리에서 마침내 료타가 입을 열였다.

"한국 대표팀을 도와줄 목적으로 우리가 호텔에 투입한 아르바이트생 중 한 명이 코로나 확진 판정을 받았습니다."

뭐, 뭐라고? 순간 내 귀를 의심했다. 일본에 입국한 후 매일 아침 전체 인원을 대상으로 코로나 검사를 실시했다. 우리 선수단을 돕기 위해 투입된 일본 측 직원들의 검사도 시행했다. 그들은 JFA 명찰을 부착하고 있었기 때문에 당연히 직원이고 위생관리가 잘 되어 있을 거라고 생각했다. 그런데 감염자라니….

료타를 통해 알게 된 상황은 충격적이었다. 일본 측 직원, 아니 아르바이트생인 감염자 A는 우리 선수들이 이용하는 식당을 (선수들의 사용 시간과 시간차를 두긴 했으나) 사용했고, 코칭 스태프가 묵고 있던 층에 그의 방이 배정돼 있었다.

감염 사실이 수요일에 밝혀졌으니 A는 애초부터 코로나 감염 상태로 우리 숙소에 투입되었다고 볼 수 있다. 도저히 이해할 수 없었다. 왜 안전을 담보하지 않은 아르바이트생을 한국 대표팀 숙소에 투입한 건가. 왜 우리가 JFA 직원이라고 인식하게 한 건가.

감염자가 아르바이트생이라는 사실에 더 화가 난 것은 이유가 있었다. JFA 정직원이라면 JFA 차원에서 코로나 감염 여부 등 건강 체크를 규칙적으로 받았을 것이다. 그러나 행사를 위해 모집한 아르바이트생은 그런 체계적인 관리를 받았을 리 없다. JFA는 우리 선수단을 돕는 인력을 투입하면서 우리와 같은 호텔에 이들의 숙소를 정했다. 아르바이트 인력을 투입하더라도, 인력 선발 시 코로나 감염 여부를 정확하게 체크해서 비감염이 확실한 사람들로 팀을 꾸렸어야 했는데, 그러지 않은 것이다.

일본 측에 화가 나면서 한편으로는 내가 좀 더 집요했어야 한다는 자책감이 밀려왔다. 일본 지원인력에 대해 코로나 검사 결과를 끝까지 요청할 걸, 달라고 했을 때 안 줬지만 줄 때까지 물고 늘어질 걸, 우리 팀뿐 아니라 그들의 동선까지 치밀하게 볼 걸…. 나의 한탄과 별도로 JFA도 난처해 했다. 자신들의 명백한 실수였으니까.

일본 측은 우리에게 알려주지 않고 A를 다른 호텔로 옮겨 격리시켰다. 그리고 역학조사를 실시했다. 일본 코로나 방역의 컨트롤 타워는 후생노동성이고, 역학조사는 보건소에서 실시한다. 우리 대표팀이 묵고 있던 요코하마 시 소속 보건소에서 A에 대한 역학조사를 실시했는데, '밀접 접촉자가 없다'는 1차 조사 결과를 냈다. 밀접 접촉자가 없다고, 그럴 리가? 일본 측에 이미 크게 실망한 상황이라 그 말을 믿을 수 없었다. 아니나 다를까, 처음엔 침묵하던 아르바이트생 A는

2차 역학조사에서 우리 선수들 중 B, C와의 접촉이 있었음을 밝혔다.

코로나 방역의 원칙상 일본 지원인력은 우리 선수단과 직접 접촉해서는 안 된다. 이를테면 일본 지원팀이 우리 대표팀을 위한 식사를 준비한 다음 (선수들이 머무는 식당 홀에서) 완전히 철수하는 것이다. 감염을 방지하려면 선수들과 직접 접촉을 안하는 게 원칙인데, 현실적으로 쉽지는 않다. 별의별 돌발 상황이 있어서다. A가 우리 선수 두 명과 접촉한 상황이 그러했다.

선수 B와는 어떻게 접촉했을까. B가 키를 방안에 둔 상태로 문을 닫았고 문을 열어달라고 요청하기 위해 호텔 안내 데스크로 연락했다. 우리 선수단 숙소는 격리 상태라 데스크 직원이 올 수 없다. 데스크에서는 일본 측 지원인력에 연락해서 B에게 호텔 키를 전해달라고 부탁했다. 이에 A는 B를 만나 호텔 키를 전달했다. 원칙적으로는 절대 개인적인 접촉을 해서는 안 되며, 방 앞에 키를 놓고 갔어야 한다. 그러나 선수 B는 A가 직접 전해주는 키를 받았다.

선수 C의 경우 A로부터 수건을 건네받았다. 이것 역시 방 앞에 두고 갔어야 하지만 직접 전달이 이루어졌다. 두 선수에 대한 접촉을 알게 된 일본 측은 우리에게 사실대로 통보했다.

우리의 입장을 정리해야 했다. 이곳 상황을 KFA와 공유하고, 나는 서동원 의무분과위원장에게 보고했다.[4] 우리는 대표팀에서 확진자가 발생하는지의 여부를 보고, AFC 및 FIFA 규정에 따라 경기 진행 여부를 검토하기로 결정했다. 오스트리아 원정 경기에서 이미 경험했듯이 FIFA 규정은 확진자를 제외하고 14명만 넘으면 축구 경기를 진행하게 돼있다. JFA도 이 방침을 수용했다.

아울러 KFA는 JFA에 서류를 갖춰서 공식 루트로 항의했다. 우리 의무분과위원회도 일본 측 방역에 허술한 점이 있었던 사실에 대해 JFA 의무분과위원회에 항의하고 해명을 요청했다. 만약 입장을 바꿔서 우리나라에 입국한 일본 선수단에 우리 실수로 방역에 구멍이 뚫렸다면 일본은 어떻게 반응했을까. 가만히 있지 않았을 것이다. 사람 마음은 다 비슷하다. 그래서 원리원칙대로 대응해야 한다. KFA는 코로나 감염 여부를 제대로 확인하지 않은 아르바이트생을 우리 선수단이 묵는 호텔에 투입하고, 선수들과 직접 접촉이 이뤄진 점, 이 모든 책임이 일본에 있음을 분명히 했다.

정말, 진심으로 열불이 났다. 생각하면 할수록 혈압이 올랐다. 황보관 본부장, 김판곤 위원장, 김동기 국가대표팀 지원팀장도 마찬가

---

4 2021년 3월 새롭게 의무분과위원회 위원장으로 부임한 서동원 위원장은 정형외과와 재활의학과 전문의 자격을 함께 보유하고 있으며, 스포츠 손상 치료의 베테랑이다. 2005년 20세 이하 세계 청소년선수권 축구 대회와 2012년 런던올림픽 전체 선수단 팀닥터를 역임한 바 있다. 대표팀이 일본으로 출발하기 전에 팀닥터를 결정할 때 서동원 위원장은 자신이 직접 가고자 했을 정도로 일본전을 차질 없이 치르고 싶어 했다. 그래서 일본에서 벌어진 상황에 대한 분노와 염려가 컸다.

지였고, 벤투 감독도 황당해했다. 일본도 이 상황이 치욕스러웠을 것이다. 일본은 한일전을 검토할 때부터 예민하게 굴었다. 후생노동성은 경기 준비를 위해 우리가 파견하는 선발대의 인원과 입국 일정, 방문지 등도 제한하였고 올림픽을 앞두고 방역을 잘하고 있으니 믿고 맡기라며 자신만만해했다. 그런데 이런 문제가 터지다니, 우리에게 얼굴을 들기가 어려웠을 것이다. JFA는 지원인력 관리의 허점, 즉 지원인력을 한국선수단 숙소에 투입하기 14일 전부터 코로나 감염 방지를 위해 외부와의 접촉을 차단시켰어야 했는데 그렇지 못했다는 사실에 대해 공식 사과했다.

한편으로 JFA는 료타에게 관리 책임을 물었다. 이 사태가 결코 한 사람의 책임일 수 없는데, 료타는 책임을 추궁당하며 굉장히 괴로워했다. 나는 화가 솟으면서도 한편으로 '꼬리 자르기'처럼 궁지에 몰린 료타의 처지가 딱하기도 했다.

CCTV를 돌려 보면서 A의 동선을 확인했다. 그가 단 몇 초라도 뭔가를 만진 게 있는지, 어떤 공간을 다녔는지 모두 확인하고 싶었다. CCTV를 보면서 A가 우리 선수 두 명과 접촉할 때 글러브를 끼지 않았다는 사실을 확인했다. 선수들에게 전해주는 물건을 운반할 때 반드시 글러브를 착용하는 게 원칙인데 지키지 않은 것이다.

정확한 접촉 상황을 확인하기 위해 선수 B, C와 면담을 실시했다.

"저는 A가 전해준 키를 받아들고(정확하게는 그의 손가락 사이 빈 공간으로 키를 잡아서) 방문을 연 다음 키를 그대로 A에게 돌려주었어요."(선수 B)

"A에게 수건 세 개를 건네받았는데, A의 손이 닿지 않은 가운뎃 수건만 사용했어요. 맨 위와 맨 아랫 수건은 사용하지 않았죠." (선수 C)

용케 신체 접촉을 피했지만, 그렇다고 낙관할 수는 없었다. B, C는 호텔 자기 방에서 격리에 들어갔다. 두 선수 모두 간절하게 경기 참가를 원했지만, 어쩔 수 없었다.

최근 연구 결과에 따르면 코로나19는 포마이트 인펙션Formite Infection, 병원체가 묻은 무생물 물질이 매개체가 되어 일어나는 감염의 가능성이 희박하다고 한다. 확진자가 만진 물건을 통한 접촉으로 감염이 될 확률은 극히 낮다. 그렇다면 감염은 어떻게 이뤄지는가. 확진자를 직접 접촉한 상태에서 비말 감염이나 공기 중 감염이라고 많은 의학자들은 보고 있다. 이 같은 자료들을 찾아서 우리 의무분과위원회에 보고했다. 수요일에 사건이 터지고 그때부터 조사하고 협의하고 서류를 뒤적이느라 새벽까지 잠을 자지 못했다.

경기 당일에는 아침 7시에 검사가 이뤄질 수 있도록 준비를 해야 했다. 한국에서의 검사와 일본이 요구하는 검사가 달라서 두 가지 검사를 모두 했다. 우리나라의 코로나 검사는 유전자 핵산검사Nucleic Acid Test의 일종인 PCR이다. 전 세계적으로 코로나 검사는 PCR 이외에 몇 가지가 더 있으며, 나라마다 코로나 검사법에 차이가 있다.

일본의 코로나 검사법은 어떨까? 그때 일본은 올림픽을 앞두고 있었다. 수많은 선수들에게 PCR 검사를 진행하기에는 비용과 시간 모두 부담이 될 것이다. 그래서 일본 후생노동성은 신속성이 약간 더 좋은 스마트 앰프를 선택했다. PCR과 마찬가지로 핵산검사의 일종인데, 타액을 채취해 검사한다.

우리는 PCR, 일본은 스마트 앰프. 두 가지 검사를 진행해야 하므로 검사를 하는 데 더 시간이 소요된다. 규정상 검사 결과가 나올 때까지 대기해야 하며 그 시간에는 아무것도 하지 못한다. 결과가 빨리 나오고 음성이어야 우리 선수들이 경기장으로 이동해서 작전을 짜고 몸을 푸는 등 경기에 대비할 수 있다.

앞서 화, 수요일에 진행된 코로나 검사 때 우리가 머문 요코하마에서 도쿄에 있는 검사실로 검체를 전달했다. 검체 이송 시간이 오래 걸려서, 수거한 때로부터 약 4시간 후에 결과 리포트가 나와서 퍽 답답했다. 경기 당일에 그런 속도로 검사를 진행하면 안 된다는 생각이 들었다.

'안 되겠다. 다른 방법을 찾아야겠어!'

AFC 메디컬 오피서로 활동하면서 친해졌던 일본 팀닥터 미츠코에게 연락해서 우리 사정을 설명하고 도움을 요청했다. 그 덕분에 경기 당일에 우리의 검체를 요코하마에 있는 검사소로 보낼 수 있게 되었다. 그러면 차가 아무리 막혀도 15분이면 갈 수 있다. 검사소에서는 우리가 오전 8시에 검체를 채취해 8시 15분까지 보내주면 오후 1시 이전에 결과가 나올 수 있도록 빨리 진행해 주겠다고 했다.

경기 당일, 부지런히 서둘러서 더 빨리 검사 결과를 보냈다. 한일전 진행 가능 여부가 달린 데다, 경기 직후 소속 구단으로 복귀할 해외파 선수들이 있어서 마음이 급했다. 그런데 1시가 됐는데도 검사 결과가 나오지 않았다. 경기가 저녁 7시인데 오후 1시까지 스타팅 멤버를 확정할 수 없었다. 코로나 이전 평상시와 비교한다면 말도 안 되는 상황이었다. KFA, 현지의 임원과 스태프, 벤투 감독까지 모두 초조하게 기다렸다. 불길한 느낌에 발을 구르고 있는데 연락이 왔다.

"긴급 상황입니다. 양성으로 의심되는 두 사람이 있습니다."

"누구입니까, 그 두 사람이."

검사소에서 통보받은 식별 코드를 확인해 보았다. 검사를 의뢰하고 받을 때 식별 코드를 사용한다. 검사 전에 개인별로 식별 코드를 부여하고, 검체를 채취한 다음 식별 코드를 부착해서 검사소로 보내는 것이다(검사소에서 개인의 이름을 알지 못한다). 감염자 A와 접촉한 B와 C겠구나, 라고 짐작했는데 코드를 맞춰 보니 아니었다. 전혀 생각지 않았던 선수 D와 스태프 E였다. 선수 B와 C는 음성 판정에 따라 격리에서 해제되었다. 그리고 곧바로 실시한 재검에서 스태프 E가 먼저 음성으로 나와서 한시름 돌릴 수 있었다.

부랴부랴 선수 D를 찾아갔다. 경기를 앞두고 선수들은 팀미팅을 갖고 있었다(앞서도 밝혔듯 팀미팅에 함부로 들어가서는 안 된다). 내가 들어가자 선수들이 웅성웅성거렸지만 설명할 순 없었다. 다짜고짜 선수 D를 데리고 나왔다.

별도의 공간을 찾아서 그곳을 폐쇄시킨 다음 보호장구를 갖추고 나서 선수 D의 검체를 재채취했다. 이 검체는 요코하마가 아닌 도쿄로 가야 했다. 퀵서비스를 불러서 도쿄로 검체를 보냈다. 퀵비는

"헉!" 소리가 나올 만큼 비쌌지만 그땐 눈에 보이는 게 없었다.

우리는 최종 검사 결과를 기다렸다. 코로나 검사 결과에 따라 경기를 할 수 있는지 아닌지가 판가름 난다. 결과가 음성으로 나와서 경기를 할 수 있을 때를 대비해 선발대가 먼저 경기장으로 출발하기로 했다. 회의를 거쳐서 선수 D와 밀접 접촉한 사람들은 선발대에서 제외시켰다.

선발대가 경기장에 가서 해야 할 일은 많다. 선수들의 짐을 챙겨가서 경기장, 라커룸, 훈련장 등을 세팅해 두어야 한다. 그런데 스태프 인원이 적은데 접촉자들을 제외시키니 선발대로 보낼 사람이 부족했다. 주방을 지켜야 할 신동일 조리사부터 황보관 본부장, 김판곤 위원장, 김동기 국가대표팀 지원팀장도 팔을 걷어붙이고 짐을 날랐다. 오스트리아 원정 경험 덕분에(?) 모두 일사불란하게 움직였다.

오후 3시가 넘어서 선발대가 출발하기 직전, 도쿄 검사소에 의뢰했던 선수 D의 최종 검사 결과가 나왔다. 음성이었다. 경기를 치를 수 있게 된 것이다. 만약 양성으로 나왔다면 어떻게 되었을까? 한국 선수단과 스태프 전원이 역학조사를 받고 재검해서 그 결과 음성자들이 14명 이상이면 경기를 할 수 있다. 문제는 최종 결과가 오후 3시에 나왔고 그로부터 역학조사와 재검을 받기까지 최소 4시간 이상 소요되므로, 사실상 경기는 취소되었을 것이다.

경기를 하러 왔으니 경기를 하게 된 건 다행스러운 일이었다. 그러나 경기 시작 전 불과 3~4시간까지 불확실한 시간이 이어졌고, 코로나 확진 가능성으로 인해 스타팅 멤버와 팀 전술이 바뀔 수밖에 없었다. 경기가 취소될지도 모른다는 어수선한 분위기 속에서 선수들은 불안했을 것이다.

이것이 한일전 경기가 벌어지기 직전의 경과이다. 그날의 경기는 한국 대표팀의 0:3 패배로 끝났다. 경기를 마치고 다음 날 대표팀은 귀국했고, 파주NFC에서 일주일간 코호트 격리에 들어갔다.

경기를 지켜본 많은 전문가들이 스타팅 멤버, 포메이션, 전술, 선수들의 정신력까지, 다각도로 의문과 아쉬움을 나타냈다. 축구팬들 역시 평소와 다른 포메이션, 전술이라면서 이해하기 어려워했다. 벤투 감독의 축구에는 게임 모델이 있다. 그리고 상대팀에 따라 게임모델을 유지, 변경하고 상황에 맞추어 대비할 수 있도록 한다. 선수들은 경기 하루 전, 당일 해야 하는 루틴이 있다. 그러나 코로나는 이러한 루틴을 모두 망가뜨렸다. 내가 선수단의 입장을 대변할 위치에 있지 않지만, 그때의 상황은 선수들의 경기력에 영향을 주고도 남았을 것이라고 짐작한다.

○ 매뉴얼보다 더 중요한 문제, 사람

코로나 자가격리 및 부상으로 인한 해외파의 불참, 선수들의 부상 및 컨디션 난조에 더해서 일본 지원 스태프의 코로나 감염이라는 돌발변수까지, 굽이굽이 골짜기를 건너면서 진행했던 한일전이었다. 선수들은 더더욱 이기고 싶었다. 그러나 선수 B, C, D와 스태프 E 그리고 이들과 접촉한 이들까지 영향권에 놓이면서 감독이 사전에 준비한 계획들은 수포로 돌아갔다. 1안부터 2, 3, 4안까지 플랜이 있었다 해도 코로나 변수는 그 모두를 일거에 날릴 만한 위력이 있었다.

일본의 실수로 초래된 이 상황이 너무나 화가 났지만, 한편으로는 한 가지 중요한 교훈을 얻을 수 있었다. 오스트리아 원정 그리고 한일전을 준비하면서 우리 축구팀의 목표는 경기력과 방역, 이 둘 사이에서 균형을 찾는 것이었다. 좀 더 쉽게 말하자면, 방역 수칙을 지키면서 경기를 할 수 있는 방법을 찾는 것이었다. 그러기 위해 현장 경험이 필요했고, 이를 통해 꼼꼼한 매뉴얼을 만들었다. 예를 들어 "손을 씻으세요."라고만 하는 게 아니라, '손바닥, 손등, 손가락 사이, 손가락, 엄지손가락, 손톱 밑'까지 닦는 6단계 손 씻기 법을 정립하는 것이다. 사람들은 규칙을 지키고자 하는 습성이 있기에 잘 만든 매뉴얼만 있으면 우리의 문제가 해결될 것이라고 믿었다. 그런데 하나 더 고려해야 하는 것이 있었다. 바로 '사람'이었다.

현장 경험을 통해 매뉴얼을 만들어도 그걸 수행해야 할 사람이 매뉴얼에 소홀하면 어떻게 될까? 아무리 잘 만든 매뉴얼도 무용지물이다. 매뉴얼이 있고 교육을 해도 사람이 따르지 않으면 안 된다. 즉 '사람'이 매뉴얼을 잘 지키고 있는지를 확인하는 시스템이 뒷받침되어야 한다.

코로나 방역뿐 아니라 사회 조직도 마찬가지다. 경영진이 비전을 제시하고 그에 따른 구체적 목표를 제시해도 직원들이 공감하고 따르지 않으면 조직의 발전을 기대할 수 없다. 그래서 회사에서도 직원들을 교육하고 그들의 공감대를 이끌어내는 데 많은 노력을 기울인다.

일본은 매뉴얼의 나라라고 해도 과언이 아니다. 세부적인 지침들이 많고 이에 맞추어 기계적으로, 마치 톱니바퀴처럼 움직이는 시스템이 있다. 일본은 도쿄 올림픽을 성공적으로 치르기 위해 우리처럼 코로나 방역을 지키면서 매뉴얼을 만드느라 노력하였다. 한일전을 먼저 우리나라에 제안할 만큼 자신 있어 했고 우리 측 요구조건에도 깐깐하게 응대했다. 정확히 알 순 없지만, 대표팀 지원 스태프를 선발하기 위한 규정도 있지 않았을까. 규정이 없었던 게 아니라 지켜지지 않았을 것이다.

일본 호텔에서 머물 때 '사람'에 따라 규정 적용이 달라진다는 걸 깨달았던 순간은 더 있었다. 처음 숙소에 도착했을 때 1층 엘리베이터 옆 편의점에 일본 스태프가 출입을 철저하게 통제했다. 그런데 다음 날에는 어제 봤던 스태프가 아닌 다른 사람이 근무했고, 편의점 출입이 가능했다. 사람이 하는 일이므로 사람에 따라 허점이 발생할 수 있다면 이걸 용인할 게 아니라 보완하기 위한 장치를 마련해야 한다.

현재 각 나라마다 방역지침이 마련되어 있다. 그럼에도 전 세계적으로 확진자는 계속 발생하고 있다. 규정이 있는데도 방역이 뚫리는 건 결국 규정을 따르지 않는 사람이 있다는 걸 입증한다.

코로나19 팬데믹에도 불구하고 우리가 좋아하는 스포츠, 우리가 속한 세상을 지키려면 사람으로 인한 변수를 방어할 수 있어야 한다.

방역을 시행하는 인력에게 철저한 교육을 실시하고, 이들이 규정을 잘 준수하는지 관리·감독할 수 있는 시스템적 보완이 필요하다. 호화롭고 그럴듯한 규정이 있어도 그것을 어떤 사람이 어떻게 실행할 건지에 대한 구체적인 계획이 없다면 아무 소용이 없다. 즉, '사람'의 문제를 잘 풀지 못하면, 공든 탑이 무너지는 건 시간문제이다. 방역뿐 아니라 우리 사회를 지탱하는 모든 것들이 결국 사람에 달려 있다.

○ '질 경기를 왜 하느냐'는 질문에 대하여

"하필 이 시국에 원정 경기냐."

"선수들을 다 죽일 셈이냐."

"일본 도와주러 한일전을 하는 거냐."

2020년 11월 오스트리아 원정 경기와 2021년 3월 한일전을 지켜본 많은 국민들이 화가 났다. 얼마나 소중한 선수들인데 코로나에 걸리고, 얼마나 열심히 응원했는데 하필 일본한테 깨지냐 말이다.

기자와의 인터뷰는 고사하고 축구 기사에 이름이 실리는 것조차 피하는 나지만, 오스트리아 원정 경기 때는 언론사와 인터뷰를 하여 당시 상황을 설명하기도 했다. 당시 KFA도 보도자료를 내고 배경을 설명했지만 여론의 흐름을 바꾸지는 못했다.

한일전은 더했다. 절대 져서는 안 되는 경기에서 패배했다는 분노가 들끓었다. 국민적 분노가 올라가는 만큼 선수들의 마음도 점점 무거워졌다.

한국의 축구선수들은 어려서부터 한일전이 어떤 의미인지 배우면서 자란다. 가슴에 태극마크를 다는 선수라면 의미가 더 특별하다. 무조건 이겨야 하는 경기다.

한일전 패배의 부담은 선수들에게도 적지 않다. 손흥민 선수가 《축구를 하며 생각한 것들》에서 썼듯이 선수들은 누구보다 한일전의 무게감을 안다. 국가대표라는 이름을 가슴팍에 새겼을 때, 스스로가 아닌 국가를 바라보게 된다. 그래서 한일전 경기에 참여한 선수들, 참여하지 못한 선수들 모두 참담해 했다. 승패도 중요하지만 코로나 방역 시뮬레이션이 함께 고려된 경기였다는 건 선수들이 고려한 사항이 아니었다. 선수들은 경기만 보니까 정말 이기고 싶어 했다. '시합하는데 져도 좋아.'라는 사람이 어디 있을까.

그래서 한일전 때 어느 누구도 변명하지 않았다. 벤투 감독은 언론의 집중포화, 여론의 따가운 질책이 쏟아지는데도 경기 직전 겪었던 일들을 늘어놓지 않았다. 경기 직후에 풀이 죽은 선수들을 모아놓고 감독은 이렇게 말했다.

"이건 다 내 책임이다. 내가 작전도 잘못 짰고 내가 다 잘못한 거다. 너희는 진짜 열심히 뛰었다. 너무 고맙다."

KFA 입장도 그러했다. 구구절절 설명보다는 집중포화를 맞는 편을 택했다. 정몽규 협회장은 '한일전 패배에 실망한 팬, 축구인, 국민

여러분께 축구협회장으로서 매우 송구스럽게 생각한다.'는 내용을 골자로 한 사과문을 발표했다. 사과문에 나와 있듯이 감독과 선수들에게 쏠린 비난을 협회로 향하게 하려는 의도였을 것으로 짐작한다.

일련의 흐름을 보면서 현장에 있었던 나는 억울하고 속상한 마음이 컸다. 그간의 상황을 왜 좀 더 설명해 주지 않을까. 하지만 이제는 어렴풋이 알 것 같다. 경기 직전 코로나 감염 가능성이 터지면서 선발로 예정됐던 선수들이 빠지고, 감독이 구사하려던 작전을 펼칠 수 없었고, 조직력이 중요함에도 불구하고 제대로 합을 맞춰보지 못하고 수비진이 구성되고, 이런 이유 때문에 졌다고 말해봐야 비난은 여전했을 것이다. 그러기에 "왜 코로나 와중에 일본을 간 거냐, 질 경기였으면 차라리 취소하던가."라는 지적을 받았을 테니까. 어쨌거나 진 경기다. 축구가 가장 사랑받는 대중 스포츠이고 A매치에 대한 국민적 관심이 높은 만큼 애정 어린 질타가 쏟아지는 건 당연하다.

그럼에도 내가 지금에 와서야 이 책을 쓰고 있는 것은, 일련의 사건들에 대한 본질을 밝히고 싶어서다. KFA를 대신해 말할 자격이 없지만 당시 현장에 있었던 사람으로서, 대표팀 코로나 방역을 위해 활동하는 팀닥터로서, 열렬한 축구팬으로서 오스트리아 원정 경기와 한일전을 둘러싼 상황, 그때의 경험이 우리 축구계에 갖는 의미를 꼭 밝히고 싶었다. 축구에 애정이 깊은 팬들, 국민들에게 눈앞에 드러나 보이는 '현상'이 아닌 '이면의 이야기'를 들려드리고 싶었다.

전 세계적으로 많은 전문가들이 코로나19가 물러가도 다른 바이러스 창궐이 일어날 수 있다고 예상한다. 아니면 오미크론, 스텔스 오미크론처럼 코로나19의 변이로 인해 팬데믹은 또다시, 얼마든지 발생할 수 있다. 우리에게 필요한 것은 경기를 무조건 중단하는 게 아니라 '코로나19에도 불구하고 축구를 잘하는 법'을 찾는 것이다. 지금 우리가 코로나19 방역지침을 잘 만들어 놓으면, 앞으로 또 다른 팬데믹을 만났을 때 슬기롭게 대처할 수 있다. 코로나19 바이러스 창궐에 이어 영국발 변이(기존의 바이러스보다 약 40~70% 전염력이 강하다), 델타 변이(영국발 변이보다 전염력이 약 55% 더 강하다), 람다 변이(남미에서 유행하는 코로나 변이)에 이어 오미크론(아프리카 남부지역에서 발견된 변이로 델타보다 돌연변이 개수가 두 배에 달한다), 스텔스 오미크론(오미크론의 하위 변이. 처음에 PCR 검사에서 다른 변이와 잘 구분되지 않으면서 이런 이름이 붙었다)까지 출몰했다. 코로나가 변이에 변이를 거듭하며 우리를 괴롭히고 있지만, 반드시 방법을 찾아야 한다. 징그러울 만큼 끈질긴 바이러스에 무릎 꿇지 않고 우리 모두의 일상을 지켜내면서 살아갈 방법을.

팬데믹이 일어났다고 내 삶을 멈출 수 없듯이 스포츠도 마찬가지다. 선수들을 목청 높여 응원하는 우리는 축구가 없어도 살지만, 선수들과 스태프들은 축구가 없으면 살 수 없다. 한마디로 말해 축구에 살고 축구에 죽는 이들이다. 코로나가 무서워서 골방에 틀어박혀 있으면 그들은 더 이상 선수가 아닌 거다.

이들에게는 제대로 된 경기력을 갖추는 게 인생 절체절명의 과제다. 학생들이 시험을 통해 자신이 잘하는 것과 못하는 것을 깨닫고 공부 계획을 세울 수 있는 것처럼, 선수들도 시합을 통해 경기력과 팀

워크를 한층 더 성장시킨다. 그런데 코로나로 인해 선수단 소집을 하지 못하고 경기가 멈추면, 선수들이 넓은 무대를 경험하며 실력을 키울 기회가 없어진다. 월드컵이나 올림픽에서의 좋은 성적도 당연히 기대할 수 없다. 세계 무대 데뷔를 학수고대하는 선수들의 꿈이 사라지는 것이다. 이것이 코로나19 팬데믹에도 불구하고 경기를 하지 않을 수 없는 이유다.

경기가 사라지는 것만큼 선수들의 장래에 치명적인 일이 없다. 코로나로 인해 전체 스포츠계가 직격탄을 맞았는데, 그중에서도 여자축구계의 타격이 컸다. 남자축구는 그래도 경기를 열려고 노력하고 있으나 상대적으로 여자축구는 그렇지 못했다. 국제축구선수협회FIFPRO가 2020년 7월부터 10월까지 각 국가 선수협회를 대상으로 '코로나19 팬데믹 속 여자축구'에 대해 설문조사를 실행했는데, 국제 대회가 연이어 취소되면서 선수들의 계약이 해지 혹은 변경되거나(24%) 연봉이 삭감된 경우(47%)까지 나타났다. 여자축구에 대한 후원이나 스폰서도 큰 폭으로 줄어들었다. 감염병이 유행하는데 스포츠가 무슨 소용이냐는 목소리가 커질수록 선수들의 생업이 위협받고 스포츠계 전체가 악영향을 받을 수밖에 없다.

축구 A 대표팀이 오스트리아와 일본으로 갔던 것은 선수들이 필요로 하는 '경기'를 하기 위해서였다. KFA는 코로나로 인해 수익이 급감한 상황임에도 많은 비용 부담을 감수하고 평가전을 준비했다. 무관중 혹은 관객 수를 제한하는 방식으로 경기가 진행되면서 협회 수익 구조는 상당히 악화되었다.

KFA의 수입은 세 종류로 구분할 수 있다. 방송 수익과 경기 운영 수익이 약 40%, 국가체육 진흥 기금 40%, 스폰서십이 20%이다. 세 번째인 스폰서십에서는 기업으로부터 후원을 받는 현금, 현물도 있지만 협회장이 사비로 투입하는 후원금도 꽤 많은 비중을 차지한다.

이러한 수익은 어디에 쓰일까. 축구의 미래를 위해 유소년 축구, 생활체육, 지도자 양성 등에 가장 많은 예산을 투입한다. 심판, 스태프, 대회 개최 등을 유지하려면 어마어마한 비용이 들기에 KFA가 운영하는 대부분의 사업이 사실상 적자다. 남자 A 대표팀 경기로 유일하게 돈을 버는 구조인데, 그조차 코로나19 팬데믹으로 멈췄었다. 협회 직원들 단축근무, 월급 감봉 등의 조치가 불가피하게 시행되었다. 다들 고되지만 언젠가 팬데믹이 끝날 거라는 희망과 축구에 대한 애정으로 버틴 거다.

원정 경기와 한일전도 마이너스이긴 마찬가지다. 오스트리아 원정 때 코로나 검사만 해도 선수단과 스태프 포함 50명의 검사비가 수천만 원이 소요되었고(1인당 20만 원, 1회 검사 기준. 50명 전원 1회 검사 시 1,000만 원 소요. 오스트리아 원정 경기 때 총 8회 검사를 진행했다. 이중 선수단과 스태프 전원을 대상으로 오스트리아 현지에서 실시한 횟수만 총 5회였다), 코로나 확진자들을 이송하는 전세기에어앰뷸런스를 투입하는 데에도 거액을 썼다.

2021 한일전은 어떨까. 경기 입장료와 중계 수익 모두 일본의 몫이다. 세간에서 도는 말처럼 어떤 이해관계나 금전적 이익을 좇아 경

기를 진행한 게 아니라는 의미다. 일본의 이익을 위해 우리 선수들을 제물로 바친 것도 아니었다.

"경기는 질 수 있습니다. 그보다 중요한 건 경험이죠. 월드컵과 올림픽이 중요하므로 그 전에 어떻게든 많은 선수와 스태프들이 이런 경험을 해야 본 게임에 가서 실수하지 않을 겁니다."

한일전을 준비하면서 황보관 본부장이 했던 말이다. 선수들을 포함해 축구에 관련된 모든 이들이 '코로나 방역 중 경기'를 체험하고 있다. 지금 이 순간에도 축구 관계자뿐 아니라 정부 부서와 여러 유관기관이 모두 비슷한 경험을 공유하는 중이다.

오스트리아 원정 경기 & 한일전을 통해 얻은 것

오스트리아 원정 경기와 한일전의 가장 큰 성과는 우리 대표팀이 코로나19 팬데믹 속에서 A매치를 치른 경험을 했다는 것이다. 물론 대가는 쓰디썼지만, 경기 준비-(해외 출국)-경기-소집해제-자가격리 및 선수 복귀라는 모든 과정에의 매뉴얼을 정립했다는 건 우리 축구의 미래에 있어서 너무나 중요한 일이라고 감히 장담한다. 축구 산업의 모든 이해관계자들이 경험을 쌓고 공유했기에 앞으로 닥쳐올 상황에 시행착오를 줄이면서 적극적으로 대처할 수 있게 되었다. 이러한 노력과 경험이 우리 대표팀이 최종 예선 기간 중 다수의 코로나 확진자가 나오는 어려운 상황에서도 흔들리지 않고 결국 월드컵 10회 연속 본선 진출이라는 성과를 내는 데에 일조했으리라.

코로나 시대의 축구와 관련된 기관은 생각보다 꽤 많다. 문화체육관광부, 보건복지부, 질병관리청, 인천공항 검역소, 보건소, 출입국관리소 등이 '코로나 방역 중 경기'란 목표에 관련된 기관이다. 이 유관기관 관계자분들과 함께 경기 준비부터 선수단 소집을 해제하고 복귀시키는 전 과정에 대해 논의하고 축구대표팀의 매뉴얼을 만들었다. 2021년 6월 여자 축구대표팀 올림픽 예선과 남자 A 축구대표팀의 월드컵 2차 예선을 치르면서 매뉴얼은 한층 더 구체적이고 세밀하게 보완되었다.

우리가 만든 매뉴얼은 동일한 기준이 아니라 선수별, 상황별에 맞는 차등적인 형태이다. 서로 처한 상황이 다른데 일괄적 기준을 적용하다 보니 무리가 많았고, 선수들의 불편함이 가중되었다. 이를테면 해외에 가서 경기할 때 한국에서 출발하는 선발대의 방역, 해외에서 개별적으로 합류하게 되는 후발대의 방역을 구분하여 매뉴얼을 만들었다.

가장 중요한 이슈는 '자가격리'였다. 백신 접종이 이뤄지기 전까지는 선수단 소집 때마다 해외파 선수들의 자가격리, 해외 원정 경기에 참여하고 국내 구단으로 복귀할 때까지의 자가격리 문제가 불거졌다. 당시 우리나라 규정상 14일간 자가격리를 하게 되면 선수의 대표팀 합류가 지연되어 훈련에 지장이 생기고, 소속 구단의 경기나 훈련 일정에도 영향을 주게 된다. 방역을 지키면서 선수들에게 알맞은 규정이 필요했다.

코로나 사태가 처음 터진 후 해외에서 귀국하는 사람들은 인천공항에서 검역을 거쳐 입국심사를 받은 다음에, 차량으로 5~10분 거리의 검역소로 이동해 코로나 검사를 받고 다시 이동해서 시설 격리에 들어갔다. 축구 대표팀이 오스트리아 원정 경기를 다녀왔을 때는 코로나 이후 해외 원정 경기가 처음이었기 때문에 일반 입국자들과 같은 절차를 밟았다.

그다음부터는 '파주NFC에서 코호트 격리'로 14일을 지냈다. 이는 선수단에 맞는 자가격리 지침을 만들기 위한 유관기관들과 KFA의 협력의 결과물이었다. 보건소부터 시작해서 파주 시청, 질병관리청, 방역대책 본부, 중앙재난안전대책본부, 중앙사고 수습본부, 보건복지부까지 광범위하게 협의하여 최종 승인이 떨어졌고, 파주시 보건소의 실무 협조를 통해 어려운 시기를 슬기롭게 헤쳐나올 수 있었다. 울산 현대 FC가 아시아 챔피언스 리그에 참여할 때, 2021년 3월 한일전 때의 대표팀에게도 이 규정이 적용되었다. 물론 지금은 선수들에 대한 백신 접종이 3차까지 완료된 상황이라, 과거와는 많은 면에서 달라졌다. 그러나 이러한 협의를 통해 서로에 대한 이해도가 높아졌고, 대표팀을 위한 최선의 방법을 얻을 수 있게 되었으며, 방역과 경기력 모두를 추구할 수 있게 되었다고 생각한다.

다양한 주체들과의 협의는 쉬운 일이 아니다. 서로 입장과 시각차가 다르기 때문이다. 게다가 코로나 상황이 시시각각 변화하여 협의해야 할 이슈는 끝도 없이 늘어났다. '협의'라는 한 단어로 표현하는 게 애석할 만큼 수많은 고민과 촘촘한 절차를 거쳤다. 그러한 과정을 통해 보다 나은 축구 환경을 만들어갔다. 위에서 열거한 유관기관의 모든 관계자들이 이 목표를 달성하려고 얼마나 시달렸는지 모른다. 대한민국 축구를 사랑하는 마음으로 적극적으로 협조를 해주어 진일보된 방향으로 나아갔다는 사실에 진심으로 감사드린다.

당시 협의 과정에 성실하게 임해준 인천공항 주무관과 서기관에게 고마운 마음에 카톡으로 커피와 작은 케이크가 세트로 구성된 쿠폰을 하나 보낸 적이 있었다. 보낸 다음 뿌듯해 하고 있었는데, 갑자기 울리는 딩동 소리. 거절당하고 말았다, 헐.

'이런 거 보내시면 안 됩니다. 저는 당연한 일을 했을 뿐입니다.'

없던 규정을 새롭게 만드느라 얼마나 고생했는데 할 일을 한 것뿐이라는 담담한 문자 답변에 감동이 밀려왔다. 아, 우리나라 곳곳에 좋은 사람들이 참 많다!

방역 관리자의 입장에서 그동안의 경험으로 대표팀 의무팀이 얻은 걸 말해본다면, 코로나19 감염 원인이 밀접 접촉이란 걸 다시 한 번 확인했다는 점이다. 어떤 상황, 어떤 장소가 위험한가를 좀 더 정확히 알게 된 소중한 경험이었다. 오스트리아 원정 때 선수들과 스태프의 감염 사실을 확인하고 역학조사를 하면서, 조금이라도 가깝게 접촉한 이들 사이에서 감염이 발생한다는 점, 합숙 생활의 특성상 어쩔 수 없이 이뤄지는 사람 간 접촉이 문제라고 판단했다. 요주의 공간은 식당과 치료실, 요주의 상황은 팀미팅을 포함한 선수들 모임이었다.

그래서 식당에서는 1인 1테이블, 손소독, 대화 금지 등의 원칙을 철저히 지키게 되었다. 치료실에서는 물리치료사가 비닐장갑을 끼고 직접 피부 접촉을 피해 선수를 마사지하도록 원칙을 세웠다. 치료실 입장은 반드시 1인만 가능토록 해서 선수들 간의 밀접 접촉을 방지했다. 팀미팅 등 반드시 필요한 선수들 모임은 손소독과 마스크 착용, 장소 소독 등 철저한 방역수칙하에 진행되었다. 마스크 착용과 손소독만 철저하게 해도 변이를 포함한 바이러스 감염에서 우리를 지켜낼 수 있다. 경험상 이 두 가지보다 더 좋은 예방법은 존재하지 않는다.

유관중으로 경기를 진행할 때를 대비한 경기장 관중석에 대한 코로나 매뉴얼도 만들었다. 발열 체크와 손소독을 반드시 실시한 후 입장하고, 입장 시 물 외에 어떤 음식물 소지도 금지했다. 방역을 위해서는 물조차 금지시켜야 하지만, 무더운 날씨를 고려해서 물병만 가지고 들어가도록 타협점을 찾았다.

관객들은 위아래 두 줄 간격으로 띄워서 착석하도록 했고, 관객과 관객 사이에도 두 자리를 비워두었다(착석 금지 좌석에는 붉은 테이프로 붙여서 사용하지 못하도록 했다). 경기를 관람할 땐 입으로 소리를 내는 걸 금지하여 관객들은 손뼉이나 북과 같은 도구를 이용해 응원했다.

원칙을 만들면 지키는 게 기본이지만, 변화하는 상황에 따라서 적절하게 변형하거나 응용할 줄도 알아야 한다. 여러 번의 경기를 통해 현장 대응력을 갖춘 관리자들이 늘어나면서 우리가 세운 원칙들은 상황별로 유연하게 발전해나갔다.

오스트리아 원정 경기와 한일전을 경험하면서 선수들과 코칭 스태프 한 사람 한 사람이 코로나에 대한 이해도가 높아졌다. 나는 이것 역시 중요한 수확이라고 말하고 싶다.

오스트리아에 갔을 때 선수들이나 스태프들은 '이렇게까지 해야 하나?' 싶을 정도로 코로나 방역지침에 의아해했던 점이 없지 않았다. 그러나 코로나로 인해 경기를 못할 수 있다는 상황을 경험하면서 '조심해야겠다'는 생각이 자리를 잡았다. 선수들은 의무팀의 방침에 한층 잘 따라준다. 선배 선수들은 후배 선수들에게 "코로나 방역지침을 잘 지켜야 한다."는 말을 해준다. 의무팀에서 아무리 코로나를 교육하고 조심하라고 잔소리를 해도 선수 스스로 방역지침을 지키지 않으면 아무 소용이 없다. 경험자들이 후배들을 다독이면서 분위기를 만들어가니 한결 수월하다.

선수들이 코로나로 인한 돌발변수를 겪으면서 경기에서 뛴 것 역시 중요한 열매이다. 축구라는 세계가 어떤 경우에도 멈추지 않으려면 반드시 필요한 경험이다. 코로나 변이, 이후 그 어떤 바이러스가 출몰하더라도 지금 경험이 자산으로서 계속 전해졌으면 좋겠다.

코로나는 축구 대표팀만 만난 변수가 아니다. 처음 코로나 감염사태가 터졌을 때 모두가 우왕좌왕했고 뒤죽박죽이었다. 전 세계가 다 그랬다. 삶의 터전, 생활의 루틴이 송두리째 흔들리자 이러다가 일상을 완전히 빼앗기는 건 아닌지, 불안이 컸다. 불쑥불쑥 튀어나오는 변이들이 우리의 발목을 붙들고 늘어졌다.

그럼에도 불구하고 희망의 불씨는 여전히 살아 움직인다. 변수가 뻥뻥 터져도 사람들은 그에 맞게 길을 찾아가고 있다. 조금씩 조금씩 대응법을 만들어간다. 끈질긴 바이러스만큼 사람들의 인내 또한 끈질기니까.

kt

Chapter 6

리더의 품격

Chapter 6
리더의 품격

리더는 길을 알고, 길을 가고, 길을 보여주는 사람이다.

-존 C. 맥스웰

축구 대표팀이 경기를 마치고 나면 짬을 내서 인터넷 댓글을 본다. 우리 국민들의 댓글 센스는 그야말로 드라마틱해서 보는 맛이 쏠쏠하다. 물론 '○○○ 선수는 왜 만날 선발이냐, 정신 차려라, 하겠다는 의지가 있냐.' 등등 뾰족뾰족한 내용도 적지 않다. 이겼어도 경기 내용이 좋지 않다며, 졌으면 "그런 애들한테(?) 지냐"면서 욕을 먹는다. 우리 선수들의 경기력이 좋아지길 바라는 팬들의 마음도 있고, 유럽 챔피언스 리그 등과 같은 해외 경기를 시청하면서 '보는 눈'이 높아진 것도 한몫하는 것 같다.

수많은 댓글 중에서 가장 많은 지분을 차지하는 건 어떤 말일까? 내 관찰에 의하면 바로 이것이다.

"감독 좀 바꿔라."

감독 입장에서 참 서운하겠으나, 팬들 입장에서는 충분히 그럴 수 있을 것 같다. 축구가 팀 스포츠이고 그라운드를 뛰는 건 선수들이지만 그들을 움직이게 하는 건 감독이기 때문이다. 경기 중 발생하는 숱한 찬스에서 어떤 이는 "그대로 질주하라고!"하고 외치고, 다른 이는 "윙백이 비었잖아. 그쪽으로 패스해!"라고 소리친다. 이 모든 상황을 조율하고 결과를 만들어내는 게 감독의 전술이다. 역할이 큰 만큼 감독은 늘 무대 한복판에 서 있을 수밖에 없다. 국가대표팀 감독이 누구이고 어떤 히스토리를 갖고 있는지는 팬들에게 당연한 관심사이다.

축구뿐 아니라 사회 일반에서도 감독, 즉 리더의 중요성은 동일하다. 리더의 역량에 따라 해당 조직의 성패가 좌우된다고 해도 과언이 아니다. 리더의 역할론에 관심을 가져야 한다.

나는 A 국가대표팀 팀닥터로 일하면서 두 명의 대표팀 감독을 만났다. 현재 A 국가대표팀 파울루 벤투 감독, 올림픽 남자 국가대표팀의 김학범 감독. 이들에 대해 국민들이 알고 있는 것이 있고, 그렇지 않은 것도 있을 것이다. 그래서 내 경험에 한정하여 두 사람에 대해 풀어보려고 한다.

본격적으로 썰을 풀기에 앞서, 내가 축구 전문가가 아니므로 전문적 견해가 아니라는 점, 누군가에 대한 찬양이나 두둔이 아니라는 점, 나의 지극히 편협하고 주관적인 사고에 의거했다는 점을 밝혀둔다.

속마음이 따뜻한 원칙주의자
_ 파울루 벤투 감독

"아니, 도대체 어떻게 관리를 하는 거죠?"

내가 벤투 감독을 처음으로 진료하고 나서 한 말이다. 그동안 몸 관리를 꽤 잘하는 선수들을 만나봤지만 모든 수치가 그처럼 표준에 가까운 사람이 있을까 싶었다. FMField Manual의 약자. 군대에서 반드시 지켜야 하는 현장 매뉴얼처럼 원칙 그 자체라는 의미, 표준 중에서 진짜 표준. 벤투 감독에 대한 첫 정보는 이렇게 내 머릿속으로 파고들었다.

그와 내가 진료실에서 만난 이유는 감독 부인의 진료 때문이었는데, 2020년 6월경이었던 것으로 기억한다. 세브란스 병원은 2019년 10월에 KFA와 협력병원 협약을 체결했으며, 이에 따라 KFA에서 의뢰한 KFA 관계자들의 진료를 담당하고 있다. 윤영설 당시 의무분과 위원장을 통해 벤투 감독 부인의 진료 요청이 들어왔다. 내가 세브란스 병원 건강검진센터도 담당하고 있어 윤 위원장이 감독 부인의 진료 및 검진에 대한 전반적인 과정을 맡긴 것이다. 그때 부인을 동행한 벤투 감독은 자신의 건강 상태 역시 살펴봐달라고 요청했다.

잘 알려진 대로 벤투 감독은 포르투갈 국가대표 선수 출신 감독이다. 우리나라 축구 A 국가대표팀 감독으로 취임한 것은 2018년 8월 23일이다. 그때만 해도 그와 제대로 대화를 나눌 기회가 없었다. 2019년에 레바논 현지에서 만났으나, 국가대표팀 팀닥터가 아니라 AFC 메디컬 오피서로서 간 데다가 분위기가 안 좋았기 때문에 잠깐 인사만 나눴다.

진료실에서 마주한 그의 몸 상태는 혀를 내두를 정도로 건강했다. 정말 많은 환자들을 20년 가까이 봐왔으나 벤투 감독 같은 검진 결과를 본 적이 별로 없다. 겉은 멀쩡해 보여도 속이 상해 있는 경우가 얼마나 많은가. 스스로 건강하다고 자부하는 사람이라도 '수치상으로' 건강을 증명하기란 쉽지 않다. 그런데 그는 겉과 속 모두 일관된 FM이었다. 자기관리가 얼마나 철저한지를 엿볼 수 있는 대목이다.

그와 부인의 건강 관리를 위해 이것저것 자세히 안내해 주었다. 감독이 편안해야 궁극적으로 우리 국가대표팀에 도움이 될 것이란 생각에 조목조목 짚어주고 이것저것 떠들어댔다. '이방인'인 그에게 조금이라도 따뜻함을 느끼게 해주고픈 마음도 십분 작용한 것 같다. 이후 나는 감독 가족의 주치의가 되었다. 벤투 감독의 스태프 가족의 진료도 이어졌다. 진료실에서 건강 외에 사적인 이슈를 편하게 이야기하면서 차츰 인간적인 라포Rapport가 쌓여갔다.

2020년 10월 A 대표팀과 올림픽 대표팀과의 친선경기가 열렸다. 나는 이때 올림픽 대표팀 팀닥터로 경기장에 있었는데, 벤투 감독이 스스럼없이 찾아와 "Doctor! How are you?"하고 인사를 건넸다. '일시적 적군'인 나를 보러 일부러 발걸음 해준 그가 고마웠다. 아마도 벤투 감독은 진료실에서의 내 모습을 첫 인상으로 갖게 되었을 것이고, 환자와 의사로서 만나면서 자연스럽게 심리적 간격을 좁히지 않았을까. 거기에 오스트리아 원정 경기 때 내가 일하는 방식을 지켜보며 신뢰감을 갖게 되었던 게 아닌가 싶다.

건강 관리에서도 알 수 있듯이 내가 본 벤투 감독을 한 마디로 설명하면, 프로세스를 중시하는 원칙주의자이다. 자기 자신부터 계획적, 원칙적으로 관리한다. 이를테면 1년 치 자기 일정과 목표를 미리 세우고 그에 맞게 일주일, 한 달, 두 달 일정을 잡는다. 프로세스를 만드는 데 심혈을 기울이고 웬만해서는 이를 바꾸지 않고 타협하지도 않는다. 의료진 입장에서 봤을 때 벤투 감독은 소통하기가 쉬운 타입이다. 과학적인 근거를 바탕으로 움직이기 때문에 근거와 데이터를 놓고 대화하면 잘 통한다.

선수단을 선발할 때도 1차적으로 큰 풀Pool을 선정하고 2차, 3차를 거치면서 점차 좁혀 나간다. KFA의 전력분석위원, 전력강화실과 논의하고 선수들이 뛰는 경기를 직접 찾아가 보면서 4차로 좁히고, 파주NFC에서 소집훈련을 할 때 살펴서 경기에 뛸 최종 명단을 결정한다. 한국 축구가 나아가야 할 방향이 분명하다고 보고, 이를 KFA와 공유하면서 그에 잘 맞는다고 생각하는 선수들을 선발한다.

경기의 승패와 아울러 자신의 계획이 경기 중에 잘 구현되었는지도 중요시한다. 상대에게 끌려가는 것이 아니라 리드하는 경기를 하고 싶어하고 이를 위해 최선을 다해 준비하고 노력한다. 단기 성과에 연연하지 않고 장기적인 방향을 제시하고 이를 실현할 구체적인 방향을 완벽에 가깝게 준비한다. 이러한 점은 우리나라 축구계에 있는 많은 분들도 높게 평가하고 있을 것이다.

그렇다고 그가 냉정하기만 한 것은 아니다. 차분한 사람이 화내면 더 무섭다. 2021년 6월 우리나라에서 진행된 월드컵 2차 예선전 레바논과의 경기에서, 벤투 감독이 물병을 집어던지며 화를 낸 모습이 카메라에 잡혔다. 선제골을 넣은 레바논 선수들이 작은 충돌에도 쓰러져 드러눕는 일이 잦아지자 경기 지연을 항의한 것이다. 그는 경기가 끝난 후에 있었던 공식 기자회견에서 "더 빠른 템포, 즐거운 축구를 하려면 (침대 축구에) 심판들이 대응책을 마련해야 한다. 최종 예선에서도 이런 장면이 나온다면 이는 아시아 축구 발전을 저해하는 일이다."라고 꼬집었다. 축구의 발전 방향을 고민하는 감독으로서 할 수 있는 비판이라고 생각한다.

코로나 사태가 길어지면서 가장 고통받는 사람은 벤투 감독이다. 미래에 대한 대비책을 세우는 걸 선호하는 그의 성격상, 선수 한 명 한 명의 상황이 변칙적이고 변화무쌍하게 바뀌는 걸 견디기는 쉽지 않다. 코로나 방역 때문에 선수들과 스태프들 사이의 루틴, 즉 일상적으로 돌아가는 패턴과 규칙이 뒤흔들리는 상황에 몹시 괴로울 것이다.

다행스럽게도 그는 전반적으로 담담한 태도를 보여주었다. 오스트리아에서 감염사태가 벌어졌을 때도 선수들의 동요를 막기 위해 감정을 드러내지 않았고, 나에게 별도로 연락하거나 따로 만나서 "확진된 선수들은 어때요?" "선수들이 심리적으로 안정된 것 같아요?" 등등을 물었다.

"우리가 경기를 할 수 있는지 없는지와, 선수들의 안전을 잘 챙겨주는 게 팀닥터의 역할입니다. 나머지 책임, 경기와 관련된 책임은 내가 집니다."

그는 모든 경기에서 코로나 방역수칙에 적극적으로 협조했다. 오스트리아에서 감염사태가 발생한 후엔 세부적인 일정에 대해 반드시 팀닥터와 협의를 하는 걸로 바꾸었다. 벤투 감독은 상대를 전문가로서 존중해 주는 만큼 그 역할을 해줄 것을 요구한다. 철저한 방역을 위해서는 반가운 일이다. 덕분에 팀닥터들이 해야 할 일이 기하급수적으로 증가하긴 했지만.

벤투 감독이 여러 차례의 돌발 상황에서도 방역을 최우선으로 두면서 동요하지 않은 이유는 '코로나 방역 중 경기 경험'이라는 KFA의 목표를 잘 이해했다는 것이 첫 번째이고, 선수 안전이 가장 중요하다는 것이 두 번째, 마지막으로는 내가 어떤 방식으로 일하는지를 이해했기 때문일 것이다.

코로나19 팬데믹이 터지고 나서 대표팀 팀닥터로서 코로나 방역에 관련된 KFA 주관 회의에 참여했고, 파주NFC에 방문해서 스태프와 직원들을 상대로 코로나 방역 교육을 진행했다. 교육 과정에 벤투 감독과 코칭 스태프도 함께했다.

난 교육자료를 만드는 걸 퍽 좋아한다. 사람들의 인식이 바뀌어야 질병을 무찌를 수 있으므로 좋은 교육자료를 만드는 데 기꺼이 시간을 투자한다. 그런데 코로나 교육자료를 준비하면서 불현듯 이런 생각이 떠올랐다.

'한국어와 영어로만 준비하면 벤투 감독과 포르투갈 코칭 스태프가 어려워하지 않을까?'

이들은 평소 영어를 사용해서 한국 스태프와 소통한다. 영어 구사가 가능하고 통역 스태프도 있었지만 그들의 모국어인 포르투갈어로 아예 PPT를 만들면 훨씬 편할 듯싶었다. 말이라는 게 그렇지 않은가. 똑같은 내용이라도 사람을 거쳐 가면서 바뀌기 쉽다. 100건의 이야깃거리를 준비해도 통역사를 거치면서 90, 80으로 줄 수도 있다. 방역을 잘 하려면 감독과 코칭 스태프가 방역수칙을 100% 정확하게 이해해야 하는데, 혹여라도 내용이 전달되지 않으면 어쩌나 신경이 쓰였다. 그래서 포르투갈어가 포함된 교육 PPT를 만들어서 사용했다. 포르투갈어를 전혀 모르지만 구글 번역기가 있으니 걱정할 게 없었다.

오스트리아 원정 경기에서도 벤투 감독의 요청으로 방역 교육을 이어갔다. 아무리 사전에 교육했어도 현지에서 달라진 상황에 맞게 수정 및 업데이트가 필요하다. 뚝딱뚝딱 PPT를 만들고, 이전처럼 룰루랄라 번역기를 돌려서 한국어, 포르투갈어의 2개 국어를 포함한 내용으로 완성했다.

포부도 당당하게 교육을 시작했다. 그런데 얼마 되지 않아 감독과 포르투갈 코칭 스태프 사이에서 갑작스런 웃음이 터져 나왔다. 응? 무슨 일이지? 어리둥절해 하는 사이 이강인 선수도 웃음을 터뜨렸다. 그는 스페인에서 뛰고 있어서 포르투갈어를 알고 있었다. 어안이 벙벙해져 있는데, 이강인 선수의 도움으로 자초지종을 파악할 수 있었다.

내가 만든 PPT에 포르투갈어로 '포디도Fodido'라는 욕이 버젓이 쓰여 있었던 것이다. 영어로 치면 "Fuck", 우리말로는 "개xx" "씨x"에 해당한단다. 포르투갈어를 한 글자도 모르고 구글 번역기에 의지한 결과로 벌어진 참사였다. 오 마이 갓!

'헐~ 의사라는 놈이 강의하면서 어떻게 저런 욕을 써놨냐?'

감독과 스태프들, 선수들이 이렇게 말하는 소리가 들리는 것 같았다. '아흑, 그냥 영어로만 할 걸….' 고개를 들기에도 민망했다. 어찌저찌하며 간신히 교육을 마친 다음 자료를 정리해서 후다닥 도망쳤다.

나중에 벤투 감독이 찾아와서 말해 주었다. 파주에서 교육할 때부터 포르투갈어를 넣어주어 고마웠다고, 포르투갈어가 들어간 PPT 덕분에 정말 재미있고 즐거웠다고. 쥐구멍이 있으면 숨고 싶었는데 감독의 진심이 느껴져 부끄러움에서 벗어날 수 있었다.

아마 감독의 눈에 나는 어설프기 짝이 없는데도 죽자고 노력하는 '오지라퍼'이지 않을까. 그런데도 신뢰를 보여주는 것에 감사한 마음이 크다.

감독으로서의 그의 능력을 평가할 재주는 내게 없다. 다만 그가 대표팀의 수장으로서 보여주는 모습은 리더의 모범이 된다고 생각한다. 그는 어떤 결과가 나오던지 자신에게 최종 책임이 있다는 자세를 유지한다. 원칙과 계획성을 강조하는 그의 특징에 대해 세간의 평가가 엇갈린다는 걸 알지만, 의사로서 그의 입장을 이해할 수 있다. 나도 환자들을 치료하기 위한 나름의 프로세스를 만들어가고 있다. 프로세스를 만드는 사람은 누군가 그것을 깨려 하는 게 싫고 불편하다.

그는 감독으로서의 철학과 소신을 지켜나가면서, 방역으로 인해 기존의 루틴이나 프로세스가 깨어지는 것에는 옹고집을 부리지 않는다. 융통성이 없어 보이는 것 같지만 변칙적인 상황을 만나면 그에 맞게 대응해 달라진 모습을 보여준다.

축구팬의 한 사람으로서 그가 우리 대표팀과 어떤 미래를 만들어 갈지 궁금하다. 2022년 카타르 월드컵에서 모국인 포르투갈과 같은 조가 되는 다소 어색한 상황이 발생했지만, 그가 한국에 와서 계획한 것들과 KFA가 희망하는, 그리고 온 국민이 원하는 목표를 이루게 되길, 모두 다 함께 환호의 순간을 맞이할 수 있기를 진심으로 고대한다.

친근감과 동기부여의 달인

_ 김학범 감독

"한일전은 가위바위보도 져서는 안 된다."

한번쯤 이런 농담을 들어봤을 것이다. 이는 단순히 반일감정을 뜻하는 건 아니다. 한국과 일본은 미래를 함께 만들어가는 이웃 국가이지만, 우리에겐 절대 잊어서는 안 되는 과거의 아픈 상처가 있다. 그래서 우리 국민들은 한일전이라면 절대 져서는 안 된다고 생각한다. 미래를 도모하되 과거를 반드시 기억해야 한다는 의미가 '한일전 승리'라는 의지로 표현되는 것이다.

2018년 자카르타-팔렘방 아시안 게임 축구 결승전은 한일전이었다. 인도네시아 자와바랏주 보고르 치비농의 파칸사리 스타디움은 한국과 일본 관중의 열띤 응원으로 뜨겁게 달아올랐다. 우리 '붉은 악마'와 일본의 '울트라 닛폰' 사이에 보이지 않는 신경전은 장난이 아니었다.

한국과 일본은 0:0 스코어를 기록한 채 후반전을 끝냈다. 우리 선수들은 연장전을 준비하기 위해 라커룸에 모였고, 그 자리에서 김학범 감독은 길이길이 남을 명언을 투척했다.

"태극기를 일장기 밑에 둘 수 있어? 일장기가 우리 태극기 위에 올라가는 일은 없어야 한다. 태극기가 위에 있어야 한다. 나는 일장기가 태극기 위에 있는 건 두 눈 뜨고 못 본다!"

우와, 얼마나 멋진 동기부여인가! 김학범 감독의 말을 들으며 선수들은 가슴 속에서부터 끓어오르는 듯한 환호성을 질렀다. 당시 현장에 있었던 나도 가슴이 벅차올랐다. 당장 뛰쳐나가서 공을 차서 일본 골대를 뒤흔들고 싶다는 충동이 들 정도였다.

연장전이 시작되었고, 전반 3분 이승우 선수(현 수원FC)의 골에 이어 11분 황희찬 선수의 헤딩 골이 터졌다. 2점을 리드하면서 후반전에서 일본이 1골을 넣었지만 한국으로 기울어진 승기를 뒤집지는 못했다. 짜릿한 승리, 금메달이었다. 금메달을 목에 걸고 어린 아이처럼 활짝 웃는 선수들 옆에서 나도 헤벌쭉 웃었다. 세상을 다 가진 듯한 기분이랄까. 이보다 더 좋을 수는 없었다.

김학범 감독과의 인연은 벤투 감독보다 앞선다. 2018년 자카르타-팔렘방 아시안 게임 때 난생처음으로 축구 국가대표 팀닥터로 아시안게임 축구대표팀에 동행하면서 김학범 감독과 처음 만나게 되었다. 앞서 AFC 메디컬 오피서로서의 경험을 쌓았지만 팀닥터로서는 처음이라 모든 게 어리숙했다. 마음이 앞서고 의욕이 과다해서 천방지축 나댔던 것 같다. 그러나 김학범 감독은 예민하게 반응하지 않고 너그럽게 봐주었다.

김학범 감독은 우리나라 A 국가대표팀 역사상 색다른 이력을 가진 감독이다. 그동안 우리 A 국가대표팀 감독 중에서 국가대표 출신이 아닌 사람은 없었는데, 그는 소위 엘리트 코스(대표팀 선수→감독)를 밟지 않았다. 선수로 활동했다가 은퇴하고 은행원으로 근무한 때가 있었고, 체육학 박사를 땄다. '공부하는 축구박사', '치밀한 전략가'가 김 감독의 이력을 설명해 주는 말들이다.

처음으로 대표팀 감독을 가까이에서 직관하면서, 리더로서 그가 가진 여러 가지 강점을 알게 되었다. 첫 번째 강점이 선수들의 투지를 일깨우는 능력이다. 리더라면 팀원들의 동기를 일깨워 좋은 성과를 거두도록 유도할 수 있어야 한다. 앞서 이야기한 2018 한일전에서 알 수 있듯이 김학범 감독은 선수들 동기부여에 탁월한 재능이 있다.

인재에게 동기를 부여하려면 어떻게 해야 할까? 누군가는 경쟁심리를 유발하는 방법을 사용할 수 있다. 이를테면 "너 그러다가는 선발에서 빠지고 OOO이 대신 뛸 수 있어."라고 말해주어 선수가 열받아서 막 뛰게 만드는 것이다. 김학범 감독은 이처럼 경쟁심리를 자극하는 방식보다 선수의 진심 어린 열정을 자극하는 형태를 선호한다.

면담을 하거나 응원의 한 마디를 건네는 긍정적인 방식으로 동기 부여를 해낸다. 앞에서 불같이 화를 내도 뒤에서 따로 불러 따뜻하게 감싸준다.

이 능력은 2020년 올림픽 대표팀과 A 대표팀과의 친선경기 때도 드러났다. 사실 그 경기는 대표팀들 간의 친목 도모이자 팬 서비스 차원에서 진행하는 것으로, 감독들에게는 선수들의 기량을 테스트한다는 의미가 있어도 선수들의 투지를 불태울 요소는 없다시피 했다. 그는 자신이 경기 결과에 굉장히 관심이 많은 것처럼 연출하면서 선수들의 의지를 자극했다.

"너희, 이번에 형님들 한번 이겨야지!"

이런 동기부여 덕분에 올림픽 대표팀은 형님 격인 A 대표팀에 맞서 진지한 승부를 겨룰 수 있었다. 1차전은 2:2 무승부였는데도 김 감독은 "50점도 주기 힘들다. (선수들) 내게 혼 좀 날 거다."라고 말하기도 했다. 경기를 지켜보는 내내 딱딱하게 굳은 얼굴을 한 김 감독을 포착한 언론들은 '친선경기인데 저렇게 심각하다고?'와 같은 뉘앙스의 기사를 썼다. 어떤 경기이든 간에 진지하게 최선을 다해야 한다는 김학범 감독의 소신이라고 생각한다.

김학범 감독의 두 번째 장점은 에너지 조절이다. 축구는 장기적 안목을 가지고 진행되어야 하는 스포츠다. 몇 년 후의 대회를 대비해서 선수들을 양성, 선발하고 훈련을 해나간다. 마라톤 경기처럼 장기전인데, 100미터 달리기처럼 진행한다면 쉬이 지칠 수밖에 없다. 그는 할 때는 확실하게, 쉴 때도 확실하게 쉰다.

김학범 감독의 세 번째 장점은 꾸준한 학습을 통한 전술 수립이다. 알려진 바 같이 김학범 감독은 축구선수로서는 크게 이름을 날리지는 못했다. 그러나 우리나라 축구인 최초 박사 1호라는 사실에서 알 수 있듯이 공부를 열심히 한다. 코치 시절부터 영상 분석에 매달렸고, 영국 프리미어 리그의 전술을 연구해서 팀 전술에 반영한다. 이러한 스타일 덕분에 그는 '학범슨'이란 별명을 얻었다. 맨체스터 유나이티드의 전성기를 만들어낸 명장 알렉스 퍼거슨 감독에 그를 비유한 것이다. 착실한 자료 조사와 연구를 중요시하는 만큼 눈에 보이는 현상에 즉각적으로 반응하는 것을 경계한다.

네 번째 장점은 휴먼 리소스 매니지먼트Human Resource Management, 즉 인재 관리에 탁월하다는 점이다. 이는 동기부여에 강하다는 첫 번째 강점과 일맥상통하는데, 김학범 감독은 인재에게 동기 부여를 해주고 그가 자기 능력을 최대한 발휘할 수 있는 공간을 찾아서 배치해준다. 그런 다음 그를 믿어주면서 재량을 발휘할 수 있도록 맡긴다. 재미있게도 이 특징으로만 본다면 원 맨One man, 독불장군 이미지의 퍼거슨 감독과 반대이다.

스태프들의 역량을 잘 활용하는 감독답게, 선수들과의 미팅 혹은 개별 면담에서 그가 말하는 비중은 크지 않다. 코칭 스태프들과 사전에 미팅해서 선수들과 어떤 이슈로 대화를 나눌 것인지를 정해서 코치들이 실행토록 한다. 전략/전술 회의 때도 자신이 나서기보다 코치들에게 길을 열어준다. 김학범 감독은 핵심 포인트를 딱딱 잡아서 임팩트 있게 강조하고 마무리하는 것으로 자신의 역할을 한정한다. 다른 사람들의 이야기에 귀를 기울이고, 자기 생각을 드러내야 할 때와 드러내지 않아야 할 때를 구분하는 균형감각이 있다.

스태프들에게 권한을 주고 길을 열어주면서도 책임질 일이 있을 땐 피하지 않는다. 구구절절 변명하지 않는 스타일은 벤투 감독과도 유사하다. 2018 아시안게임 예선 말레이시아전을 앞두고 선수들이 여행자 설사에 걸려서 1:2로 패했을 때, 언론은 '충격패' '방심한 결과' '허둥대다 덜미를 잡혔다'며 김학범 감독에게 화살을 돌렸다. 그러나 그는 경기 전 상황에 대해 입도 떼지 않았다. 졌으면 결과를 인정하고 다음 경기를 잘 준비해야 한다는 감독의 책임 있는 태도는 선수들의 각오를 다지는 데 훨씬 유용하다.

그의 다섯 번째 장점은 친근감이다. 김학범 감독을 보고 있으면 삼촌 혹은 동네 아저씨 같은 푸근함이 있다. 스스로 권위를 앞세우지 않고 선수들, 스태프들에게 성큼성큼 다가와 순식간에 거리를 좁혀버린다.

"이눔시키, 뱃가죽 좀 봐. 몸 관리하라 그랬지!"

"엉덩이를 콱 그냥! 웨이트 했어, 안 했어?"

코로나 이전에는 대표팀 소집훈련 때 선수들의 친목을 다지기 위해 가끔 게임을 진행했다. 노래를 부르면서 빙글빙글 돌다가 감독이 "네 명"이라고 외치면 선수들이 숫자에 맞게 짝을 짓는다. 우물쭈물하다가 숫자대로 모이지 못하면 아웃되는데, 김 감독은 탈락한 무리에게 어김없이 다가간다.

"이눔시키, 아웃이잖아~ 잽싸게 움직여야지."

나도 모르게 그를 "혀~엉~"이라고 부를 것 같은 때가 한두 번이 아니었다. 김학범 감독과 가까워지게 된 것은 내가 아닌 그의 능력이다.

처음으로 대표팀 팀닥터가 되고 병원이 아닌 선수들과 스태프들이 오가는 공간으로 오면서, 모든 게 낯설었다. 쉽게 기가 죽을 성격이 아니건만, 낯선 공간과 사람들 사이에서 평소와 같은 활개를 치긴 어려웠다. 대표팀 감독은 더 어려운 사람이었다. 그런데 김학범 감독은 스스럼없이 다가와서 말을 걸어주었고, 한 식구처럼 챙겨주었다. 식사 시간에 내 모습이 안 보이면 어김없이 전화를 걸어왔다.

"김 선생, 지금 어디야?"

"저 의무실에서 일하고 있는데요."

"왜 밥 안 먹어?"

"밥 안 먹어도 됩니다. 제가 원래 하루에 한 끼만 먹…"

"뭔 소리야. 지금 빨리 와서 밥 먹어요."(전화 뚝 끊어짐)

바쁘다 보니 하루에 한 끼만 먹는다, 한끼만 먹어도 남들보다 덩치가 훨씬 푸짐하니 걱정 마시라, 이런 말을 하고 싶었지만 김학범 감독에게 통하지 않았다. '하루엔 무조건 삼시세끼'가 그의 주관이다. 덕분에 그와 함께하는 동안 '삼식이'로 살면서 내 얼굴은 보톡스 저리 가라 싶을 정도로 빵빵해졌다.

그의 따뜻한 응대에 마음의 위로를 받은 때가 있었다. 앞서 언급했다시피 2019년에 우리 A 대표팀의 월드컵 2차전 경기를 보러 레바논으로 갔다가, 스태프들로부터 따가운 눈총을 받았다. 분위기 파악을 못 했다는 자책감을 안고 다시 두바이로 날아가 두바이 컵 친선대회에 참여한 김학범 감독과 선수들을 만나러 갔다.

"이야~ 이게 누구야. 우리 김 교수 왔구먼!"

활짝 웃으며 반갑게 맞이해 주는 김학범 감독을 보면서, 솔직히 울뻔했다. 조금 전까지만 해도 '눈치도 없는 나쁜 시키'였는데, 여기서 '아이구 우리 새끼~' 하면서 반겨주니까 정말 위로가 되었다. 그의 따뜻한 말 덕분에 의욕만 앞섰던 나의 어리버리함, 부끄러움을 덜어낼 수 있었다.

김학범 감독이 진심으로 다가와 주고 부족한 면을 감싸주어서 지금까지 내가 대표팀 팀닥터로서 적극적으로 일할 수 있었다고, 이 지면을 빌어 수줍게 밝히는 바이다.

2018 자카르타-팔렘방 아시안 게임 금메달, 2020 AFC U-23 챔피언십 태국 우승(U-23 대표팀 사상 첫 AFC U-23 챔피언십 우승)에 이어 2020 도쿄올림픽까지, '상승세'를 타고 있던 김학범 감독은 도쿄 올림픽 8강 진출이라는 결과를 거두고 돌아왔다. 금메달을 노렸던 그로서는 몹시 마음 아픈 결과였을 테고, 같은 기대를 가졌던 축구팬들은 실망감을 쏟아냈다. 아쉽다. 하지만 승패가 있는 경기에 승자가 있으면 패자가 있기 마련이고, 이길 때가 있으면 질 때도 있다고 생각한다. 축구공은 둥그니까.

올림픽 대표팀 감독에서 물러난 김학범 감독은 해외 연수를 다녀왔다. 3개월간 남미와 유럽 여러 나라를 두루두루 살피고 돌아왔다. 휴식과 함께 그동안의 축구 인생을 돌아보는 시간을 가졌으리라. 그는 2022년 3월 K리그 앰버서더로 위촉되었는데 K리그를 알리고 흥행을 견인하는 데 기여하고 싶다는 포부를 밝혔다. 축구를 좋아하는 팬으로서 김학범 감독의 미래의 선전善戰을 기대한다. 우리 축구계에 김학범 감독과 같은 분이 있다는 게 참 좋다.

오스트리아 원정 경기 때 귀국 준비를 하는 스태프들

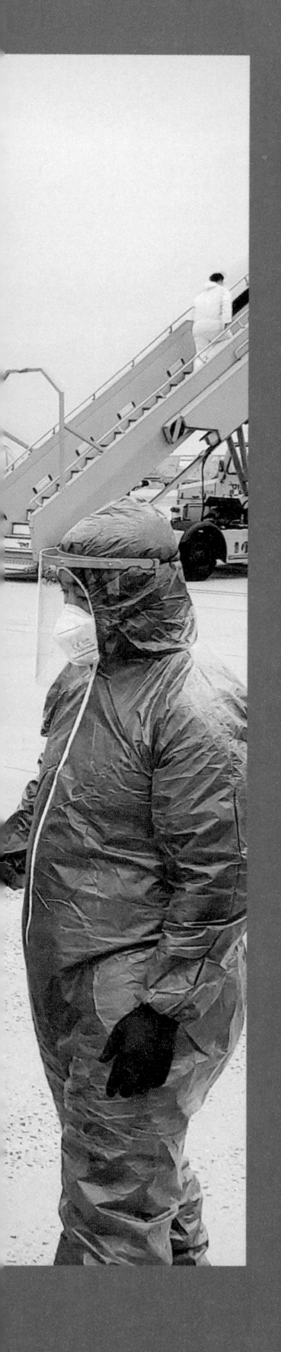

Chapter 7

스포트라이트가 나를 비추지 않더라도

Chapter 7
스포트라이트가 나를 비추지 않더라도

나는 당신이 할 수 없는 일을 할 수 있고, 당신은 내가 할 수 없는 일을 할 수 있다. 따라서 우리는 함께 큰일을 할 수 있다.

-테레사 수녀

"저… 이삭 씨, 제가 부탁드릴 게 있는데요."

"네, 편하게 말씀하세요!"

언제나 씩씩한 이삭 씨. 축구 A 대표팀 지원 스태프 중 장비 담당관으로, 스태프 중 가장 어린 친구다. 그는 활짝 웃으며 말해주었지만, 안 그래도 눈코 뜰 새 없이 바쁜 그에게 나까지 부탁을 하려니까 입이 쉽게 떨어지지 않았다.

"제가 이번에 오스트리아 올 때 이렇게 일정이 길어질지 몰라서요, 속옷을 부족하게 챙겨오는 바람에…."

"아, 그러시군요. 염려 마세요. 제가 챙겨드릴게요."

내 말이 끝나기도 전에 그는 시원하게 답해주었고, 나에게 팬티 다섯 장을 챙겨주었다. 공식 스폰서십 계약으로 대표팀이 지원받은 팬티였다. 이삭 씨 덕분에 체류 기간 동안 큰 불편 없이 지낼 수 있었다.

오스트리아 일정을 끝내고 자가격리까지 마치고 집에 돌아왔을 때, 아내는 새빨간 팬티를 줄지어 가방에서 꺼내며 "당신한테 이런 팬티가 있었어?"라고 기절초풍했다. 그래도 지금까지 속옷을 잘 간직하고 있다. 대표팀 선수들과 같은 팬티를 입는다는 자부심을 왜 포기하겠는가. 아울러 보이지 않는 곳에서 묵묵히 땀을 흘리는 이삭 씨를 비롯한 스태프들을 꼭 기억하고 싶은 마음 때문이기도 하다.

축구는 선수만 하는 게 아니다
_ 코칭 스태프와 지원 스태프

축구, 하면 생각 나는 건 선수들이다. 그다음으로는 감독일 거다. 대개 사람들은 이들만 본다. 하지만 축구대표팀이라는 하나의 조직이 움직이기 위해 보이지 않는 곳에서 땀 흘려 일하는 사람들이 많다는 사실을, 국가대표팀 팀닥터로 일하면서 알게 되었다.

'축구하는 사람들'을 구분해 보자면 크게 두 부류이다. 코칭 스태프와 지원 스태프이다. 코칭 스태프는 감독과 합을 맞춰서 훈련과 경기의 모든 사항을 책임진다. 경기의 작전을 짜고, 상대팀의 전력을 분석하며, 선수들의 경기력을 향상시키기 위해 각종 훈련을 실시한다. 감독들은 자신과 합이 잘 맞는 코치들과 팀을 이뤄서 일한다. 벤투 감독 역시 자신이 코칭 스태프 팀을 꾸려서 우리나라로 왔다.

벤투 감독이 이끄는 A 대표팀 코칭 스태프는 수석 코치 겸 전력 코치 세르지오, 피지컬 코치 페드로, 수비 코치 필리페, 골키퍼 코치 비토르 등 포르투갈 출신 다섯 명에 최태욱, 마이클 킴 한국인 코치까지 총 일곱 명이다. 감독, 코칭 스태프, 선수들까지 합해서 선수단이라고 부른다.

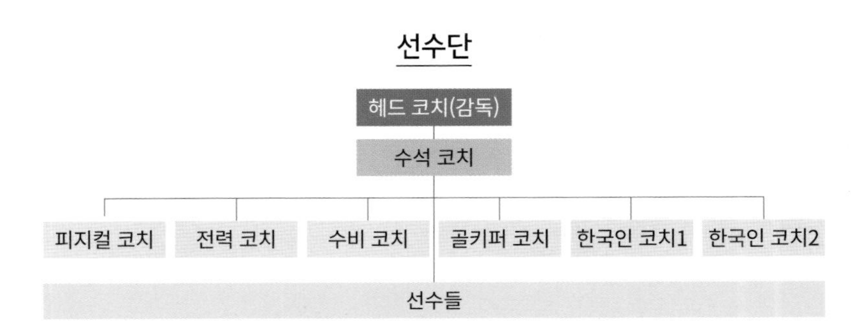

*벤투 감독의 코칭 스태프에서 수석 코치와 전력 코치는 같은 인물이다.

선수들의 신체적인 부분은 페드로 피지컬 코치와 의무팀이 관장한다. 전략적인 부분에 있어서는 전력 코치 외에도 모든 코치가 함께 논의해서 감독이 결정한다. 코칭 스태프 간의 케미는 잘 맞는다. 처음 한국에 왔을 때보다 점점 더 완성도가 높아지고 있다. 케미가 잘 맞으니까 역할 분담이 잘 되고 서로를 이해하고 배려해준다.

코칭 스태프는 미친 듯이 회의한다. 선수들의 건강 상태, 훈련과 전략전술이 주요 내용이고, 경기를 앞두고 있을 때는 경기장 상태, 날씨, 심판진 성향 등이 안건으로 등장한다. 경기력에 영향을 미치는 실오라기 하나가 있다면 그것이 그날 안건이 된다. 진짜 끈질지게 회의한다. 매 식사마다 소통하고 그후에도 소통하고 회의 시간도 따로 있다. 늘 계획을 짜고 매일 업데이트를 한다. 나도 회의라면 남부럽지 않게 하는 입장인데, 이 사람들 앞에서는 명함을 내밀기 어렵다.

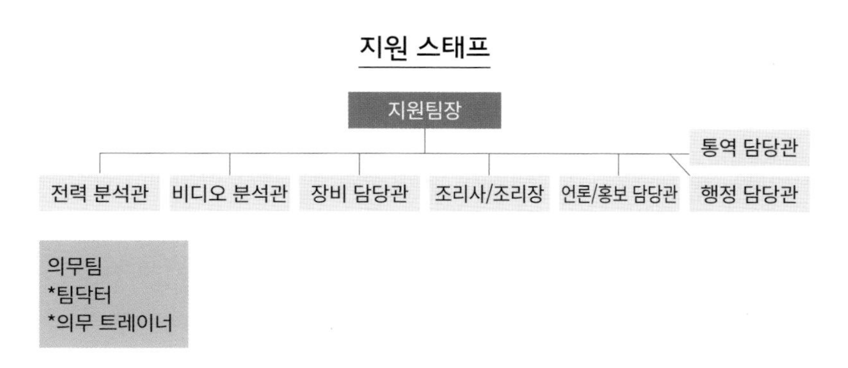

지원 스태프는 KFA에 소속되어 있으면서 선수단 운영과 관련된 전반적인 사항을 담당한다. 전력 분석관, 장비 담당관, 조리사/조리장, 언론/홍보 담당관, 행정 담당관, 통역 담당관 등이다. 채봉주 분석관은 한일전 경기를 앞두고 아버지가 편찮으셨는데도 업무에 최선을 다했다. 축구에의 애정과 책임감이 강하기도 하지만 나와 유사한 오지라퍼라서 협회 직원들 간의 갈등을 중재해 주기도 한다. 김보찬 전력 분석관은 이삭 장비 담당관처럼 순박하기 그지없는 미소가 매력적이다. 하지만 영상을 촬영하고 분석하고 데이터를 만들 때만큼은 매의 눈이 부럽지 않을 만큼 날카롭다.

선수들은 치료를 받으면서 전력 분석관이 보내준 영상자료를 본다. 내가 어떻게 뛰어야 할지, 내 역할은 무엇인지, 백문이 불여일견이라고 말로 설명하는 것보다 보는 것이 훨씬 효율적이다. 선수들은 두 명의 분석관이 보내주는 영상 자료로 이미지 트레이닝을 하고 경기 준비를 한다. 이 모습을 봐온 나는 앞으로 한국 축구에서 전력 분석이 더 많이, 더 적극적으로 활용될 거라고 생각한다. 이 분야는 앞으로 해야 할 일들, 할 수 있는 일이 너무나 많다. 우리 대표팀의 채봉주, 김보찬 전력 분석관이 벤투호와 함께 경험한 선진 분석 시스템이 우리나라 축구 발전에 기여할 수 있을 거라고 생각한다.

통역을 담당하는 이윤규·김충환 매니저는 KFA와 벤투 감독 및 코칭 스태프 간의 가교 역할을 담당한다. 윤규 매니저가 감독과 수석코치의 통역을, 충환 매니저가 피지컬·수비·골키퍼 코치와의 통역을 맡았다. 두 사람은 언어능력만 뛰어난 것이 아니라 상대의 가려운 곳을 정확하게 긁어줄 줄 아는 센스가 있다. 윤규 매니저는 슈틸리케 감독 때부터 협회에서 일했는데 자기 업무에 목숨을 걸 만큼 철저한 완벽주의자로 유명하다. 그는 벤투 감독과 코칭 스태프가 2018년 8월 처음 한국에 왔을 때 국내 체류와 비자 문제 등을 담당하는 등 초기 국내 적응 과정에 함께 한 인물이다.

충환 매니저는 차분하고 성실한 성격이 강점이다. 광주FC에서 통역 업무를 담당하다가 KFA로 왔다. 윤규 매니저와 벤투 감독이 면접을 보고 뽑은 인물이다. 사실 벤투 감독과 코칭 스태프에 대한 통역 담당자를 뽑는 건 쉽지 않았다. 포르투갈은 유럽식 포르투갈어를 쓰는데 반해, 우리나라에서 포르투갈어를 구사하는 대부분의 인력이 브라질식 포르투갈어를 쓰기 때문이다. 다행히 김충환 매니저가 점수를 따서 선발되었다.

윤규 매니저는 현재 육아 휴직 중이다. 본래 러시아 월드컵 때 휴직하려고 했다가 충환 매니저가 자리를 잡을 때까지 있었으면 좋겠다는 벤투 감독의 바람에 따라 일을 함께 했다. 아직 일에 익숙치 않은 충환 매니저가 다섯 명의 코칭 스태프에 동반가족까지 하면 15명이 넘는 인원을 모두 커버하기에 힘들 거라는 판단도 있었다. 충환 매니저가 적응을 마친 후 윤규 매니저는 육아휴직에 들어갔다. 이제 충환 매니저는 두 사람 몫을 훌륭하게 커버하는 중이다. 선수들의 성격을 속속들이 잘 이해하고 그에 맞춰서 소통을 잘 해낸다.

매니저는 협회와 선수 사이의 가교로서 어떤 경우에도 선수들과 편하게 대화하려고 한다. 선수들의 성격이 다르므로 매니저 입장에서 일일이 맞추는 게 쉽지 않다. 그러나 매니저들은 선수의 경기력을 최고의 가치로 생각한다. 자신이 조금이라도 불편해하면 선수가 자신에게 연락하는 걸 꺼릴 테고 그러면 선수의 경기력에 영향을 미칠 것이라 여긴다. 그래서 선수들의 성격을 맞추면서 소통하는 걸 당연하다고 생각한다. 스스로를 지우고 축구를 최우선으로 하기에 가능한 사고이다. 매니저가 이런 마음으로 자신들을 대하니 선수들도 매니저에게 잘해준다.

홍보팀 박현성 PD는 매일 KFA라이브를 찍고 편집해서 협회 유튜브 채널에 올리는데, 아이디어가 기발하고 축구팬들이 좋아하는 포인트를 잘 잡아주어 좋은 반응을 얻고 있다. 선수-축구팬-스폰서 기업의 세 축을 묶는 아이템을 기획해서 찍은 영상을 보면 감탄이 절로 나온다. 내가 해당 기업이라면 후원한 보람이 팍팍 느껴질 것 같다. 가히 승진을 부르는 감각이 아닐 수 없다.

박현성 PD는 센스와 음악, 미적 감각이 탁월하다. 나는 그와 2018년 아시안게임 때 처음 만났다. 기획감독, 촬영감독, 편집감독이 나눠서 할 일을 4년간 혼자 소화하는 능력자이다. 그가 찍은 국가대표 인사이드 캠 덕분에 대중은 선수들의 생활을 어느 정도 이해할 수 있게 되었다. 이제 인사이드 캠은 선수들도 서로 출연하고 싶어할 정도가 되었는데, 기존 축구 방송의 고정적인 틀에서 벗어나 톡톡 튀는 창의적인 발상이 돋보인다.

그의 카메라는 자연스럽게 선수들을 따라간다. 처음엔 어색해 하던 선수들은 이제 그의 카메라를 편안하게 바라보고 말한다. 박 PD는 어떤 시간대에 어떤 모습의 선수들을 찍을 수 있는지, 선수들을 방해하지 않고 촬영할 수 있는지 알고 있다. 수 년에 걸쳐서 노하우를 쌓았고 선수들은 그를 신뢰한다.

2021년 11월 쿠팡플레이는 KFA와 공식 파트너십을 체결하고 축구 대표팀의 카타르 월드컵 도전기(가제 '로드 투 카타르Road to Qatar')를 제작하기로 하였다. 나는 박 PD의 인사이드 캠 덕분에 축구팬들이 더 결집하고, 대형 콘텐츠 회사들의 주목을 끌게 되었다고 생각한다. 한 실무자의 꾸준한 헌신은 금전과 바꾸기 어려운 가치가 있다. 그 헌신으로 인해 모두가 이익을 얻는다. 한 사람이 최선을 다해서 열매를 맺으면 다 같이 누릴 수 있다. 실무자 한 사람의 힘이 정말 중요하다.

홍보팀 김민수 대리는 언론사를 담당하는 KFA의 입이다. 박현성 PD의 촬영을 돕기도 하지만 주 업무는 언론사를 상대하는 것이다. KFA의 모든 보도자료가 그의 손에서 만들어진다. 언론사를 상대하려면 예민하고 까다로운 지점들이 많다. 그는 신중하고 치밀하게 모든 상황을 고려하여 선수들과 경기에 대해 설명한다. 코로나 확산이 심하여 방송사 캐스터나 해설 위원이 해외에 나가지 못했던 시절에는 민수 대리가 경기가 끝난 후 선수들을 모두 인터뷰할 정도로 일인다역을 해냈다. 선수들의 경기 준비에 방해가 되지 않고 심리를 건드리지 않으면서도 국민의 알 권리와 언론사의 요구를 조절하는 줄타기의 천재다.

의무醫務를 담당하는 팀닥터들은 의무 트레이너와 함께 의무팀에 속해 있다. 의무 트레이너는 황인우·최주영·조민우·김성진·송병철 등 다섯 명인데, 대부분의 지원 스태프가 그렇듯이 지원 스태프 경력이 상당히 오래됐다. 황인우 수석 트레이너가 가장 고참, 송병철 트레이너는 새로 합류한 막내이다. 황 트레이너는 런던올림픽, 도쿄올림픽 등에 참여했고 20년 가까이 KFA의 대표 트레이너로 활약하고 있다. 그가 최고참으로서 무게중심을 잡아주니 다른 트레이너들이 다함께 일사불란하게 움직인다. 앞에서 기술한 최주영 트레이너 외에 김성진, 조민우 트레이너 그리고 새로 합류한 송병철 트레이너 모두 선수들의 작은 고민이라도 놓치지 않고 편하게 경기에 전념할 수 있도록 도와주는 마음 따뜻한 분들이다. 트레이너로서의 역할뿐 아니라 지원 스태프가 해야 하는 모든 일에 자발적으로 참여한다. 팀 차원에서 소금 같은 역할을 기꺼이 도맡아준다.

일반적인 합숙 기간 중에는 하루에 총 3번(훈련 전, 훈련 후, 저녁 식사 후) 치료가 이루어진다. 1명의 트레이너가 선수 1인당 30~40분 간 선수 상태를 확인하고 마사지를 하므로 상당히 빡빡한 스케줄인데 힘들다는 내색 한 번 없이 묵묵하게 일한다. 2021년 한해 모든 트레이너들이 최선을 다해주고 팀닥터인 장기모 교수가 안식년 기간임에도 하루도 빠지지 않고 파주에서 함께 합숙하면서 선수단을 보살핀 덕분에 모든 선수들이 건강하게 최종 예선을 마칠 수 있었다.

지원 스태프들 모두 코칭 스태프와 업무별 협의를 수시로 진행한다. 그중에서도 코치들과 가장 많이 협의하는 사람들은 전력 분석관, 비디오 분석관, 의무팀 팀닥터와 트레이너들이다. 선수들의 경기력 향상에 직결되는 일을 하기 때문에 매일 회의를 진행한다.

코치들과 팀닥터들, 트레이너들 공통의 관심사 중 하나는 선수들의 식사량이다. 선수가 식사를 어느 정도 하느냐는 컨디션에 직결된 문제이다. 오스트리아 원정 때도 선수들이 밥을 먹는 양을 보면서 확진자 예측에 참고했다. 발열, 두통 등으로 몸이 안 좋아지면 당연히 식사량이 줄어든다. 그래서 나는 항상 식사를 마지막에 한다. 선수들이 밥을 얼마나 먹는지, 맛있게 먹는지를 봐야 건강 상태를 알 수 있기 때문이다.

내가 선수의 식사량을 보듯, 트레이너들은 선수의 움직임을 본다.

"아니… 저렇게 발을 걸면 어떡하냐!"

경기를 지켜보다가 주먹을 불끈 쥐며 자리에서 일어섰다. 우리 선수가 상대팀 선수의 태클에 걸려서 그라운드를 나뒹굴었던 것이다. 관중석에서도 탄식이 터져나왔다. 그러나 옆에 있는 최주영 트레이너는 미동하지 않았다.

"박사님, 괜찮은 거니까 걱정하지 마세요."

최 트레이너의 침착한 표정을 보며 머쓱해진다. 주위를 둘러보니 일어선 건 나 하나였다. 조용히 자리에 앉았다. 역시나, 그는 이번에도 귀신같이 알아본다.

팀닥터가 되기 전에는 경기를 볼 때마다 흥분했다. 소중한 우리 선수들이 상대팀의 파울로 쓰러지거나 나뒹구는 걸 보면 가만히 있을 수 없었다. 그래서인지 코치들과 트레이너들이 시종일관 냉정하게 경기를 지켜보는 걸 보면서 참 신기했다.

코칭 스태프와 의무팀 트레이너들은 합숙훈련을 하면서 선수들의 일거수일투족을 관찰한다. 선수들은 몸이 불편하면 무의식적으로 해당 부위를 만지거나 불편한 기색을 드러내게 된다. 코치들과 트레이너들은 선수들의 표정, 손짓, 발짓, 전체적인 움직임을 보면서 몸 상태를 꽤 정확하게 알아챈다. 선수들이 파울을 당해서 쓰러졌을 때 의료진이 그라운드에 달려나갈 상황인지 아닌지를 멀리서도 구별해낸다. 나는 경력이 풍부한 의무팀 트레이너들로부터 경기 중 선수들의 부상 단계를 총 네 단계로 구별하는 법을 배웠다.

1단계는 '나 좀 바라봐'이다. 선수가 자기 잘못으로 부딪치거나 넘어지는 경우, 상대방 선수로부터 파울을 당한 경우이다. 부상 정도가 가벼워도 파울을 당한 거라면 그 사실을 어필하고 싶어 한다. 선수가 일어나지 않고 누워 있는데 우리 쪽 벤치에서 코치들이나 의료진이 움직이지 않으면 대부분 1단계에 해당한다.

2단계는 '아파요'이다. 파울을 당해 쓰러져서 몸을 구르는 선수의 움직임과 표정을 보면 통증을 느끼고 있다는 사실을 알 수 있다. 그러나 경기를 못할 정도는 아니라서 그라운드에서 잠시 누워 시간을 보낸다. 1단계와 마찬가지로 코치와 의료진이 그라운드로 나가지 않는다.

3단계는 '좀 쎈데'이다. 선수는 경기를 뛰고 싶으나 부상 때문에 잠시 쉬어야 하는 경우다. 이때 코치와 의료진이 가서 선수를 부축해서 나와서 부상 부위를 체크하고 파스와 얼음팩 등으로 응급처치를 시행한다. 상태가 심하지 않으면 그라운드에 복귀할 수 있다.

4단계는 '이건 아닌데'이다. 부상이 심해서 경기를 더 이상 진행할 수 없는 경우이다. 코치와 의료진은 의료 상자와 들것을 들고 재빠르게 뛰어가 선수를 데리고 나온다. 현장에서 응급처치를 하면서 부상 정도에 따라 병원 이송 여부를 결정한다.

이 네 단계를 배운 후 경기 때마다 구분해 보려고 시도하고 있다. 선수가 넘어지면 열심히 살펴보는데 생각처럼 잘 되지 않는다. 그래도 인내심을 갖고 노력하다 보면 언젠가 내 눈에서도 레이저가 나올 때가 있지 않을까.

스태프들과 함께 일하면서 이들의 해박한 지식에 감탄할 때가 많았다. 모두 자기 분야의 전문가이고, 오래 일한 사람일수록 노하우가 엄청나다. 이들이 보유한 경험과 지식을 체계적으로 데이터화한다면 축구의 발전에 더욱 도움이 되지 않을까 하는 생각이 든다. 사람이 바뀌더라도 체계가 달라지거나 흔들리지 않도록 말이다.

이는 축구뿐 아니라 사회 전반, 모든 분야의 문제일 것이다. 누군가는 기록을 남기지만, 기록을 남기지 않는 경우가 훨씬 많다. 여러 전문가들의 수많은 노하우가 저장되지 않고 사라진다는 건 사회적으로도 어마어마한 손해다. 자기 지식과 경험의 가치를 살리려는 전문가 스스로의 노력, 물질적·시간적 자원의 투자, 이를 지원해 줄 시스템을 갖추기 위한 사회적 논의가 이뤄질 수 있기를 기대해 본다.

속옷부터 축구화까지, 디테일의 힘
_ 국가대표팀 장비 담당관

차윤석 씨와 이삭 씨는 장비 담당관이다. 차윤석 장비 담당관은 2004년에 KFA에 입사해서 경력이 20년이 다 되어가는 찐 고참이다. 월드컵만 네 번 경험했고 다섯 번째 월드컵을 앞두고 있다. 이삭 담당관은 차 담당관의 후배로, 항상 늠름하고 밝게 웃는 미소가 돋보이는 친구이다.

두 사람은 말 그대로 경기에 필요한 각종 장비 그리고 선수들이 사용하는 물품과 장비를 모두 챙기는 업무를 수행한다. 훈련장에서 필요한 장비, 이를테면 봉이나 가상 수비수 판넬, 하프 골대 등을 챙겨가서 훈련장을 세팅하는 것도 장비 담당관인 두 사람의 몫이다. 무게로 따진다면 무려 3~4톤에 육박한다.

장비를 관리한다는 말을 들으면 "뭐 대단하겠어~"라고 여길지 모르지만, 그렇지 않다. 장비 담당관의 임무는 단지 물품을 챙기는 게 아니다. 선수들에게 꼭 맞는 옷, 물품과 훈련 도구를 찾아주는 것으로, 정교하고도 과학적인 업무이다. 그래서 대단히 섬세하고 꼼꼼한 자세가 요구된다. 왜냐면 선수 한 명 한 명의 필요를 다 맞춰야 하기 때문이다. 선수들은 자신이 사용하는 장비와 물품에 대단히 예민하고 까다롭다. 경기 당일 착용할 유니폼, 운동화, 속옷, 양말까지도 다 자신에게 맞는 걸 장착해야 한다. 조금이라도 어긋나면 경기 때 주의 집중을 흐트러트리는 요소가 되기 때문에 장비 담당관은 반드시 선수들이 원하는 조건대로 맞춰야 한다. 선수들이 이러한 장비 담당관에게 친근감을 느끼고 심리적으로 의지하는 건 자연스러운 결과다.

원하는 조건을 맞춘다는 게 어느 정도일까? 경기력에 가장 많은 영향을 미치는 축구화로 말해 보겠다. 축구화가 선수 발에 잘 맞는 게 가장 중요한데, 아무리 유명한 축구선수라 하더라도 매시나 호날두가 아니라면 개별 맞춤 운동화가 나오지 않는다. 예를 들어 아디다스 축구화를 애용하는 선수가 있다고 가정하자. 이 선수는 평소 아디다스를 신는데, 대표팀에 오면 공식 스폰서십인 나이키를 신어야 한다. 그런데 이 선수가 나이키를 신고 뒤꿈치가 까졌다면 스태프들은 그 원인을 찾아야 한다. 왜 이 선수에게서 두 운동화에 대한 반응이 다른 것인지, 어떤 차이점이 있는 것인지 말이다. 두 운동화를 면밀하게 비교하여 '원인'을 보완한 나이키 신발을 찾아서 선수에게 제공해야 한다. 스무 명이 넘는 선수들을 이런 방식으로 챙겨야 하므로, 보통 까다로운 업무가 아니다.

경기할 때 기본적으로 선수별로 운동화를 세 켤레씩 챙긴다. 스물세 명이라면 69켤레에 예비용 20켤레를 더 챙겨서 총 89켤레의 운동화를 관리해야 한다. 어떤 선수에게 어떤 운동화가 잘 맞는지, 사이즈부터 다른 요소들까지 다 알아야 한다. 운동화뿐 아니라 유니폼, 훈련복도 넉넉하게 준비한다. 브라질 월드컵을 앞두고 차 담당관은 선수당 10벌의 이상의 유니폼을 준비한다고 인터뷰한 바 있다. 선수의 숫자를 감안하면 의상만 해도 300벌이니 정말 어머어마하다.

이게 다가 아니다. 꼼꼼하게 챙겨야 할 또 하나의 영역이 있는데, 바로 스폰서십이다. 나이키는 KFA의 공식 스폰서이다. 선수들은 축구화를 비롯해 나이키에서 제공하는 제품을 무조건 착용해야 한다. 나이키에서 우리 대표팀 후원을 담당하는 이는 김현준 前팀장이었다(지금은 퇴사했다). 선수들이 뛰는 경기와 합숙장소까지 꼬박꼬박 찾아올 정도로 열정적이고, 후원사 직원임에도 우리 선수들 입장을 배려해 주려고 노력하였다. 김 팀장 덕분에 장비 담당관들이 나이키 관련 업무를 할 때 좀 더 수월한 면이 많았는데 이제 함께 할 수 없어 너무 아쉽다.

장비 담당관들은 공식 스폰서십 외에 개인 스폰서십도 신경을 써야 한다. 개인 스폰서십이 있는 선수들은 훈련하고 경기할 때 해당 제품을 착용해 주어야 한다. 만약 깜박하고 놓치면 계약 위반이 되므로 골치가 아파진다.

2021년 6월 유로2020에서 선수들이 스폰서 물품을 치우는 바람에 UEFA는 골머리를 앓았다. 포르투갈의 크리스티아누 호날두는 헝가리와의 1차전을 앞둔 기자회견에서 코카콜라 병을 치우고 나서 생수병을 들고는 "아구아Agua, 포르투갈어로 '물'이라는 뜻"라고 말했다. 콜라 대신 물을 마시라는 의미였다. 이후 독실한 무슬람으로 알려진 프랑스의 폴 포그바가 기자 회견장 테이블에 올려져 있던 하이네켄 맥주병을 바닥으로 내려놓았다.

코카콜라와 하이네켄은 모두 유로2020의 공식 스폰서다. 선수들은 신념을 표현한 퍼포먼스였을지 모르지만, 덕분에(?) 두 회사는 주가가 폭락하는 후폭풍에 시달려야 했다. UEFA는 선수들이 대회 규정을 지켜야 할 의무가 있고 계약을 지켜야 한다고 밝히면서, 각 팀들에게 스폰서 물품을 치우는 행동을 중단할 것을 요청했다.

기업의 스폰은 스포츠 활성화에 기여하는 만큼 계약 세부조항은 존중되어야 한다. 장비 담당관들은 이러한 공식 스폰서십과 선수 개별적인 스폰서십을 모두 챙겨서 상황과 때에 맞게 선수들에게 제품을 착용시킨다.

다른 나라로 원정 경기를 갈 때는 좀 더 복잡해진다. 유니폼, 훈련복, 속옷, 양말, 축구공, 훈련 장비 등 어마어마한 양의 물품을 빠짐

없이 챙겨야 한다. 하나라도 놓치면 훈련과 경기에 영향을 줄 게 뻔하므로 장비 담당관들은 자신만의 리스트를 만들어 꼼꼼하게 체크한다.

2020년 오스트리아 원정 경기 때는 코로나 방역지침으로 인해 장비 담당관은 훨씬 더 많은 고생을 해야 했다. 평소대로라면 장비실을 준비해서 그곳에 필요 물품을 선수별로 구분해 두고 선수들이 찾아올 때마다 맞춰서 주면 된다. 그러나 코로나 방역상 선수에게 직접 배달을 해주어야 한다. 선수들이 직접 받으러 왔을 땐 1인당 5분이 걸리지 않으나, 선수마다 가져다주어야 하므로 몇 배의 시간이 소요되었다. 확진자 발생 후에는 확진자들이 사용한 의류 등을 수거해서 별도 세탁하고 새로운 의류를 공급하는 것도 장비 담당관들의 몫이었다.

장비 담당관의 업무 특성을 보면 집안일과 비슷한 것 같다. 부모의 헌신으로 모든 가족 구성원이 편안하게 지낼 수 있다. 아무리 열심히 일해도 티나지 않지만, 아차 싶은 실수는 바로 드러난다. 칭찬받을 일보다 야단 맞을 일이 더 많다. 그런데 두 장비 담당관은 언제나 긍정적이다. 코로나 방역 때문에 업무별 수행시간이 훨씬 늘어나도, 누가 알아주지 않아도 묵묵하게 일한다. 유니폼 가슴팍에 새겨진 태극기의 무게를 비단 선수들만 느끼는 게 아닌 거다.

○ 주방 안팎을 뛰어다니는 슈퍼맨
_ 국가대표팀 조리사

"동일 쌤, 방호복 소매 끝에 있는 고리를 엄지 손가락에 걸어주셔야 해요."

"아 그렇군요. 이게 참 익숙하지가 않아서…."

신동일 조리사는 내 말대로 소매 끝의 고리를 잡아서 엄지 손가락에 끼웠다. 그의 얼굴에 벌써 땀이 하나둘씩 맺혔다. 그는 나와 함께 방호복과 보호장구를 착용하는 순서를 하나하나 사진 찍는 중이었다. 내가 단계별로 방법을 설명하면 그에 맞춰서 신동일 조리사가 실행해 주고 나는 그 모습을 찍었다. 오스트리아 원정 때 귀국을 앞두고 선수들과 스태프들에게 방호복과 보호장구를 착용하는 방법을 설명해야 하는데, 이 방법이 제법 복잡해서 말보다는 사진을 찍기로 한 것이다.

신동일 조리사는 내 부탁을 받고 기꺼이 이 과정에 참여해 주었다. 1시간이 넘는 시간 동안 땀을 뻘뻘 흘리면서 속 장갑을 끼고, 방호복을 입고, 지퍼를 올린 다음 소매 고리를 엄지 손가락에 끼우고, N95마스크를 착용하고, 고글을 착용하고, 후드를 쓰고, 겉 장갑을 쓰는 것까지 모두 실행해 주었다.

신동일 조리사는 KFA 소속으로 10년 넘게 일했는데, 오스트리아 원정 경기와 한일전 경기 모두 동행한 분이다(나와 함께 신문 기사에 실린, 오스트리아 원정 때 확진자들을 위해 현지에 끝까지 남겠다고 자원한 바로 그 분이다). 파주NFC에는 한 명의 조리장과 신동일 조리사를 포함해 세 명의 조리사가 있다. 모두 오래 일한 분들이라 선수들의 입맛과 기호를 잘 맞춘다.

영양사와 조리사는 맛과 영양 균형을 고려해 함께 식단을 짠다. 감독은 큰 틀에서의 의견을 제시한 다음, 완성된 식단을 검토해서 승인한다. 선수들의 취향에 감독의 주문을 고려하고, 원정 경기의 경우 현지의 기후와 식재료까지 감안한다. 예를 들어 더운 지방으로 가면 수분을 충분히 섭취하고 설사를 유발할 수 있는 식재료를 피한다. 고산지대라면 철분과 비타민, 미네랄이 풍부한 식재료를 사용한다. 땀을 많이 흘리는 여름일 때 그에 맞게 전해질 보충 식단을 준비한다.

주식은 밥, 빵, 면에 야채와 과일 등이 고루 곁들인다. 뷔페 형태로 밥, 국, 반찬, 샐러드, 과일 등 모두 준비한다. 코로나19 팬데믹 후부터는 선수들이 식당 입구에서 손소독하고 비닐장갑을 착용하고 입장하면 보호장구를 착용한 영양사와 조리사가 밥, 국, 메인 반찬을 담아주었다.

식사 외에도 훈련 스케줄에 맞춰 간식을 준비해서 선수들의 체력을 보충한다. 스프린트가 많은 날에는 탄수화물의 섭취 비율을 높인다. 탄수화물이 우리 몸의 제1에너지원인 만큼 식단의 메인을 차지한다. 특히 경기를 앞두면 고 탄수화물 섭취가 중요하고, 경기를 마친 후에도 소진된 탄수화물을 보충하기 위해 고 탄수화물 식사를 준비한다. 경기 직전에는 수분 유지를 위해 커피 등을 삼가고, 경기 전과 경기 중일 때 틈틈이 수분을 섭취할 수 있도록 한다.

음식 관리에서도 감독마다 개성이 발휘된다. 벤투 감독은 과학적인 식단 관리를 선호한다. 그런 만큼 페드로 피지컬 코치와 조리장이 지속적인 의사소통을 통해 선수의 신체능력을 극대화하기 위해 많은 노력을 기울이고 있다.

영양을 충분히 고려한 식단을 운영한다는 대전제하에 벤투 감독은 돼지고기를 권하지 않는다. 돼지고기 자체의 문제라기보다 한국인들이 선호하는 돼지고기 부위나 돼지고기를 조리하는 방법으로 인해 선수들의 체지방이 증가되고 근력에 부정적인 영향을 줄 수 있다고 보는 것이다. 벤투 감독은 과도한 지방 섭취를 경계하여 소고기, 닭고기를 더 권장한다. 술은 아예 금지 대상이다. 선수들 중에 체력이 좋아서인지 술을 잘 먹는 사람들이 적지 않지만 몸 관리 차원에서 조절한다. 특히 경기를 앞두면 자발적인 금주에 들어간다.

김학범 감독의 경우 흡연과 음주 금지는 동일하고, 음식 중에 특별히 금지하는 건 없다. 단, 삼시세끼의 원칙엔 철저하다. 선수들뿐 아니라 스태프까지 절대 밥을 걸러서는 안 된다.

파주NFC 식단에서 선수들이 가장 좋아하는 음식이 뭘까? 넘버원이 없다. 최애 음식을 딱히 꼽을 수 없을 정도로 다 잘 먹으니까. 당연한 얘기지만 한식파가 절대 다수이다. 손흥민 선수도 처음 독일 함부르크 유소년 아카데미로 유학을 떠났을 때 쌀밥을 너무 먹고 싶어서 힘들었다고 할 만큼 한식을 사랑한다. 선수들은 식사를 마치면 "형, 오늘 너무 맛있었어요!"라며 조리장에게 인사를 건넨다. 주방 직원들은 파주에 오래 근무해서 선수들과 호형호제할 정도로 친하다.

선수단이 원정 경기를 갈 때는 식재료를 준비해서 간다. 현지에서 구하기도 하지만 선수들의 건강과 입맛을 고려해서 대부분의 식재료를 한국에서 미리 준비한다. 그래서 식재료의 짐이 굉장히 많다. 이걸 준비하고, 관리하고, 음식으로 만들기까지의 과정 모두를 조리사가 담당한다. 밥심이 얼마나 중요한지 안다면 협회 조리사분들의 역할이 얼마나 중요한지 짐작할 수 있을 것이다.

지원 스태프들 다 그랬지만 신동일 조리사도 오스트리아 원정 때 고생을 많이 했다. 확진자가 발생하면서 현지 호텔 직원들의 도움을 받을 수 없어 혼자서 주방에서 동분서주했다. 오스트리아가 락 다운이라 식재료를 구하기가 어려워서 제한된 식재료로 영양을 따져가며 음식을 만드느라 애를 먹었다. 확진자들이 컨디션 저하로 입맛을 잃으면 개별적으로 문의하여 비빔밥이나 김밥 등 원하는 식사를 준비해 주기도 했다. 선수들 짐을 챙기고 운반하는 일까지 발 벗고 나서는 등 몸이 두 개라도 모자랄 스케줄을 푸근한 아재 미소를 잃지 않으면서 견뎌냈다. 명실공히 주방 안팎을 가리지 않고 날아다닌 슈퍼맨이었다.

○ 그깟 사소한 일에도 목숨을 걸다

최종 예선 6차전 카타르와의 경기를 앞둔 전날, 스태프들은 난상 토론을 벌였다. 누군가가 의견을 내면 다른 이가 문제점을 지적하며 다른 대안을 제시했다. 그런 식으로 토론이 계속 이어졌다. 다들 심각했고 진지했으며 때때로 팽팽하게 맞섰다. 어떤 안건 때문이었을까.

안건은 '선수들의 짐을 언제 쌀 것인가'였다. '에게, 고작 이런 걸로?'라고 생각할 수 있겠지만, 이 사소해 보이는 주제는 언제나 중요한 안건이다. 스태프들은 선수들의 일정을 치밀하게 짠다. 선수들은 경기를 마치면 숙소로 돌아와 짐을 챙겨 버스를 타고 공항으로 떠나게 된다. 여유 없이 빠듯한 일정으로 진행되는 이유는 선수들이 소속팀 일정에 맞게 무사히 복귀해야 하기 때문이다. 단 한두 시간의 차질만 생겨도 일정이 어그러진다. 때문에 선수들은 짐을 챙기는 일정이 빠듯하다고 느끼면 신경을 쓰게 되고 그러면 경기에 영향을 줄 수 있다. 아무리 사소해도 경기력에 영향을 미칠 수 있다면 스태프들은 신중해질 수밖에 없다. 정몽규 회장은 경기 후 짐을 챙겨 공항에 가는 방식은 집중력을 떨어뜨려 경기에 방해가 되므로, 그렇게 하지 않았으면 좋겠다는 의견을 제시할 정도이다.

그날 일정은 저녁 6시에 경기 시작, 8시에 종료, 도핑까지 포함해 모든 일정이 10시에 끝날 예정이었다. 선수단 비행기는 다음 날 새벽 2시에 출발하고, 해외로 가는 선수들도 비슷한 시간대였다.

선수들에게 가장 편한 스케줄이 무엇인가. 우리는 그걸 고민했다. 경기장에 가기 전에 짐을 다 싸서 경기장에 가져갈 것인가. 아니면 짐을 싸고 경기장에 갔다가 끝나고 돌아와서 식사하고 짐을 챙겨서 공항에 갈 것인가. 아니면 짐을 챙기지 말고 경기가 끝난 후 돌아와서 식사하고 짐을 싸서 공항에 갈 것인가. 방안은 세 가지였다.

결정하기 위해 고려해야 할 요소들은 상당히 많다. 한 번 원정 갈 때마다 짐이 어마어마하다. 선수들 개별적인 짐이 있고 선수단 차원의 짐이 있고 스태프 짐이 있는데, 개수로만 보면 100개가 넘는다. 모든 순서가 끝나고 공항에 갈 때까지 3시간밖에 없다는 점, 지금까지 우리가 짐을 쌀 때 걸린 시간, 카타르 축구협회에서 우리를 돕도록 파견된 포터들의 숙련도 등도 고려해야 할 요소다. 경영진의 의견, 선수들의 의견, 행정 스태프의 업무 효율성, 스케줄, 현지 환경, 현지 서포트 상황 등을 다 고려해야 한다. 이런 점들을 감안했을 때 경기 후 돌아와 짐을 싸는 건 시간이 부족하다는 결론이었다. 세 번째 옵션은 탈락되고, 이제 남은 건 두 가지였다.

'미리 짐을 싼 다음 오후 1시에 일괄적으로 다 내릴 것인가, 아니면 짐을 싸고 경기장에 갔다가 끝나고 돌아와서 식사하고 짐을 챙겨서 공항에 갈 것인가,'를 가지고 다시 토론이 벌어졌다. 정태남 팀장은 첫 번째 안을 지지했는데, 문채현 차장은 두 안의 장점을 결합한 '하이브리드' 안을 내놓았다. 문 차장의 의견은 이랬다. 경기가 끝나면 선수들이 씻어야 하고 짐을 좀 더 잘 정리할 수 있는 시간적·마음적 여유가 있다. 그러니 선수단 짐은 먼저 싸서 오후 1시에 내려놓고, 선수들 각각의 짐은 경기가 끝나고 챙기게 하자는 것이다. 수 시간에 걸친 토론 끝에 문 차장의 의견이 최종 수용되었다. 탑차에 선수단 짐, 스태프 짐이 먼저 실리고 마지막에 선수들의 짐을 실었다.

선수들의 짐을 언제 챙길까 하는 이슈는 상충된 요소들을 가지고 있다. 선수들의 심리 안정을 위해선 여유롭게 짐을 챙기는 게 좋지만, 소속팀 일정을 생각하면 빠른 복귀가 중요하다. 스태프들은 매번 이런 복합적인 상황 속에서 가장 최선의 결정을 하려고 노력한다. 모르는 이들은 "아니, 그냥 짐을 내리면 되잖아."라고 하겠지만 수년간 이 일만 해온 실무자들, 그 분야 최고 전문가들이 20명 넘게 모여서 단순한 이슈 하나를 놓고 심각하게 의견을 나눈다. 비행기표 예약이라는 단순한 일에도 수없이 고민한다. 최종 예선 4차 이란 원정 때 전세기를 타고 가기로 했는데, 카타르 항공을 선택할지 두바이 항공을 선택할지 고민했다. 시간과 돈뿐 아니라 어떤 게 우리 목적에 더 부합하는지, 우리 선수들이 편할지를 고민하는 것이다. 여러가지 많은 경우의 수를 놓치지 않고 따지는 이유는 오직 하나, 선수들이 최상의 컨디션으로 최고의 경기력을 발휘하게 하기 위해서이다.

국가대표 팀닥터로 일하면서 처음에 미처 몰랐단 점들을 많이 배우게 되었다. 시간이 지날수록 더 그렇다. 스태프들과 토론을 거듭할수록 왜 이들이 수많은 논의와 고민, 시행착오를 거치는지 이해하게 되었다. 이들이 다루는 숱한 이슈들을 외부로 다 공개할 수 없고, 그래서도 안 된다. 그렇기에 폐쇄적이고 보수적인 조직처럼 보이기도 하는 것이다.

한때는 나도 그랬다. 선수들의 경기력을 위해 스태프들이 어디까지 신경을 쓰고 세심하게 배려해야 하는지 몰랐기에 이해하지 못하고 오지랖을 떨었다. 이제는 조금 알 것 같다. 밖에서는 절대 보이지 않은 이면이 많으며, 그렇기에 보이는 것만 가지고 평가해서는 안 된다는 사실을.

우리는 경기장만 본다. 하지만 그 뒤쪽 보이지 않는 곳에서 많은 이들이 선수들을 위해 뛰고 있다. 장비를 챙기고, 스케줄을 점검하고, 선수들의 경기력을 분석하고, 언론을 상대하고, 식사와 간식을 준비한다. 경기장 잔디를 관리하는 사람, 관객석을 순찰하면서 안전과 질서를 유지하고 90분 내내 경기장을 등지고 앉아 있는 보안요원들까지, 경기장 안팎에서 일하는 모든 이들이 '축구하는 사람들'이다. 그라운드에서 선수들은 발로 뛰지만, 이들은 마음으로 함께 뛴다. 스포트라이트가 비추지 않아도 밀알처럼 기꺼이 거름이 되기를 주저하지 않는다.

가끔은 이런 생각을 한다. 경기 중간에 이들에게 스포트라이트가 비춰지고 한 사람씩 이름이 불리는 순간이 있다면 어떨까. 선수, 관객, 스태프가 서로 눈을 맞추고 뜨거운 환호와 따뜻한 위로를 나누는 시간을 갖는 거다. 물론 나의 판타지일 뿐이다.

어찌 축구뿐일까. 개개인의 희로애락에 앞서 공동체를 최우선시하는 사람들, 누가 알아주지 않아도 자신이 좋아하니까 열심히 하는 사람들 덕분에 사회가 유지된다. 우리 사회가 보이지 않는 곳에 있는 이들을 응원할 수 있었으면 좋겠다. 무대 뒤쪽을 바라봐 줄 수 있는 눈을 가졌으면 좋겠다. 오늘도 이들 덕분에 세상은 굴러가고, 우리는 평온한 하루하루를 맞이한다.

Chapter 8

축구보다 행복한 일이 없어서

Chapter 8
축구보다 행복한 일이 없어서

재능은 뛰어나지만 의지와 열정이 부족한 선수와
재능은 평범하지만 의지와 열정이 뛰어난 선수 중에서
한 명을 뽑아야 한다면, 나는 주저 없이 후자를 선택할 것이다.

-알렉스 퍼거슨

0:9. 손흥민 선수와 위닝 일레븐으로 붙은 결과이다. 축구 게임을 해본 사람이라면 알 것이다. 이게 얼마나 말이 안 되는 스코어인지. 전후반 5분씩 고작 10분 동안 이렇게까지 두들겨 맞다니…. 아무래도 그전 게임에 대한 설욕전인 것 같았다. 학생시절 의대 축구 게임 대회에서 우승을 거머쥐었던, 이래 봬도 세브란스 병원 원내에서 손꼽히는 실력자였는데 손 선수에게는 처참하게 무너졌다.

그때 나는 손흥민 선수가 이끄는 '토트넘'과의 시합에서 '손흥민 선수'에게 태클을 했다. 언제나 승리를 거뒀던 손 선수는 그날따라 봐주는 마음으로 게임에 임했던 것 같다. 그러다가 자기 눈앞에서 '손흥민 선수'가 부상으로 실려나가자 눈빛이 확 달라졌다. 내가 하도 태클을 많이 하니까 세브란스 교수들이 "태클로 흥한 자, 태클로 망하리라."고 했는데, 딱 그 신세가 됐다.

내가 국가대표 팀닥터라는 사실을 아는 사람들이 곧잘 물어보는 질문이 있다.

"선수들은 쉬는 시간에 뭐 해요?"

이 지면을 빌어 그 답을 하고자 한다. 선수들은 쉬는 시간에 게임하고 수다도 떤다. 우리네 평범한 사람들이 휴식을 취하는 모습과 다르지 않다. 치료실에서, 방에서, 훈련장에서 장소 불문하고 여유가 있을 때 모여서 서로 간에 속내를 털어놓고 고민을 들어준다. 박웅현 작가는 《여덟 단어》에서 남자들은 잘 사냐, 미친 놈, 먹자, 마셔, 이런 몇 가지 단어만 있으면 대화가 된다고 했는데, 대표팀 선수들의 수다는 더 광범위하다. 선수생활에서 힘든 점, 부모님 얘기, 자녀 얘기, 친구 얘기 등등. 코로나 방역만 아니었다면 훨씬 더 활발한 수다가 이뤄졌을 것이다.

게임하면 성향이 보인다

오스트리아 원정 경기 때 코로나 방역으로 인해 선수들의 오프라인 커뮤니케이션이 금지됐다. 그러자 선수들은 온라인에서 만나기 시작했다. 옥황상제의 명으로 이 끝과 저 끝으로 헤어져야 했던 견우와 직녀가 오작교에서 만났듯이, 우리 선수들의 오작교는 '어몽어스'란 게임이었다.

선수들의 휴식 시간, 한 방에서 "와!"하고 소리치면 조금 있다가 다른 방에서 "에~~~" 하는 소리가 터져 나왔다. 치료실에서 물리치료를 받으면서도 스마트폰을 붙들고 "우와!"하고 소리를 질렀고, 치료가 끝나고 방으로 돌아가서도 문밖으로 함성이 새어나왔다. 난 축구 게임 외엔 다른 게임을 잘 모르기에 '왜 다들 소리를 지르는 거야?'라고 의아해했다.

설명을 듣고 보니 마피아 게임이랑 비슷한데, 단톡처럼 대화가 가능한 것 같았다. 선수들의 외로움을 달래주는 그 게임에게 고마웠고, 한편으로는 혹여라도 선수들이 '임포스터마피아 게임으로 치면 마피아에 해당'를 잡겠다고 몰래 만날까 싶어 신경을 곤두세웠다.

과거 대표팀 소집 때는 선수들의 휴대폰 사용을 금지하기도 했다. 훈련에 집중해야 하는 게 첫 번째이고, 두 번째 이유는 선수들 간의 직접 소통을 권장하기 위해서이다. 모두들 알다시피 휴대폰을 손에 쥐고 활발하게 커뮤니케이션 하는 사람은 없다. 사랑하는 연인을 앞에 두고도 대화 없이 휴대폰을 들여다 보는 게 요즘 풍경이니까.

코로나19 팬데믹 후에는 감염 방지를 위해 휴대폰 사용에 제한을 두었다. 그러나 오프라인 만남을 제약받는 선수들을 위해 잠시잠깐의 사용을 허용해 주어, 덕분에 선수들은 달콤한 여유를 즐길 수 있었다.

짧디 짧은 휴식 시간에 선수들과 게임을 해보면 성향이 보인다. 손흥민 선수는 승부욕이 장난 아니다. 그가 나를 늘 9:0으로 깨는 건 아니었다. 5:0, 3:1, 이렇게 스코어가 가벼울 때가 있었던 걸 보면 분명히 봐주었던 거다. 근데 내가 잘하는 것 같으면 곧바로 자세가 달라진다. 정신없이 공격해 들어온다. 나는 축구 게임에서 진다고 해서 스트레스를 받지 않는데, 손 선수는 자신이 나에게 지는 걸 상상할 수 없나 보다. 덕분에 태클 빌런으로 악명이 높았던 나는 큰 가르침을 얻었다. 적어도 손 선수가 보는 앞에서 '손흥민 선수'에게 다시는 태클하지 않으리라.

구성윤, 김태환, 박지수, 이강인, 이동준(헤르타BSC 베를린), 황의조, 황희찬 선수들과도 게임을 했는데, 그들 역시 팀닥터라고 해서 봐주지 않는다. 게임은 게임일 뿐 그 순간에 집중해서 게임을 즐긴다. 이강인 선수 역시 승부욕이 강하다. 사교성이 좋고 애교가 있지만 속내에 '어른'이 숨어 있어서 상대를 리드하려는 의지가 있다.

황희찬 선수의 경우 저돌적이고 본능적인 타입이다. 치밀하고 섬세하게 플레이하기보다는 상남자 스타일로, "돌격 앞으로!"를 외치지만 뒤끝은 없다. 취미 생활이든, 훈련이든 자신이 꽂히면 미친 듯이 파고든다. 축구계의 재야고수 중에 'JK전권'라는 이가 있다. 아트사커를 알리기 위해 축구공 하나만 가지고 전 세계를 돌아다녔고, 유튜브에 'JK아트사커'를 개설해서 다양한 축구 기술을 연구해서 알리고 있다. 황 선수는 그와 함께 세트피스 상황에서 슛을 쏘는 법을 연습했다. '황소 감차감아차기'라고 불리는 방법이다. 황 선수는 2018 아시안게임 결승전에서 프리킥을 넣을 때 이 기술을 사용해서 대성공을 거두었다.

좋은 기술에 대한 의욕, 반드시 이기고 말겠다는 선수들의 승부욕은 경기장에서든, 게임에서든 빠지지 않고 나타난다.

단순하되 널널하지 않게

대표팀이 소집됐을 때 선수들은 어떤 활동을 하면서 시간을 보낼까. 스케줄표를 보면 딱 두 단어만 보인다. 밥과 훈련. 생각보다 꽤 단조롭고 여유 있게 보이겠지만, 행간에 숨어 있는 스케줄은 빼곡하다. 밥과 밥 사이에 아무것도 적혀 있지 않아도 선수들은 나름의 훈련과 공부로 시간을 채워나간다. 그들의 자기관리는 무서울 정도다.

대표팀 훈련 일정	경기 당일 스케줄
09:00~10:00 자유 조식 (식사 필수)	09:00~10:00 자유 조식 (식사 필수)
	11:30 활동 (축구화 착용/ 훈련장)
12:30 중식	12:45 팀 미팅
	13:00 중식
	13:30 선 선발대 출발
	15:30 단짐 내리기
	15:40 선발대 출발
16:30 훈련	16:45 간식
18:45 석식	17:45 선수들 경기장으로 출발
	20:00 경기
23:30 전원 객실 복귀 (치료자 제외)	23:30 (숙소 도착 후) 석식
	00:30(+1) 전원 객실 복귀 (치료자 제외)

선수들마다 생활습관, 훈련법 등은 차이가 있다. 회복 훈련 때 아이스 배스Ice Bath, 얼음통에 들어가는 훈련를 하는 선수와 하지 않는 선수, 훈련 전에 테이핑Taping을 하는 선수와 하지 않는 선수, 훈련 전 간식을 먹는 선수와 먹지 않는 선수, 휴식시간에 낮잠을 자는 선수와 자지 않는 선수 등등 개인별로 자기만의 루틴이 명확하다. 그래서 훈련과 체

력 단련에서 선수들의 재량에 맡기는 범위가 있고 팀 차원에서 컨트롤하는 범위가 있다.

이러한 구분은 감독의 소관이다. 감독은 생활습관 영역을 선수에게 맡기고 훈련 영역에 대해서는 코칭 스태프와 상의해서 훈련법과 시간, 횟수, 팀 훈련의 시간과 횟수 등을 정한다. 훈련법과 관리 방식 역시 감독의 스타일에 따라서 달라진다. 벤투 감독의 경우 코칭 스태프가 선수의 상태를 정확하게 파악하길 원한다. 벤치 프레스를 했다면 몇 킬로그램까지 들었는지를 알고 싶어하는 거다. 데이터를 바탕으로 훈련이 이뤄지는 걸 선호한다. 반면에 김학범 감독은 선수 및 코칭 스태프의 자율과 재량에 맡기는 편이다. 감독의 역할을 상대팀에 대한 전략전술을 수립하는 것으로 무게를 두기 때문이다.

감독의 방침에 따라 스케줄의 행간을 채워주는 건 코칭 스태프들의 몫이다. 수비 코치·피지컬Physical 코치·전술 코치·골키퍼 코치와 전력 분석관과 영상 분석관이 선수들의 훈련 및 연습게임 영상을 가지고 분석한다. 저녁 식사 후 시작된 회의가 자정까지 이어지는 게 다반사이다. A선수가 무릎 인대 부상에서 덜 회복된 것 같으니 피지컬 코치가 이러저러하게 조치를 취해야 한다, B선수는 다른 윙백들과 좀 더 조화를 이룰 수 있도록 훈련해야 한다 등등 선수별로 상세한 보완점을 논의한다. 코치들 모두 적극적이고 치열하게 의견을 개진한다. 창문을 열어두고 회의를 하므로 미팅 룸 근처만 가도 와글와글하는 소리가 들린다.

이러한 회의 결과는 식사를 마친 선수들에게 전달된다. 아침식사 후 피지컬 코치가 A선수와 면담해서 재활훈련법을 알려주고, 전술 코치는 B선수와 함께 영상을 보며 경기 때 움직임을 설명하고 보완점을 알려준다. 경기를 앞두고 있다면 상대팀 선수의 특징, 주의할 점, 그를 상대하기 위해 우리 선수가 보완할 점, 훈련 포인트 등을 짚어준다. 면담은 개별 면담, 그룹 면담이 병행된다.

선수들은 연습 게임을 할 때 GPS를 장착한다. 게임이 끝나면 전력 분석관과 영상 분석관이 선수들의 움직임을 분석한다. 선수들이 얼마 만에 체력이 떨어지는지, 슛할 때 자세가 어떤지 등을 꼼꼼하게 살핀다.

선수들의 기량과 감독의 전술을 맞추는 것도 코칭 스태프의 역할이다. C선수는 윙백인데 이번 전술이 4-4-2가 됐으니까 풀백으로 쓰자고 결정되었다면 그에 맞게 역할을 알려준다. 물론 선수들은 이미 포메이션별 역할을 알고 있다. 그러나 감독의 전술에 따라서 섬세한 코칭을 해주는 것이다.

점심 식사 후 선수들은 개인 훈련이나 트레이닝 등을 한다. 코치들이 제시한 일종의 과제를 수행하는 시간이다. 저녁 식사 후도 마찬가지다. 코치들이 최선을 다해 알려준 정보들을 어떻게 자신에게 맞게 적용하느냐에 따라 그 선수의 기량이 달라진다. 그래서 선수들은 적극적으로 코치들의 의견을 훈련법, 체력단련, 경기 등에 반영한다. "축구는 몸이 아닌 머리로 하는 것"이라는 요한 크루이프(네덜란드 축구 선수이자 명감독)의 말이 실감 난다.

이처럼 훈련 기간 때 선수들은 꽤 바쁘다. 신체 훈련을 생활화하여 최상의 컨디션을 유지할 수 있도록 최선을 다한다. 자유시간이라도 빈둥거리지 않고 축구와 관련된 독서를 하거나 유튜브에서 훈련법, 부상 회복, 취약점 극복법 등을 찾아본다. 피지컬 코치로부터 배운 홈트를 하거나, 짐Gym에서 체력을 단련하는 선수들도 있다. 휴대폰 게임을 하거나 수다를 떠는 건 잠깐이다.

선수들이 열심히 훈련하기에 아쉬운 점은 딱 하나뿐이다. 언제쯤 대표팀 선수들과 위닝 일레븐을 해볼 수 있을지 기약이 없다는 것. 불현듯 닥쳐올 그때를 위해 열심히 연습할 테다.

카더라 통신 Out

'지잉~' 카톡이 울린다. 휴대폰을 확인하니 C선수가 보낸 약품 사진이 떠 있다.

'박사님, 이거 먹어도 돼요?'

'성분을 확인하고 알려줄게요.'

상품 박스에 있는 '원재료 및 함량'을 살펴보니 문제될 만한 성분이 없었다. '먹어도 되겠다.'는 회신을 보내주었다.

선수들은 몸이 재산이다. 그래서 살뜰히 건강을 챙긴다. 가족과 지인들을 통해 정보를 입수해서 활용하기도 하고, 여기저기서 건강 보조 식품이나 약품을 꽤 많이 받는다. 몸에 좋다며 가족이 챙겨주는 것에 팬들이 보내주는 것까지 다양한데, 선수 본인이 전혀 모르는 사람인데 지인의 지인의 지인이라며 보내오는 것들도 있다. 선의인 척 상품을 보낸 다음 '이 제품은 국가대표 선수들도 먹는다.'는 홍보 효과를 노리는 듯하다.

선수들 앞으로 집결되는 건강보조식품의 종류를 보면 조선팔도를 넘어 글로벌한 수준이다. 그러나 몸에 좋다고, 선진국 제품이라고 함부로 먹어서는 안 된다. 적어도 이런 식품 제재에 대해서는 '편식'이 필요하다. 혹여라도 금지 약물이 포함되어 있을지도 모르기 때문이다.

선수들과 코칭 스태프에게 건강보조식품이나 (병원 처방이 아닌) 약품, 치료제 등을 사용할 때 꼭 나한테 물어보라고 당부한다. 모두 내가 FIFA와 AFC 도핑 컨트롤 오피서인 줄 알고 있으므로 궁금한 사항이 있을 때 수시로 연락해 온다.

선수들은 참 순수하다. 가족이나 지인이 "이게 좋대."라고 말하면 쉽게 믿는다. 그래서 선수들의 신뢰를 받은 사람들은 그러한 마음을 지켜줄 책임감을 가져야 한다. 나에게 좋은 약이 선수에게는 독이 될 수 있는 만큼 뭔가를 권하는 건 신중을 기해야 한다.

축구를 좋아하고 선수들이 경기를 잘하기를 바라는 팬으로서 선수들의 어떤 이야기든 다 들어주려고 한다. 선수들은 처음엔 선뜻 다가오지 못하다가 신뢰가 쌓이면 마음 문을 활짝 열어준다. 본인과 가족의 건강 이슈는 말할 것도 없고 사생활에 대한 고민을 나눈다.

선수들은 대외적으로 노출된 위치에 있는 만큼 자기 속내를 섣불리 말하지 않으려 한다. 마음의 상처를 입어도 겉으로 드러내는 게 쉬운 일이 아니다. 선수들은 어떨 때 마음의 상처를 입을까. 자신 때문에 가족이 비난의 대상이 될 때이다.

경기 때 뛰는 게 왜 모양이냐, 실력이 형편없다, 등등의 비난에는 단련돼 있다. 워낙 많아서 덤덤하다. 그런데 가족이 공격 대상이 될 때는 멘탈이 무너져 내린다. 일부 팬들이 선수들의 아버지, 어머니, 아내, 아이 등을 상대로 도넘은 인신공격을 한다. 포털 사이트에서 스포츠 기사에 대한 댓글 쓰기가 사라지자 선수들의 SNS로 찾아와서 차마 입에 담을 수 없는 내용을 보내는 것이다. DMDirect Message으로 보내기 때문에 피하기도 어렵다. 선수들은 대중과 소통하고 자신을 알릴 수 있는 마케팅 툴로서 SNS를 하지 않을 수 없는데, 욕을 차단할 수 없다는 문제를 겪는 것이다.

한 선수의 경우 이런 일이 반복되자 SNS에 글을 올렸다. 일부 팬들이 가족의 SNS를 알아내서 DM을 보냈는데 인신공격하는 내용들이었다. 선수는 나에 대한 비난은 참을 수 있지만 가족에 대한 욕을 하지 말아달라는 글을 올렸다. 다른 선수들의 사정도 크게 다르지 않다.

선수들은 경기가 뜻대로 풀리지 않거나 개인사로 인해 스트레스를 받을 수 있다. 특히 전자에 대한 스트레스가 크다. 스포츠 선진국들의 경우 선수들의 마음을 케어해주는 전문 상담사가 있다. 우리나라는 팀닥터들이 그 역할을 해주고 있다.

스트레스가 심하면 잠을 못자는 경우가 있다. 잠을 못자면 컨디션이 저하되고 경기력에까지 영향을 미치므로 당연히 좋지 않다. 마음의 병은 마음먹기에 달린 문제가 아니다. 혼자 해결하기가 어렵다. 그래서 선수들에게 나한테든, 친구든, 상담사든 다 좋으니 믿을 만한 사람에게 고민을 털어놓고 마음의 위로를 받으라고 권유한다. 임금님 귀는 당나귀 귀처럼, 네가 모르는 누군가가 너한테 무슨 짓을 했는지 끙끙 앓기보다 털어놓으라고 한다.

말을 하는 순간 풀리는 게 있다. 환기Ventilation라고 하는데 꽉 막혀 응어리진 감정이 스르르 풀리면서 정상적인 흐름을 가질 수 있게 된다. 사람은 힘든 일이 있을 때 혼자 끙끙 앓는 것보다 누군가와 수다로서 나누는 게 필요하다. 그 과정에서 마음이 다소 편해진다. 전문가를 찾아가지 않고 지인에게 말해도 된다. 선수들은 노출된 신분이라 아무에게나 자기 고민을 털어놓는 걸 꺼린다. 혹시라도 소문이 날까 걱정스러워서다. 그래서 친한 선수들끼리 대화를 많이 나눈다. 선수들 사이에 서로 친한 그룹, 깐부라고 할 수 있는 그룹이 있다. 그럴 수밖에 없다. 서로가 서로의 단짝 친구가 되어 위로가 되어준다.

사생활을 제외하고 가장 주요한 대화 이슈는 건강이다. 나는 이전부터 이청용 선수(울산현대)와 대화를 많이 나눴다. 이청용 선수는 언론에 보도된 것처럼 무릎 부상으로 고생해 왔는데, 굉장히 관리를 잘해나가고 있다. 그는 건강에 관심이 많아서 이런저런 질문을 자주 한다. 그 덕분에 선수들이 무엇을 궁금해하고, 무엇을 고민하고, 부상을 당한 심정이 어떤지, 선수의 마음을 이해하는 데 큰 도움을 받았다.

선수들이 치료를 받는 병원이 있다 하더라도 부연 설명을 더 해준다. 병원으로부터 외과수술을 권유받았다면 선수가 수술부터 재활까지 모든 절차를 잘 따를 수 있도록 관련 정보와 의미를 알려주는 거다. 사실 의료인과 비의료인 간의 정보 격차는 상당히 크다. 그래서 의사가 뭔가를 권하면 대부분의 사람들은 왜 그 치료를 받아야 하는지를 잘 모르면서 그냥 따른다. 물론 의사의 치료방침을 잘 따라야 하지만, 건강에 대한 기초 지식을 갖추고 자기 몸 상태를 알면 보다 능동적인 판단을 내릴 수 있다. 마냥 끌려가기보다 좀 더 주체적인 판단을 할 수 있는 거다.

알레르기가 심한 선수가 있었다. 알레르기 비염 때문에 경기력에 영향을 받는 상태였는데, 선수 본인은 자신이 왜 호흡에 어려움을 겪는지 이유를 몰랐다. 알레르기 비염이 장기화되면 염증 때문에 콧구멍의 살이 두꺼워지고, 콧구멍의 크기가 줄어들어 숨쉬기가 불편해진다. 그와 만난 자리에서 비염 문제를 알아챘기에 설명해 주었고, 되도록 빨리 치료받을 것을 권했다.

선수들은 몸이 재산이지만 노출된 신분 탓에 '아무 병원'이나 가지 못한다. 일반인들은 병원을 가기 위해 인터넷 검색이나 TV 프로그램을 참고하지만, 선수들은 안 그렇다. 자신의 병에 대해 바깥에 '광고'하지 않는 믿을 만한 사람을 찾느라 선수들 간에 알음알음으로 병원

정보를 주고받는다. 그러다 보면 엉뚱한 일이 생길 때가 있다.

예를 들어 무릎을 다친 선수가 발목 부상을 치료했던 동료 선수에게 물어봐서 그 의사를 찾아간다. "믿을 만하다"고 담보해 주면 다른 선수들도 뒤이어 그를 찾는다. 발목 부상 치료에 뛰어난 의사인데 무릎, 허리, 척추까지 다 치료받는 것이다. 해당 분야에 특화된 다른 의사를 소개해 줘도 선뜻 받아들이려 하지 않는다. 선수들이 대외적으로 노출된 신분이라 개인정보에 대한 신뢰 문제 때문이다.

이럴 때마다 선수들에게 설명해 준다. 동료 선수가 괜찮았더라도 나는 다를 수 있고, 동료가 재활 시기가 빨랐다고 나도 그럴 거라는 생각 역시 안 된다고. 똑같은 무릎 수술이라도 관절 어느 부위인지, 연골 파열 정도가 어떤지 등에 따라 결과가 달라질 수 있다고. 복합적인 상황을 모두 고려해야 한다.

선수들은 의료진의 말을 맹목적으로 따르기도 하고, 반대로 외면하기도 한다. 세상사가 다 그렇듯 여기서도 중용中庸이 중요하다. 어느 한쪽으로 치우지지 않고 중간적인 관점을 유지하는 것 말이다. 선수들은 정확한 정보를 바탕으로 자기 주관을 갖고 의료진과 능동적인 커뮤니케이션을 해야 한다. 이럴 때 건강 관리의 중용이 지켜질 수 있을 것이다.

○ 부상 관리 원칙, 아프면 말하자!

선수들의 기본 몸 관리는 대표팀 차원에서 매우 중요하다. 월드컵이나 올림픽, 아시안게임 본선 진출을 앞두고 선수들에게 PCMApre-competition medical assessment이라고 부르는 건강검진을 시행한다. 일반적인 건강검진과 훨씬 더 정밀하게 진행되며, 특히 심장을 집중해서 살펴본다. 꼼꼼하게 검사하므로 그전까지 선수들이 몰랐던 질환이나 증상을 발견하기도 한다. 발견된 병증에 대해서는 어떻게 치료할 것인지, 경기 참여가 가능한지 등등을 논의한다.

선수가 부상을 당한 경우나 검사에서 이상이 발견된 경우에는 의무팀에서 선수의 상태를 정확하게 평가하여 그레이드Grade를 나누어 경기 출전이 가능할지, 쉬는 게 나을지를 결정한다. 이에 대해 의료진과 감독 및 구단의 시선이 다를 수 있으나 의료진의 판단이 절대적이다. 특히 벤투 감독의 경우에는 더더욱 그렇다. 의료진의 의견을 신뢰하고 선수의 건강을 최우선으로 생각한다. 실제로 중요한 시기에 특정 선수가 반드시 필요함에도 불구하고 건강을 생각하여 명단에서 제외하는 것을 보고 놀란 적이 있다.

부상을 입으면 치료와 재활을 잘 받아야 한다. 의학적 치료를 통해 어느 정도 회복기에 접어들면 가벼운 스트레칭으로 시작해서 체력을 회복하고 강화시키는 운동을 진행한다. 부상을 잘 치료하면 다시 복귀할 수 있다. 자칫 치료시기를 놓치거나 심각하게 부상을 당했을 때 선수 생명이 끊어질 수 있으므로, 조급하게 생각하지 말고 잘 치료받는 게 중요하다.

"김 교수, 내가 고민이 하나 있는데요. 어디 가서 말하기가 그래서…."

"무슨 일이신데요?"

"알다시피 내 아들이 축구선수지 않습니까. 근데 부상을 당했는데 말을 안 하고 자꾸만 참아요."

"저런, 그러면 절대 안 됩니다. 치료를 안 받으면 더 몸 상태가 안 좋아질 수 있으니까 빨리 병원에 가라고 하셔야 해요."

지인 중에 아들이 축구선수인 분이 있다. 얼마 전에 아들이 발목 부상을 당했는데 다 나았다면서 경기에 뛰려고 한다는 것이다.

선수들 중에 부상을 당하면 숨기려고 하는 경우가 있다. 왜 그럴까. 부상 때문에 주전에서 밀려나면 다른 사람에게 기회가 돌아가고 치료를 마치고 복귀했을 때 내 자리가 사라질 수도 있기 때문이다. 다른 이의 불행이 나의 기회가 될 수 있다는 건, 축구뿐 아니라 모든 세상사에 통용되는 냉정한 현실이다. 또한 선수 한 사람이 걸어다니는 기업과 같아서 멈춰 섰을 때 매니저와 소속 구단까지 악영향을 준다는 점도 부담이다. 그래서 통증을 참으면서 아무에게도 내색하지 않는다.

모든 선수는 아파도 뛴다. 하지만 대부분의 경우에 부상을 제대로 치료하지 않은 채 묵히면 악화되어 더 큰 문제로 확대될 수 있다. 손상이 심하지 않은 경증 상태에서 집중치료로 일주일이면 끝날 일인데 두 달, 석 달까지 길어지고, 아예 돌이킬 수 없을 정도까지 나빠질 수도 있다. 잠시 쉬어가더라도 제때 치료를 받아야 한다. 아프면 말한다, 이것이 선수 생명을 길게 유지하기 위해 가장 중요한 원칙이다.

○ 건강한 선수들을 순식간에 쓰러뜨리는 부정맥

2021년 6월 20일 카타르 월드컵 2차 예선 레바논과의 경기 후반전, 손흥민 선수가 페널티킥으로 레바논 골대를 흔들었다. 2:1, 역전이었다. 관중의 환호성 속에 손 선수는 양손으로 '23'을 만든 다음 중계 카메라로 다가가 얼굴을 가까이 대고는 이렇게 말했다.

"Stay strong, I love you."

손 선수의 세리머니는 토트넘에서 함께 뛰었던 크리스티안 에릭센의 쾌유를 비는 것이었다. 에릭센은 그날 새벽 유로2020 조별리그 핀란드와의 경기에서 갑자기 심장마비를 일으켜 의식을 잃고 쓰러졌다. 덴마크 주장 키예르가 재빠르게 다가가 에릭센의 기도를 확보했고, 의료진이 에릭센에게 심폐소생술을 실시했다. 그는 병원으로 옮겨진 후 ICDImplantable Cardioverter-Defibrillator, 심장제세동기. 부정맥을 감지해서 심장의 정상리듬을 회복하게 돕는 장치 삽입 수술을 받았다. 손흥민 선수는 에릭센 선수의 소식을 듣고 마음 아파했으며 그의 쾌유를 비는 세리머니를 한 것이다. 이후 에릭센은 재활훈련을 하면서 심장에 다시 문제가 생기는지 확인하면서 기량 회복에 나섰고, 규정상 경기를 뛸 수 없는 이탈리아의 인터밀란과의 계약을 해지하고 영국 프리미어리그의 브렌트포드에 입단하였다. 역전의 용사처럼, 심장 질환을 이겨내고 8개월 만에 다시 그라운드로 복귀하여 브렌트포드의 핵심 선수로 활동하고 있다.

에릭센의 병은 심실 부정맥으로 판단된다. 우리 몸의 심장이 박동하기 위해 전기가 필요하다. 심장은 스스로 전기를 일으켜 심장 전체로 전기 신호를 전달하는데, 부정맥은 심장박동 체계가 흔들리거나 기능이 떨어지면서 심장박동이 불규칙해지는 것을 말한다. 심방, 심실 모두 발생할 수 있다.

부정맥은 심정지를 일으킬 수 있으므로 골든타임으로 빠른 응급처치를 하는 게 중요하다. 응급처치를 제시간에 했느냐 여부에 따라 선수들의 생사가 갈린다. 2000년 KBO리그 경기 중 롯데 자이언츠 임수혁 선수가 부정맥으로 쓰러졌다. 임 선수는 10년간 식물인간으로 병상에 있다가 안타깝게도 40세의 나이로 사망하고 말았다. 에릭센처럼 응급처치를 잘 받았다면 더 좋은 결과를 기대할 수 있었겠으나, 당시는 경기 중 응급처치에 대한 인식이 부족했다. 임수혁 선수를 계기로 해서 스포츠 전반에서 응급처치 시스템의 필요성이 대두되었다.

심정지 발생 시 응급처치법

(※축구장에서의 응급처치법은 현장 환경, 의료진 숫자 등에 따라 달라질 수 있다)

- 양손으로 환자의 양쪽 귀밑 턱선을 감싸고 살짝 들어 올리고 입을 벌려 주어 기도를 확보한다(혀를 잡아빼겠다고 손가락을 입 안에 넣으면 안 된다).
- 환자의 의식과 호흡을 확인한다(절대 환자의 몸을 흔들어서는 안 된다).
- 심폐소생술을 실시한다.
  - 구조자는 환자 앞에 무릎을 꿇고 환자 가슴뼈 아래쪽 절반 부위에 한쪽 손바닥을 대고 다른 손을 그 위에 포개어 깍지를 낀다.
  - 구조자의 팔을 펴서 수직으로 5~6cm 깊이로 가슴을 누르면서 분당 100~120회의 속도로 30회 압박한다.
  - 흉부를 압박할 때 환자 가슴에서 손을 떼서는 안 되며, 구조자가 자기 체중을 실어서 강하고 빠르게 압박해야 한다.
  - 인공호흡을 위해 환자의 머리를 젖히고 턱을 올려서 기도를 개방해준다.
  - 손가락으로 환자의 코를 막고 환자의 입에 구조자의 입을 밀착한 다음 1초 동안 숨을 불어넣는다(만약 인공호흡법을 모를 경우 이를 제외하고 흉부압박만 시행한다).
- 제세동기를 사용한다.
  - 환자의 상의를 벗긴 후 패드 하나를 오른쪽 쇄골 아래에, 다른 패드를 왼쪽 겨드랑이 중앙에 부착한다.
  - 제세동기가 환자의 심전도를 분석하는 동안 환자의 몸에서 손을

뗀다.

- 심장충격이 필요한 경우 음성과 함께 심장충격기가 스스로 충전 한다. 그후 "심장충격 버튼을 누르세요"하는 음성이 나오면 모든 이가 환자에게 손을 뗀 채 심장충격 버튼을 누른다.

심정지가 일어나면 체내 산소 공급이 중단되면서 뇌손상이 일어난다. 3~5분 정도만 뇌에 산소 공급이 중단되어도 치명적인 뇌손상을 입을 수 있다. 그래서 심정지가 발생했을 때 전기 충격과 심장마사지를 통한 심폐소생술이 중요하다.

2007년 스페인의 축구 스타 안토니오 푸에트라는 경기 직후 심장마비로 사망했다. 경기 도중에 쓰러졌다가 의식을 되찾고 걸어 나갔으나 라커룸에서 다시 한번 쓰러졌다. 그는 병원으로 이송되면서 CPR을 받았지만 상태가 악화되면서 중환자실에서 결국 숨을 거두었다. 향년 22세, 너무나 아까운 나이였다. 우심실 이형증으로 인해 우심실 근육이 비정상적으로 변형되어 심장 수축에 문제가 생겼고, 이로 인해 심정지가 발생한 것이다.

2011년 제주 유나이티드 공격수 신영록 선수가 대구 FC와의 경기 중 의식을 잃고 쓰러졌다. 신속한 기도 확보와 환자 이송으로 골든타임을 살린 덕분에 소중한 생명을 지킬 수 있었다. 병원으로 옮겨진 신 선수는 정밀검사 결과 부정맥에 의한 심장마비 판정을 받았다. 그는 재활치료를 받으면서 축구팬들에게 조금씩 모습을 드러내고 있다. 신 선수 사례 이후 K리그는 구급차, 제세동기, 의료진을 대기시키고 경기를 진행하게 되었다.

콩고민주공화국 출신 잉글랜드 국적의 미드필더 파브리스 무암바는 2012년 잉글랜드 FA컵 경기 도중 부정맥으로 쓰러진 후 선수생활에서 은퇴했다. 무암바는 우리나라 이청용 선수와 같이 볼턴 구단에 속한 동료이기도 했다. 무암바처럼 부정맥 판정 이후 결국 선수생활에서 은퇴한 선수로 유벤투스의 사미 케디라가 있다. 2019년 케디라는 급성 부정맥 진단을 받고 수술을 받았다. 이후 선수 생활을 이어갈 수 있다는 판단에 따라 현역으로 복귀했다가 2021년에 은퇴했다. 네덜란드 국가대표 달레이 블린트는 2019년 심장근육 염증 진단을 받고 ICD 삽입술을 받고 현역에서 활동 중이다. 그 역시 에릭센에게 회복과 복귀를 기원하는 응원의 메시지를 보냈다.

2021년 12월 15일 스페인 FC바르셀로나 공격수 세르히오 아구에로는 선수 생활 은퇴를 발표했다. 그는 바르셀로나의 캄프 누Camp Nou에서 열린 알라베스와의 2021~2022시즌 스페인 프리메라리가 11라운드에서 전반 38분경 갑작스러운 호흡곤란을 호소했다. 병원으로 이동한 그는 부정맥 진단을 받았다. 의료진은 그에게 축구를 그만두어야 한다고 권했다. 아르헨티나를 대표하는 최고의 스트라이커로 꼽혔던 선수가 33세의 젊은 나이에 사랑하는 축구를 그만두게 된 것이다. 눈물을 흘리며 은퇴를 발표하는 그의 모습에 마음이 아팠다.

전 세계적으로 많은 축구선수들이 부정맥을 일으키는 이유는 무엇일까. 선수들의 병명을 살펴보면 선천적으로 심장의 구조나 기능에 이상이 있는 경우, 선천적 문제 없이 후천적으로 발생한 경우로 나뉜다. 전자는 불가항력이겠으나 후자라면 원인을 따져봐야 한다. 가장 많은 원인으로 지목되는 게 선수들의 과도한 경기 출전이다. 선수들이 경기를 소화하느라 심장이 스트레스와 무리한 자극을 받아서 비대해지는 것이다. 합리적으로 의심할 만한 원인으로 보인다.

축구는 전 세계적인 인기 스포츠이고, 특히 유럽 리그의 인기는 굉장히 높다. 그래서 리그들마다 경기 수를 늘이는 데 골몰하고 있다. 대부분의 유럽 5대 리그가 한 시즌에 38경기, FA컵 대회는 (결승까지 갔을 때) 5~10경기 내외, 챔피언스 리그나 UEFA 리그 등 유럽대회는 15경기 내외로 뛴다. 에릭센은 2020년 6월부터 12개월간 66경기를 치렀다. 손흥민도 2020-2021시즌 토트넘 소속으로만 51경기를 뛰었다(참고 : 스포츠한국, 2021/6/20). 코로나19 팬데믹으로 인해 2020년 세계 주요 리그와 월드컵 예선이 중단되었다가 재개된 것도 선수들의 일정을 한층 가중시키는 데 한몫했다. 축구팬들 사이에서 선수들의 혹사를 염려하는 목소리가 나오고 있다.

축구를 사랑하는 팬들은 자신이 좋아하는 스타가 그라운드에서 뛰는 모습을 보고 싶어 한다. 선수들도 경기를 뛰고 싶어 한다. 그러나 수익을 우선시하며 선수들을 무리하게 뛰게 하면 언제든 불의의 사고가 일어날 수 있다. 선수들의 건강과 합리적인 리그 운영을 위해 지혜로운 조율이 필요하다.

축구 경기에서 헤딩이 사라진다?!

현재 축구 의학계에서 가장 큰 이슈로 떠오르는 것은 '헤딩'이다. 선수들의 건강을 위해 헤딩을 제한해야 한다는 것이다. 헤딩은 그 자체로 뇌에 충격을 줄 수 있고, 헤딩 과정에서 선수들끼리 부딪치거나 땅으로 추락하면서 크게 다칠 수 있다. 전 세계적으로 축구 경기 때 헤딩으로 인한 위험한 순간이 많았다.

2018년 대전에서 열린 K리그 광주 FC와 대전 시티즌의 전반전 경기에서 이승모 선수(포항 스틸러스)가 헤딩하다가 땅으로 머리부터 떨어졌다. 김희곤 주심에 의하면 선수의 의식이 없었고 호흡이 없었으며 몸에 강직이 왔던 위급한 상황이었다. 주심은 재빠르게 경기를 중단시키고 팀닥터를 불렀으며, 선수가 목부터 떨어진 걸 알았기에 조심스럽게 목과 머리를 젖혀 선수의 기도를 확보했다. 팀닥터는 CPR을 실시해 의식과 호흡을 되살렸고 선수에게 "여기가 어디냐" "누구랑 경기했냐" 등을 물으며 의식을 확인했다.

선수는 구급차로 옮겨져 병원으로 이송됐는데, 병원에서 정밀 검사를 받은 결과 경추(목뼈)에 실금이 간 것이 확인되었다. 주심과 의료진, 선수들 모두 빠르게 대처한 덕분에 이승모 선수는 적절한 치료를 받고 건강을 회복했다. 김희곤 주심은 2015년에도 제주 FC와 수원 FC의 경기에서 제주 정영총 선수가 같은 팀 선수와 헤딩하다가 부딪쳐서 의식을 잃었을 때도 빠르게 대처해서 선수를 구했다.

2016-2017 스페인 프리메라리가 25라운드에서 페르난도 토레스

선수가 상대팀 선수와 공중볼 경합을 벌이다 서로 머리를 부딪쳐 쓰러졌다. 충돌 즉시 의식을 잃었는데, 양 팀 선수들이 달려와 토레스의 기도를 확보하려고 노력했다. 병원으로 이송된 그는 외상성 뇌손상을 입었다는 진단을 받았다. 영국 프리미어리그 울버햄튼에서 뛰고 있는 황희찬 선수의 팀 동료인 라울 히메네즈 선수도 같은 사례이다. 울버햄튼의 주전 공격수이자 멕시코 대표팀의 핵심적인 공격수인 라울 히메네즈는 2020년 11월 아스날과의 경기에서 상대편 수비수와 헤딩 경합 과정에서 머리가 부딪혀 의식을 잃고 그대로 그라운드에 쓰러졌다. 두개골 골절을 당한 그는 당시 응급으로 뇌 수술을 받고 300여 일간의 긴 재활 기간을 거쳐서야 팀에 복귀할 수 있었다. 지금도 사고 당시 상황을 기억하지 못하고 있다.

세 경우 모두 선수들은 외상성 뇌 손상Traumatic Brain Injury을 입었다. 머리에 충격이 가해져 두뇌 손상을 입은 것이다. 손상 위치와 정도에 따라서 신체적·인지적·정신적 기능 손상이 나타날 수 있다. 두뇌에 외상을 입어 일시적으로 기억이 소실된 것을 뇌진탕腦震蕩, Concussion of the Brain이라고 한다. 운동경기 중 발생하는 뇌진탕을 '스포츠 뇌진탕SRC : Sports Related Concussion'이라고도 부른다. 미국에서만 연간 약 38만 건이 발생하는데, 선수들 간 격렬한 몸싸움이 많은 미식축구와 축구, 럭비, 하키 경기 때 자주 일어난다.

선수들이 운동장에서 쓰러지는 것은 대개 두 가지 이유다. 하나는 에릭센의 경우처럼 심정지인 경우, 두 번째는 위 선수들처럼 두뇌가 외부 충격을 받아서 뇌진탕을 일으킨 경우다. 심정지는 특별한 충격이나 부딪침 없이 발생한다. 선수가 아무런 접촉 없이 픽 쓰러지면 심정지로 본다. 반면에 뇌진탕은 명백한 충격이 있어서 발생한다.

심정지와 뇌진탕은 발생 원인이 다르므로 응급처치가 다르다. 선수들과 심판진, 스태프들은 반드시 이 두 개의 차이를 알고 현장에서 대처해야 한다. 경기장에서 숱한 부상이 발생하고 선수들은 이를 지켜보면서도 '나는 아니겠지'라는 생각을 할 수 있다. 안전교육은 지나칠 정도로 강조해도 좋은 분야이다. 계속 주지하고 있어야 유사시에 딱 맞게 대처할 수 있다.

앞서 심정지에 대한 응급처치법을 말했으므로, 여기서는 뇌진탕에 대한 응급처치를 짚어보겠다.

스포츠 뇌진탕 발생 시 응급처치법

- 환자의 의식을 확인한다.
- 의식이 없을 시 즉시 기도를 확보하고 119에 신고한다(만약 출혈이 있다면 옷이나 주변 물건을 활용해 지혈법을 실시한다).
- 2차 부상을 방지하기 위해 안정적인 포지션을 유지하면서 환자의 상태를 살핀다.
- 의식이 있거나 의식이 돌아왔을 때 상체를 일으켜 기댈 수 있게 해주어 안정시킨다(충돌로 쓰러졌다면 절대 움직이지 말고 목에 고정대를 씌워 고정시킨다).
- 혼란 상태를 안정시키기 위해 기본적인 질문을 실시한다.

- 뇌의 이상이 없는지 기능의 안정을 위해 손가락, 발가락 움직이기 등 기초적인 운동상태를 확인한다.
- 정상적인 상태로 회복되지 않을 시 병원의 도움을 받아야 한다.

뇌진탕은 뇌실질腦實質 손상을 입은 건 아니므로 응급처치를 잘 받으면 대개 단시간 내에 의식이 회복된다. 앞서 뇌진탕 사례로 언급한 선수들은 사고를 당한 즉시 적절한 응급처치를 받아서 의식을 회복할 수 있었다. 응급처치로 의식을 회복하더라도 반드시 병원으로 이송해서 뇌CT나 MRI와 같은 정밀진단을 받아야 한다. 의식을 회복하고 몸을 일으켰다고 해서 안심해서는 안 된다.

2014년 브라질 월드컵 D조 2차전 우루과이와 잉글랜드의 경기 후반전에서, 우루과이의 알베로 페레이라 선수가 상대팀 선수를 태클하다가 그의 무릎에 머리를 가격당하면서 의식을 잃었다. 다행히 의료진의 응급처치를 받아서 금세 의식을 회복했고, 우루과이 팀닥터는 선수 교체를 하겠다는 신호를 보냈다. 그러자 페레이라는 펄쩍 펄쩍 뛰면서 경기를 뛰겠다고 고집했다. 팀닥터를 비롯해 코칭 스태프가 만류해도 아무 소용이 없었다. 결국 그는 경기를 모두 소화했다.

이 일은 팀닥터들 교육 때 많이 거론되는 사례 중 하나이다. 당시 이 일을 보도한 언론이 많이 썼던 단어는 '투혼'이었다. 그의 불굴의 의지에 감동받은 우루과이 선수들이 죽자 사자 뛰기 시작했고 우루과이가 2:1로 승리를 거두었다는 것이다. 언론의 말이 사실일 수도 있다. 페레이라가 뇌진탕을 당하고도 경기를 뛰는데 누가 자극받지 않겠는가. 하지만 이는 선수의 안전을 위해서 절대 있어서는 안 될 일이다. 당시 경기를 중계했던 KBS 중계방송에서 이용수 해설위원은 선수를 뛰게 하면 안 되고 교체해야 한다며 우려했다.

선수는 의료진보다 의학적 지식이 부족하다. 자신이 어떤 몸 상태인지를 다 알지 못한다. 그래서 사고가 발생하면 의료진의 의견을 듣는 게 필요하다. 페레이라는 그렇게 하지 않았다. 이후 건강에 별 탈이 없었기에 망정이지, 만약 이상이 있었다면 그는 평생 후회했을 것이다. 경기 결과만 보고 페레이라가 옳았다고 하는 건 너무나 위험한 생각이다.

이 일로 애꿎은 우루과이 팀닥터가 자격을 박탈당했다. 국제축구선수협회FIFPro는 경기 중에 선수가 뇌진탕을 당하면 진단을 받는 동안만이라도 일시적으로 교체될 수 있도록 규정을 재검토하라고 요청했다. 심판이 의료진의 소견을 받아들여 뇌진탕을 입은 선수를 뛰지 못하게 할 수 있도록 규정을 만들자는 것이다. 선수의 부상에 대해 누군가의 주관적인 판단이 아니라, 의학적 지식에 기반해 결정할 수 있는 토대가 마련되었으면 하는 바람이다.

선수들의 머리 부상, 특히 헤딩으로 인한 부상이 많아지면서 1996년 무렵부터 이에 대한 연구가 진행되어 왔다. 영국 리버풀 호프대학 연구팀은 18~21세 아마추어 선수들을 세 그룹으로 나눈 다음 A그룹은 가장 단단한 공으로 헤딩하게 하고, B그룹은 덜 단단한 공으로 헤딩하게 하였으며, C그룹은 허공을 향해 헤딩을 하는 흉내를 내도록 했다. 이 동작을 20회 한 후 선수들을 상대로 인지능력 테스트를 진행했는데 A그룹과 B그룹의 80%가 테스트를 통과하지 못했다(「사이언스 앤 메디신 인 풋볼Science and Medicine in Football Journal」 발표). 뇌진탕 징후는 물론 언어와 공간 작업능력이 약 20% 줄어든 것으로 나타났다.

영국 스털링 대학 연구팀은 축구선수들이 코너킥 수준의 속도로 날아오는 공을 20회 헤딩한 후 기억력이 41~67%가량 줄어들었고, 24시간이 지나서야 정상으로 돌아왔다고 발표했다.

사망한 이들의 시신을 해부하는 과정에서 축구선수들이 다른 사람들에 비해 더 많은 외상 후 장애가 발생했다는 사실이 밝혀졌다. 2019년에 세계적인 학술지 「The New England Journal of Medicine」에 '과거 프로 축구선수들 중 신경병성 질환으로 인한 사망률'을 연구한 논문이 수록되었다. 연령이 높을수록 신경병성 질환으로 사망할 확률이 급격하게 증가한다. 젊은 시절에는 축구선수들과 일반인이 별 차이가 없다가 70대부터 차이가 커지고 80대 이후에 사망할 확률이 높아진다는 것이다.

많은 연구 결과들이 헤딩으로 인해 선수들의 뇌질환이 발생할 수 있음을 보여주고 있다. 축구선수들 사이에서도 헤딩의 문제점을 지적하는 사람들이 늘어간다. 아일랜드의 케빈 도일 선수는 2017년 전격적으로 은퇴를 발표했다. 헤딩을 하면 반복적으로 두통이 찾아왔는데 그걸 견딜 수 없었던 것이다. 그는 두 번의 뇌진탕 경험도 있었던 터였다. 전문가와 상담을 한 끝에 선수 생활을 그만두게 되었다. 헤딩을 자주 하는 선수들은 뇌진탕 진단을 받지 않아도 두통과 어지러움, 의식 혼란, 이명, 시력 및 청력 장애, 수면장애 등의 증세를 겪을 수 있다.

만 29세에 토트넘 감독 대행을 맡았던 라이언 메이슨은 선수 시절 두개골 골절 부상을 입고 은퇴했다. 그는 2018년 1월 2016-2017 잉글랜드 프리미어리그EPL 경기에서 첼시 수비수와 몸싸움을 벌이다 상대팀 선수와 충돌해서 쓰러졌다. 두개골 골절로 급히 수술을 받았고, 열심히 재활했으나 다시 그라운드로 돌아오지 못하고 젊은 나이에 은퇴하게 되었다.

잉글랜드 선수 출신 웨인 루니와 제프 허스트는 선수들의 생명 연장을 위해 훈련에서 헤딩을 제한해야 한다는 의견을 밝혔다. 선수들이 치매로 사망하지 않기 위해서는 변화가 필요하다는 것이다.

연구 결과마다 헤딩의 문제가 증명되고 선수들 사이에서 헤딩의 문제를 지적하는 목소리가 커지자, 미국과 영국은 헤딩을 금지하는 조치를 속속 발표했다. 2015년 미국 축구 협회는 10세 미만 유소년 선수들의 헤딩을 전면 금지했다. 11~13세는 하더라도 횟수에 제한을 두었다. 잉글랜드 축구 협회FA는 2020년에 만 11세 이하의 선수들은 훈련 단계부터 헤딩을 할 수 없고, 12~18세까지는 헤딩 훈련을 하되 횟수를 최소화시켰다.

FA의 노 헤딩 룰(No Heading Rule)

- 만 11세 이하 헤딩 전면 금지
- 12세 선수는 한 달에 한 번, 최대 다섯 번까지만 허용
- 13세 선수는 한 주에 한 번 헤딩, 최대 다섯 번까지만 허용
- 14~16세 선수는 한 주에 한 번 헤딩, 최대 열 번까지만 허용
- 17~18세 선수는 가능한 한 헤딩 훈련을 줄일 것

훈련 때 헤딩을 하지 않게 되면 경기 때도 헤딩을 할 수 없게 된다. 헤딩이 서서히 축구 역사의 뒤쪽으로 사라지게 될지도 모른다. 우리나라 유소년 축구계는 아직 헤딩을 금지시키지 않았지만, 노 헤딩 룰이 확산되는 만큼 뒤따르게 될 가능성이 있다.

AFC 차원에서 어떻게 대처해야 하고 우리나라는 어떻게 해야 할까. 이에 대한 고민이 많지만 열심히 공부하고 연구하면서 길을 찾아가려고 한다. 선수들이 오랫동안 행복하게 축구를 할 수 있도록, 더 많은 이슈와 더욱 심도 깊은 논의가 활발하게 이뤄지기를 바란다.

Chapter 9

내가 본 대표팀 선수들

Chapter 9

내가 본 대표팀 선수들

친구는 제2의 자신이다.

-아리스토텔레스

선수들은 늘 TV와 온라인에 등장하고 팬들은 이를 통해 선수들을 본다. 누군가는 경기장에서 만나기도 한다. 경기장과 관중석, 모니터와 경기장, 딱 그 정도만큼의 거리감이 선수들과 대중 사이에 존재한다고 생각한다.

선수들은 자신이 가진 모든 모습을 다 보여줄 수 없고, 팬들도 선수들의 진면목을 발견하는 데 한계가 있다. 그래서 한 번쯤 내가 본 그들의 모습을 가감 없이 담아보고 싶었다. 비록 내가 사람을 보는 안목이 부족하지만 대중이 미처 발견하지 못한 면모를 전할 수 있다면 팬들이 선수들에게 관심과 애정을 갖는 데 도움이 될 거라는 생각에서다.

선수단이라는 이름으로 많은 선수들이 모인다. 이들은 팀을 위해 한 몸으로 움직이지만, 각자의 개성과 생각으로 호흡하고 있다. 그들과 함께하면서 팀이라는 이름으로는 볼 수 없었던 개개인의 면면을 엿볼 수 있었다. 대표팀 선수라는 무게 뒤에 숨겨진, 피와 살이 도는 이들의 모습을 이야기하고자 한다.

미남과 패션피플

팀닥터로 일하면서 선수들을 가까운 거리에서 만나게 되었다. 가상현실이 실제가 된 것처럼 신기했으나 그들이 매우 낯설진 않았다. TV와 온라인 매체를 통해 수시로 그들을 접했으니까. 그런데 실제 첫 만남에서 깜짝 놀랐던 선수가 한 명 있다. 김건희 선수다. 전형적인 호남형으로, 수원삼성에서 인정받는 포워드로 활약 중이다. 2021년 대표팀에 처음 소집된 그와 처음 만났을 때, 보자마자 놀랐다. 너무 잘생겨서. 순전히 내 주관적인 시선임을 전제하고 대표팀 내 미남 원톱은 김건희 선수라 말하고 싶다.

김 선수는 눈에 띄는 외모의 소유자지만 성격은 차분하고 얌전하다. 경기장에서 공격수로서 활약할 때는 강단이 있다. 감독의 요구를 수용해서 구현하기 위한 노력을 많이 한다. 잘생긴 외모라거나 기타 다른 이슈로 화제가 되기보다는 실력으로, 경기력으로 인정받고 싶어 하는 선수다.

선수들은 누구를 최고 미남이라고 생각할까. 없다. 좀 더 정확히 말하면 자기 자신이다. 모두들 자신이 가장 잘 생겼다고 자부하기에 타인의 미남성에 별로 신경 쓰지 않는다.

선수들이 인정하는 미남은 없어도, 누구나 인정하는 패션 피플은 있다. 조현우(울산현대), 황희찬(울버햄튼 원더 러스), 작은 정우영(SC 프라이부르크) 선수 등이다.

조현우 선수는 머리부터 발끝까지 핫이슈이다. 그의 헤어스타일은 대표팀을 통틀어 단연코 돋보인다. 패션은 톡톡 튀지만 초식남, 순정남 스타일이다. 매우 조용하면서 순수하고 착한 성품의 소유자이다. 가족에게 참 잘하고 특히 애처가로 소문나 있다. 조 선수가 아내에 대한 애정을 막 드러내면 선수들의 반응은 어떨까. 그러거나 말거나 딱히 관심이 없다. 같은 소속팀이자 대표팀 큰형인 김태환 선수가 "왜 저래~" 하고 반응을 보이는 정도.

조현우 선수는 경기장에서는 순발력과 판단력이 돋보인다. 센스가 좋고 임기응변에 강해서 선방을 잘한다. 다실점의 우려가 있는 강팀과 맞붙을 때 조 선수의 센스가 두각을 나타낸다.

황희찬 선수는 귀국 때나 선수단 소집 때 늘 화려한 패션 센스를 자랑한다. 대단히 솔직하고 성실하며 의지가 강한 타입이다. 있는 그대로 자기를 보여주는 데 주저함이 없다. 이런 면 때문에 황 선수가 참 매력이 많다고 생각한다. 사실 솔직한 성격은 리스크를 안고 있다. 누군가는 나처럼 이런 점을 사랑하지만, 또 다른 누군가는 부담스러워할 수 있다. 황 선수는 자신을 향한 복잡한 시선들을 충분히 이겨낼 정도로 강인하고 긍정적이다.

개인적으로 황 선수에게는 마음의 빚이 있다. 2020년 오스트리아 원정 때 코로나 확진 판정으로 가장 고생했기 때문이다. 다행히 건강을 완전히 회복했고 소속팀에서 발군의 실력을 발휘하는 중이라 감사할 따름이다. 황 선수는 경기장에서 뛰는 것 자체를 즐거워하고 행복해하다 보니 몸을 사리지 않을 때가 있다. 2021년 12월 브라이튼과의 경기에서 우측 햄스트링에 부상을 입었다. 그는 통증 때문에 스스로 교체를 요청했다. 경기력을 발휘하면서도 본인을 보호하는, 다치지 않는 선에서 플레이하는 것을 배워가면서 프리미어 리그에 잘 적응해가리라 믿는다.

독일에서 뛰는 정우영 선수와는 2020년 3월 일본 원정 경기 때 처음 만났다. 권창훈 선수와 함께 프라이부르크에서 활약했는데, 이제는 혼자 남았다. 정 선수는 미래가 기대되는 대기만성형 타입이다. 여러모로 센스가 뛰어난데 특히 패션에 두각을 나타낸다. 힙하고 스타일리시하다. 특이한 디자인을 즐기면서 당당하게 어필한다. 그런 점은 황희찬 선수와도 유사하다. 자신에게 잘 어울리게, 멋지게 꾸밀 줄 안다. 작은 정우영이 나타나면 선수들의 시선이 쏠리고 "오~ 멋진데!" 하는 감탄이 이어진다. 정 선수의 센스는 경기장에서 뛸 때도 드러난다. 감각적이면서 당당한 플레이를 보여준다.

'태환이형'이란 애칭으로 유명한 김태환 선수(울산현대)의 패션 센스도 빼먹을 수 없다. 그의 패션은 뭐랄까, 최종 보스 같은 느낌이다. 선수단 소집 때마다 다른 선수들의 패션을 발라버린다는 평가를 받고 있다. 2021년 늦가을 소집 때 태환이형 홀로 가을을 독식한 영상이 화제가 되기도 했다. 기회가 된다면 김 선수가 쇼핑갈 때 꼭 한 번

따라가고 싶다.

절제미가 빛나는 외유내강형

선수를 자주 만나다 보면 성격, 성향을 알 수 있다. 감독과 스태프들에게 있어 선수들의 성격, 성향은 관찰 요소 중 하나이다. 좋다, 나쁘다의 차원이 아니라 그 사람의 특징으로서 인식한다. 자신의 성격에 따라 플레이하는 선수가 있고, 정반대로 플레이하는 선수도 있다. 감독은 선수들의 특징을 관찰해서 적재적소에 투입한다. 선수들은 자기 성격에 따라 전략이나 훈련법 등을 다르게 받아들이는데, 내향성인 이들은 좀 더 깊이 있게 생각하고 해석하는 경향이 있다. 현재 우리 대표팀 선수들 중에서 내향적인 성격을 가진 선수들이 꽤 많은 편이다.

대표팀에서 절제미와 외유내강의 일인자는 단연코 권경원(감바 오사카) 선수라고 생각한다. '디에고'라는 별명을 가진 권 선수는 한국보다 외국에서 더 많이 활동했다. 왼발잡이 센터 백으로서 경기 조율 능력이 있는 선수가 많지 않은데, 그가 바로 여기에 해당한다. 이런 희소성 덕분에 어느 팀에 소속되든 중요한 역할을 맡는다. 내성적 성향으로 절대 눈에 띄게 행동하는 법이 없다. 경기장에서의 플레이 역시 튀지 않는다. 그럼에도 요소요소에서 중요 역할을 한다. 조용히 자기 할 일을 다하기 때문에, 있는 듯 없는 듯하지만 막상 없으면 빈

자리가 확 표난다. 그의 가치를 알아보는 팀에서 그를 영입해 귀중한 자원으로 활용해왔다. 2021년 오랜만에 한국에 복귀한 뒤 성남FC의 K리그 1 잔류에 결정적 역할을 하였다. 올해에는 일본 감바 오사카로 소속팀을 옮겼다. 일본에서도 권경원 선수의 성공을 응원한다.

이재성(FSV 마인츠 05)은 사려가 깊고 시야가 참 넓은 선수다. 가치관이 편협하지 않아서 어떤 일이든 다각도로 고민하고 포용하려고 노력한다. 호들갑을 떠는 법이 없이 늘 차분하다. 이런 면모가 감탄스러워 나는 그에게 '대표팀의 칸트'라는 별명을 붙여주었다. 글을 퍽 잘 쓴다. 현재 네이버에서 본인의 축구 이야기를 연재하고 있으며 라이브 방송을 통해서 팬들과도 만나고 있다. 적극적인 소통을 통해 에너지를 얻고 축구를 사랑하는 많은 팬들과 더 깊이 있게 교감하면서 축구 저변을 넓히는 데 기여하는 멋쟁이다. 타인을 이해하고 수용하는 포용력과 상황을 조율하는 능력이 있으며, 필요한 순간에는 자신을 내놓을 줄도 안다. 의미 없는 희생이 아니라 모두를 살리는 희생이다. 한 마디로 소금 같은 존재랄까. 재성 선수와 같은 참모가 있다면 리더는 100% 성공을 거두지 않을까 싶다. 빈틈을 채워주는 콘크리트처럼 팀을 더 탄탄하게 만들어주는 역할을 한다.

대표팀 선수들은 대중의 시선에 늘 노출돼 있고 환호와 비난의 바다를 오간다. 팬들의 마음을 이해해도 사람이기에 멘탈이 흔들릴 때가 있다. 이재성 선수도 그랬던 순간이 있었다. 하지만 어려운 시간들은 그를 더 성장시켜주었다. 좋은 일이든 그렇지 않은 일이든 일희일비하지 않고 묵묵하게 제 할 일을 한다.

강상우 선수(베이징궈안)는 인내심이 탁월하며 팀을 위해 자기희생을 할 줄 안다. 평소에 말투가 조곤조곤하고 차분하고 조용한 성품이지만, 경기장에서는 파이팅이 넘친다. 사실 예의가 너무 발라서 모범생 같은 느낌이었는데 그라운드를 달릴 때의 표정을 보면 누구보다 밝고 에너지가 넘친다. 포항FC에서 공격수로 자리를 잡지 못할 때 감독을 찾아가 수비수로라도 뛰겠다며 의지를 불태웠었다. 수비, 공격, 중앙 어디에서든 팀에서 필요로 하는 역할을 해낼 능력을 갖췄다. 얼마 전에 중국 베이징으로 이적했는데 그곳에서도 재능을 꽃피우리라고 믿는다.

이동경(독일 FC 샬케 04)은 정말 열정으로 가득 찬 선수다. 대단히 열심히 훈련에 참여하고, 여가나 스트레스 해소를 위해 다른 뭔가를 하지 않는다. 머릿속엔 오직 축구뿐인 것 같다. 바깥 활동보다는 집에서 보내는 걸 더 편안해한다는 점에서는 손흥민 선수와 비슷하지 않을까 싶다. 성격이 순수하고 승리만 생각하다 보니 승부욕이 장난이 아니다. 이기기 위해서는 뭐든 하고 싶어한다. 도쿄올림픽 축구 예선전에서 뉴질랜드 대표팀과의 경기가 끝나고 뉴질랜드 공격수의 악수를 거부했을 정도로 패배를 받아들이기 힘들어한다. 경기할 때 상당히 날렵하고 민첩하며 기민하게 움직인다. 승리에의 열망, 적극성, 공격성을 바탕으로 좋은 활약을 보여주고 있다.

이동준 선수(헤르타BSC 베를린)는 축구선수로서 특화된 타입이라고 할 수 있다. 팀의 기대치에 잘 맞춰서 활약한다. 적정선을 유지하며 오버하지 않는 걸 보면 치밀한 계산과 고민이 있음을 알 수 있다. 섬세한 성격에 재주가 많다. 게임을 퍽 좋아하는데 엄청난 위닝 일레븐 실력자다.

백승호 선수(전북현대모터스)는 182cm의 훤칠한 키를 자랑하지만, 어릴 땐 키가 안 커서 고민이었다. 아버지가 연세대학교 체육대학 백일영 교수인데 내게는 선배가 되므로, 그 인연으로 선수가 어린 시절 성장 정도를 진찰했던 적이 있다. 2019년에 처음으로 벤투호에 소집되었다. 당시 경기가 끝나고 선수단이 소집해제될 때 대표팀 경기에 출전했다는 것에 감동해 울음을 터뜨렸는데, 그 모습을 보면서 그가 축구에 깊은 애정을 가지고 있다는 걸 알 수 있었다. 말수가 적고 진중하고 겸손하며 절제하는 타입이다. 스스로에 대한 평가가 엄격하여 일정한 경지에 이르기까지는 자기를 통제하려고 한다. 부모님의 교육과 독일, 스페인에서의 경험이 백 선수를 내재적으로 강하게 만든 것으로 추측된다. 현재 전북현대에서 자기 재능을 꽃피우고 있으며, 2022년 초 두 번의 평가전(아이슬랜드, 몰도바)에서 연속적으로 골을 터뜨리면서 화제에 올랐다.

엄원상 선수(울산현대)는 내향적인 성격의 전형이다. 쑥스러움을 많이 타고, 선수들과 함께 있을 때에도 있는 듯 없는 듯 조용하다. 자신의 존재감을 드러내려고 애쓰지 않는다. 그런데 경기할 때는 딴판이다. 본래 기질을 벗어버리고 에너지를 폭발시킨다. 이집트 출신으로 리버풀의 핵심 공격수인 살라 선수와 유사하다고 대표팀에서는 '엄살라'라고 부르는데 일상에서의 자아와 축구할 때의 자아가 분리되는 타입으로 보인다. 쉽게 가질 수 없는 컨트롤 능력이라 놀라울 때가 많다. 이런 면은 선배인 강상우(베이징궈안) 선수와 닮은꼴이다. 엄 선수는 2021년 12월 K리그 마지막 경기인 인천유나이티드와의 경기 때 종료 직전에 다른 선수에 밀려 넘어져 왼팔이 골절되는 부상을 입었다. 아쉽게도 2022년 1월 경기에 뛰지 못했으나 이후 울산현대로 소속을 바꾸면서 승승장구하고 있다. 앞으로의 활약이 기대되는 선수다.

내향적인 선수들이 드러내는 모습이 여러모로 흥미롭다. 나와 닮은 기질이라 더 그런지도 모르겠다. 언젠가 정식으로 MBTI 검사를 실시해서 선수들의 성향을 알아보고 싶다.

분위기를 띄우는 재간둥이형

선수들 중에 '나만 보자니 참 아깝네.'라는 생각을 하게 하는 타입들이 있다. 말주변과 유머 감각이 탁월하거나, 재주가 많은 선수들이다. 특히 배꼽 이탈을 유발하는 입담꾼들을 보면, 기회가 된다면 꼭 배틀 무대를 마련하고 싶다는 의욕이 불끈불끈 샘솟는다.

박지수 선수(김천상무)는 뛰어난 실력을 가진 수비수이다. 다른 유부남 선수들처럼 사랑꾼인데, 표현을 많이 하는 타입은 아니다. 그런데 그는 대표팀 선수들이 모두 인정하는 코미디언이다. 어휘력이 좋고 상상하기 어려운 언어의 유희를 부린다. 썰렁하게 가라앉은 분위기를 띄우는 데 탁월한 능력이 있다. 단, 그의 유머에는 단서가 있다. 아주 친해져야만 그의 말재간을 경험할 수 있다는 것.

유머 쪽으로 도통 소질이 없는 나로서는 박지수 선수가 정말 부럽다. 선수들끼리 게임을 할 때도 박 선수가 참여하면 재미가 배가된다. 소위 말하는 '드립'의 제왕이다. 한 마디 한 마디에 재치가 넘치는데, 여기에 그의 말재간을 옮길 수 없다는 게 안타까울 따름이다. 박지수 선수의 언어적 센스는 축구 실력에 결코 뒤처지지 않는다.

정승현 선수(김천상무)는 박지수 선수와 쌍벽을 이루는 분위기 메이커이다. 선수들의 기분이 처져 있을 때 아무런 거리낌 없이 다가가 재롱을 부리면서 분위기를 풀어준다. 기분 안 좋은 사람에게 다가가는 게 쉽지 않은데 그런 걸 잘한다. 축구 실력, 성격 모두 좋다. 긍정적이고 발랄하지만 진지한 면이 있다. 그래서 그가 농담을 많이 해도 아무도 가볍게 보지 않는다. 누구에게나 먼저 다가가서 어색함을 없애주고 으쌰으쌰 하면서 분위기를 돋우는 선수단의 감초이다.

홍철 선수(대구FC)는 대표님 내에서 형님 그룹에 속한다. 처음엔 낯을 많이 가려서 다가가기 힘든 타입이지만, 친해지면 적극적으로 거리를 좁힌다. 나와 친해지게 된 계기는 도핑 테스트 때 이야기를 나누게 되면서다. 친해지고 나니까 애교나 애정 표현이 많다. 함께 있는 자리에서 내가 할 일이 많아서 미처 시선을 못 마주치면 "박사님~"하고 툭 치고 인사를 건넨다. 서글서글한 성격이라 다른 선수들과도 잘 지낸다. 이제는 대표팀 내에 동생이 더 많아졌지만 아마도 형들이 엄청 좋아했을 것 같다. 2022년 울산을 떠나 대구로 이적했는데 '대구 오면 연락주세요!'라는 문자에 하트 이모티콘을 함께 보내주어 그걸 보고 내 심장이 심쿵했다는 사실.

송민규 선수(전북현대모터스)는 2021 도쿄올림픽 대표팀 시절부터 알고 지냈다. 처음 만났을 때부터 상당히 뛰어나다고 생각했다. 수줍음을 많이 타고 내성적이며 착하다. 그러면서도 활발한 면모가 있고 센스와 재능이 있으며 사교성까지 겸비해, 향후 스타성이 있다고 생각하는 선수들 중 하나다. 경기의 흐름을 바꾸고 지배하려는 스타일이다. 아직 어리지만 나중에 성장하면 선수들 간 결합, 화합의 역할을 톡톡히 할 수 있을 것으로 기대된다. 선배 선수들에게 잘 다가가고 뭐든지 배우려 하고 겸손한 선수이다. 그러면서도 제 할 일을 다 하는 실속파이다. 생활 지능이 뛰어나다. 2022년 3월 UAE에서 열린 월드컵 최종예선 마지막 경기를 앞두고 시행한 훈련에서 부상을 당해서 너무 고통스러워했는데 어려운 재활을 무사히 마치고 다시 경기장에서 멋진 모습을 보여주고 있다.

김진수 선수(전북현대모터스)도 장난 아니게 수다쟁이이다. 마음에 맞는 이와의 수다를 좋아한다. 한번은 훈련장에서 쪼그려 앉아서 김 선수와 얘기를 시작했다가 다리에 쥐가 날 뻔했다. 대화를 시작하면 웬만해서는 멈추지 않는다. 그와 대화를 나누고 싶다면 편안한 자세를 확보하는 게 먼저이다. 누구에게나 자신의 의견을 떳떳이 말할 수 있는 자신감을 가졌으면서도 해외 생활을 많이 해서 그런지 성숙하고 타인을 배려할 줄 안다. 한마디로 말해서 축구계의 '교회 오빠'

이다. 내 생각에 김진수 선수를 무인도에 던져놓는다 해도 절대 밥은 안 굶을 것 같다.

김 선수는 부상 때문에 두 번의 월드컵 직전에 대표팀에서 낙마한 아픔을 가지고 있다. 우리나라 최고의 풀백인데 월드컵에 나가지 못한 것이다. 이런 경험으로 인해 몸 건강을 각별히 챙긴다. 진솔하고 지혜로우며 미래도 착실하게 준비하고 있다. 그와 대화할 때 주요 이슈는 경제 영역이다. 단순한 재테크 차원이 아니라 좀 더 큰 계획을 세우고 있다.

재간둥이형 선수들이 모여서 배틀을 한다면 재미있을 것 같다. 누군가가 수다를 떤다고 해서 시끄럽다고 타박하는 선수들은 없다. 다들 그 분위기를 즐긴다.

○ 솔직담백한 상남자형

남성적이고 거친 외모, 터프한 말투와 행동. 얼핏 다가가기 어렵다. 하지만 시원시원하고 속내를 숨기지 않고 진솔하기에 더 편하게 대할 수 있는 타입이다. 남자라면 누구나 이런 상남자로서의 로망이 있지 않을까 싶다. 대표팀에서 상남자의 매력을 아낌없이 뿜어내는 선수들이 있다.

김태환 선수(울산현대)는 '태환이형'이라는 별명으로 유명하다. 그처럼 형이라는 호칭이 잘 어울리는 사람이 또 있을까. 남들처럼 평범하게 운동복을 입고 훈련장에 앉아 있어도, '브금BGM:Background Music' 만 잘 깔면 형님 영화의 한 장면 부럽지 않다. 준수한 외모에 상남자 스타일의 표본이다. 웃을 땐 세상 순해 보이지만, 분위기를 잡으면 엄하고 무섭다. 규율을 중시하고 예의 바른 사람을 좋아한다. 예의를 강조하는 만큼 본인 역시 예의가 바르고 매사에 각을 확실히 잡은 모습을 후배들에게 보여 준다. 자존감이 높고 뒤끝이 없으며 시원시원하다. 남자라면 태환이형을 보라!

이기제(수원삼성) 또한 준수한 외모에 건강한 자존감을 가진 선수다. 다소 늦은 나이에 대표팀에 발탁되었으나 왼발 윙백으로서 체력이 상당히 좋고 파이팅이 넘쳐서 벤투 감독이 오랫동안 눈여겨본 선수들 중 하나이다. 프리킥을 잘 차서 세트피스에서의 강점이 돋보이는 선수다. 다른 선수들도 그렇지만 이 선수 역시 개인 성적보다 팀 성적을 먼저 생각한다. 대표팀에서 더 자주 보고 싶다.

김민재 선수(페네르바체 SK)는 내가 사랑하는 '깡패'이다. 연세대학교 재학 시절 때부터 특이해서 내 멘토인 윤영설 교수는 대학연맹전에서 상대팀을 압도하는 김 선수를 보고 "진짜 대박이다."라고 했을 정도. 누구와 붙어도 밀리지 않는 피지컬과 파워, 스피드 등으로 우리나라에서 나올 수 없는 선수라는 평가를 받고 있다.

선수들은 저마다 자기 성격이 있고, 경기장에서 그것이 고스란히 드러나는 경우와 정반대인 경우로 나뉜다. 김 선수는 전자의 경우다. 성격 그대로 경기장에서 뛴다. 뒤돌아보지 않고 앞을 본다. 매사 당당하고 자신감이 넘친다. 김민재 선수의 성격은 경기에서 좋은 영향을 주고 있다고 생각한다. 한국 수비수가 유럽 선수들하고 소위 맞짱을 뜨면서 압도하는 모습은 많은 축구팬들에게 희열을 안겨주었다.

누구를 대하든 자신감이 넘치지만 선배들에게 예의를 갖춘다. '통곡의 벽'이라는 무시무시한 별명과 달리 친한 사람들에게 친근감과 애교를 곧잘 드러낸다. 언어표현도 직설적인데, 그게 더 재미있게 느껴지는 타입이다. 뭔가 감추는 게 없고 순수하게 마음먹은 그대로 행동한다.

원두재 선수(울산현대)는 나이는 어리지만 경기장에서 리더 역할을 하는 선수다. 경기를 뛸 때 시야가 넓고 에너지가 주체하기 어려울 정도로 넘친다. 수비형 미드필더로서 상승세를 타는 중이다. 필요한 경우에는 최종 수비수도 할 수 있는 재원이다. 2022년 초 대표팀에 소집됐으나 어깨 부상으로 최근에는 대표팀에 합류하지 못했다. 앞으로 가능성이 무궁무진한 선수다.

조규성 선수(김천상무)는 현재 군인 신분으로 '대한민국 건아'라는 각이 딱 잡혀 있다. 경기력 향상에 욕심이 많다. 어떤 일을 함에 있어 그냥 즐기는 타입과 목표 추구형이 있다면, 규성 선수는 후자이다. 나름의 목표를 정해두고 부단히 노력한다. 선수로서 자신이 갈 길을 분명히 정해두고 노력하는 모습이 멋져 보인다. 선후배들에게 골고루 잘하고 잘 지낸다.

조규성 선수는 월드컵 최종예선 5(UAE전), 6차전(이라크전)부터 황의조 선수의 공백을 메우는 데 크게 기여하였다. 이후에도 꾸준히 선발되면서 손흥민, 황인범, 황희찬 선수 등 다른 공격수들과의 케미를 잘 이뤘고 공격 타이밍을 잘 만들어냈다. 자신도 골을 넣을 수 있으나 상대편 수비수들을 끌고 다니면서 다른 선수들이 공격할 수 있는 찬스를 만드는 재능도 있어 팀플레이에 최적화되어 있다. 움직임이 넓고 압박이 뛰어나다. 벤투호에 새로운 기운을 왕창 불어넣어 줄 거라고 믿는다.

○ 경험과 지혜를 보유한 실속파

운동선수들은 운동만 해서 다른 건 잘 모른다는 건 옛말이다. 꾸준히 책을 읽거나 사색을 즐기는 선수들, 생활 지능이 뛰어난 선수들이 많다. 특히 현역 생활 이후 경제적 독립이 가능할 수 있도록 고민하고 그에 대한 준비를 착실하게 한 선수들이 꽤 된다. 어린 시절 어렵게 살았던 경험이 있는 경우 경제관념이 남들보다 훨씬 확고하다. 알뜰하게 모아서 자기 미래를 대비할 뿐 아니라 사회적으로 가치 있게 쓰려고 노력한다. 이런 마음을 가진 선수들끼리 상의하여 조용한 기부를 이어간다.

카타르의 정우영 선수(알사드SC)는 해외에서 오랫동안 활동해 왔다. 명장 사비 에르난데스에게 몇 년간 배웠고 일본에서도 훌륭한 선수들과 함께 뛰었다. 풍부한 현장 경험과 지식이 맞물려 지혜가 생긴 케이스이다. 여러 면에서 사려가 깊고 할 말과 안 할 말을 가려서 할 줄 안다. 자기주장이 또렷하면서도 예의를 잘 갖춘다. 기본에 충실한 사회인의 전형이라고 볼 수 있다.

정 선수는 다양한 무대에서 여러 선수들의 경기를 지켜봤던 경험을 지혜롭게 활용하고 있다. 습득 능력이 좋고, 눈앞의 지식을 자신의 것으로 내재화하는 데 뛰어나다. 앞으로 벤투호에서 가장 중요한 수비형 미드필더로 활약할 것으로 기대된다. 과거 기성용 선수처럼 여러 선수들에게 패스를 뿌려주는 역할을 할 것이다.

김영권 선수(울산현대)는 대표팀 수비의 핵이라 할 만한 선수이다. 큰 정우영 선수처럼 해외에서 오랫동안 활동했으며, 2021년 12월부터 K리그에서 활약하고 있다. 수비수로서는 드물게 왼발잡이로, 영리한 플레이를 구사한다. 세 아이의 아빠로서 책임감이 강하고 축구 선수 이후의 삶에 대한 준비를 이미 다 해놓았다. 다른 기혼 선수들과 마찬가지로 가족을 잘 챙긴다. 외국에서 생활하는 해외파 선수들은 가족과 지내는 시간이 많아서 관계가 좋으며, 가족을 통해 에너지를 많이 얻는다.

김승규(가시와 레이솔)는 우리나라 골키퍼의 엘리트 계보를 잇는 선수이다. 안정적이고 치밀한 방어력을 보여준다. 김 선수의 요즘 관심사는 결혼이다. 결혼 적령기에 이른 건실한 총각으로서 미래에 대한 준비를 이미 착실하게 해놓았다. 돈을 많이 벌어도 잘 관리하지 못해 어려움을 겪는 사람들이 있는 반면에 누군가는 미래를 준비하면서 매일 성실하게 살아간다. 김 선수는 후자 쪽이다. 외모는 남자다우나 섬세하고 사람을 가린다. 언젠가 내가 꼭 소개팅을 해주리라.

남태희 선수(알 두하일SC)는 실속파의 끝판왕이다. 유소년 시절부터 엘리트 코스를 밟았다. 데뷔를 프랑스에서 했고 중동에서 10년 이상 활동하고 있다. 개인 성적이나 우승 경력이 리오넬 메시와 비슷하여 '중동 메시'라는 별명으로 불린다. 나와의 인연은 2012년 런던 올림픽 때 편도선염으로 입원해서 치료받은 것이다. 자기관리에 철저하고 맺고 끊는 게 분명한 타입이다. 쓸데없는 일을 절대 하지 않고 해야 할 일을 묵묵히 하는 전형적인 실속파이다. 많은 부와 명예를 누리고 있으나 거만하지 않고 소탈하다. 남 선수 역시 축구선수 이후의 삶을 착실히 준비하는 중이다.

손준호(산둥 타이산FC)는 내가 좋아하는 선수 중 한 명이다. 중원을 헤집으며 다니는 플레이가 내 스타일이라 감히 그의 찐팬이라고 자부한다. 손 선수는 전북현대에서 엄청난 역할을 하여 2020년 K리그 MVP를 차지했고, 중국에서도 좋은 활약을 보여주고 있다. 오스트리아에서 치료실에 온 손준호 선수를 보고 도대체 어떻게 그렇게 잘 뛰냐고 물어봤을 정도이다. 활동반경이 넓은 걸 선호하는 감독들에게 최적의 플레이어이다. 성격이 호쾌하고 활달하며 실속이 있다. 건강관리부터 시작해서 게임, 재테크까지 두루두루 관심사가 많은 편이다. 손준호 선수의 가치는 중국에서 우승을 한 것으로 이미 입증되었다고 생각한다.

황의조 선수(FC 지롱댕 드 보르도)는 대표팀의 대표 공격수로 성남 일화, 감바 오사카를 거쳐서 프랑스에서 뛴다. 골 결정력이 좋아서 소속팀에서도 원톱으로 활약 중이다. 2018년 아시안게임 때부터 친해져서 어찌 보면 A 대표팀 선수 중에 가장 오랜 시간을 함께했다. 시간이 갈수록 성장세를 보여주고 있어서 이제는 완성형 스트라이커라고 봐야 하지 않을까 싶다. 내가 본 황 선수는 매우 섬세하고 예민하며 부드러운 면이 있어서 다른 사람들과 함께 일상생활을 할 때는 잘 도드라져 보이지 않는다. 그러나 경기장에서는 야수와 같은 모습으로 골을 갈구한다. 자존감이 강하면서도 배려심이 남달라 타인 앞에서 자신을 낮출 줄 안다. 전반적으로 똑똑하고 영리한 면모가 있어서 축구 지능이 남다르다고 느꼈다. 프랑스 리그에서 한국인 공격수의 진가를 보여주는 자랑스러운 대한의 건아다.

나상호 선수(FC서울)는 더도 덜도 아닌 딱 상호 그 자체다. 무슨 뜻인가 하면 남들이 보는 그대로인 사람이다. 투명하고 순박하다. 있는 그대로의 자기 실력을 정확하게 보여준다. 부풀리거나 있어 보이는 척을 하지 않는다. 안정감을 추구해서 자기가 원하는 환경이 만들어지면 행복해하고 불만 없이 살 수 있는 타입이다.

미국에서 활동하다가 최근 전북으로 복귀한 김문환 선수(전북현대모터스)도 나상호 선수와 같은 타입이다. 최근 복귀한 뒤 소속팀에서 좋은 경기력을 보여주어 팀의 확고한 신뢰를 받고 있다. 이 두 선수는 앞으로 10년간 한국 축구의 경쟁력을 높여줄 수 있는 선수라고 생각한다.

○ 타인을 배려하는 밀알형

이용(전북현대모터스)은 대표팀의 최고령 선수이다. 또렷한 이목구비의 미남형에 놀라울 정도로 착한 성품의 소유자이다. 외모만 보면 상남자 타입인데, 생각보다 섬세한 감성이 있다. 상남자의 선두 주자인 김태환 선수와 극과 극 타입이랄까. 상남자와 섬세미라 묘한 케미가 있다.

이용 선수는 대선배답게 후배 선수들을 잘 이끌어준다. 일부러 오버하거나 자기 행위를 드러내려고 노력하지 않는다. 조용하고 은근하게 후배들을 챙긴다. 선수들 간의 분위기가 한쪽으로 치우치지 않고 균형이 잡힐 수 있도록 기여한다. 대선배가 이런 역할을 해주니 대표팀 선수들 간의 융합이 잘 이뤄진다. 후배 선수들 중 이재성 선수와 황인범 선수가 이용 선수와 닮은꼴이다.

주세종(감바 오사카) 선수는 비교적 늦은 나이에 해외로 진출했으며, 일본에서 좋은 활약을 펼치고 있다. 패스 성공률이 높다는 장점을 가지고 있다. 차분하고 얌전한 성격에 전형적인 살림꾼 타입이다. 나서지 않고 뒤에서 조율하고 빈틈을 메워주는 역할을 한다는 점에서 이용 선수와 비슷하다. 티 나지 않게, 은근하게 움직인다.

권창훈 선수(김천상무)는 수원삼성에서 뛰다가 프랑스, 독일에서 활동했고 다시 한국에서 활동하고 있다. 자신의 풍부한 경험을 아낌없이 공유하는 타입이다. 경험이 있어도 누군가에게 얘기하기를 부끄러워하는 사람들이 있는데, 권 선수는 자신이 누군가에게 받은 만큼 베풀고 나눈다. 그런 모습이 참 보기 좋다.

권 선수는 몸 관리에 철저한 편이다. 부상으로 어려움을 겪은 경험 때문에 신경 써서 몸 관리를 한다. 결정적인 순간에 부상에 발목을 잡힌 적이 있는데 2018년 러시아 월드컵 때도 부상 때문에 소집이 불발됐다. 마인드 컨트롤을 잘해서 플레이가 위축되는 등의 영향을 받지는 않는다. 2022년 초 두 번의 평가전과 최종 예선 8차 시리아전에서 잇따라 골을 넣으면서 팬들을 열광케 했다. 부드럽고 순한 인상에 어울리는 '빵창훈'이라는 별명이 있다. 그냥 옆에 있으면 웃음이 나고 왠지 잘해주고 싶은 선수다. 앞으로 월드컵에서의 활약뿐 아니라 국제무대에서 진가를 보여줄 거라 확신한다.

구성윤(김천상무) 선수는 권경원 선수처럼 내성적이고, 자기 생각을 잘 표현하지 않는 타입이다. 자기관리가 철저하다. 구 선수처럼 외국에서 경기를 많이 뛴 선수들은 자기관리가 한층 엄격한 편이다. 구단에서 자신을 대우하는 만큼 자기 역할을 다하려고 노력한다. 그래야 만만치 않은 타국 생활을 잘 버틸 수 있기 때문이다.

예의가 참 바르다는 게 강점이다. 도움을 받으면 최선을 다해, 오랫동안 감사의 마음을 전한다. 선수들에 대한 배려가 탁월하여 누군가가 힘들어할 때 기꺼이 도와준다. 궂은일을 마다하는 법이 없다. 조용하고 묵묵하게 서포트해준다. 인간관계의 원리에 충실한, 좋은 사람이다. 내가 흥미롭게 본 점은 구 선수가 내성적임에도 위트와 센스가 돋보이는 말을 잘한다는 것이다. 조용히 침묵을 지키다가 던지는 한마디가 촌철살인이다. 말 표현이 재밌어서 구 선수가 말하면, 김태환 선수가 옆에서 흐뭇한 미소로 답해준다.

황인범 선수(FC서울)는 속이 깊은 타입이다. 빨리 유명세를 타진 않았으나, 스카우터들에게는 진작부터 가능성을 주목받았다. 축구인이라면 누구나 그의 가치와 재능을 인정한다. 2018년 아시안게임에서 그가 플레이하는 모습을 보고 '마에스트로' 같다는 생각이 들었다. 협회 관계자로부터 '대성할 선수'라는 이야기를 들었던 기억이 있는데, 실제로 벤투호의 황태자로서 중책을 맡고 있다. 진솔하고 선한 성품에 합리성을 추구한다. 누구나 이해할 수 있는 규율을 만들고 먼저 솔선수범하는 타입이다. 그가 만약 훗날 주장이 된다면 기존의 대표팀 주장들과 또 다른 모습을 보여줄 수 있을 것 같다.

황 선수의 대표적 특징은 책을 많이 읽는다는 것이다. 인문학, 문학, 자기계발 등등 분야를 가리지 않는 잡식성이다. 대표팀 소집 때 보면 어딜 가나 책을 들고 다닌다. 풍부한 독서량만큼 폭넓은 지식수준을 자랑한다. 한 마디로 똑똑하다. 어른들이 좋아하는 타입이다. 러시아 FC루빈 카잔에서 활약 중이었는데, 러시아의 우크라이나 침공 이후 한시적으로 FC서울로 복귀했다. FC서울에서 황인범 선수가 어떤 경기를 보여줄지 기대가 된다.

송범근 선수(전북현대모터스)는 네 명의 대표팀 골키퍼 중 막내인데, 실력은 수준급이다. 벤투 감독은 2020년 오스트리아 원정 때 선수들 코로나 확진 사태를 겪은 후 항상 네 명의 골키퍼를 소집하고 있다.

기라성 같은 선배들이 포진해 있는 만큼 송 선수는 형들의 말을 잘 따른다. 예의를 잘 지키고 얌전한 타입이다. 골키퍼 후보선수는 다른 후보 선수들보다 출전 기회를 얻기가 더 어렵다. 그럼에도 그걸 감수하고 소집에 참여한다. 대표팀을 위해, 자기 스스로의 성장을 위해 기꺼이 무대 뒤의 역할을 담당한다. 밀알 같은 선수이다.

주전, 비주전 모두 빛나는 별이다

대표팀 선수들은 훈련 등으로 함께 지내는 시간이 많다. 기질적으로 비슷한 선수들끼리 친하지만, 전체적으로 잘 어울리는 편이다. 가장 형님들이 팀 내 분위기를 잘 조율하고, 손흥민 선수가 주장 역할을 하며 후배 선수들도 챙긴다. 후배 선수들은 선배 선수들을 진심으로 존중한다.

만약 선수단 내에서 다툼이 있다고 가정해보자. 지금까지 선수들끼리 마찰이 없었기에 상상력을 동원해야 한다. 어떤 그림이 펼쳐질까. 선수 A와 B가 다퉈서 서먹해졌다면 박지수나 정승현 선수가 분위기를 띄워보려고 할 것이다. 그러다가 잘 안되면 김승규, 김영권, 김태환, 이용, 큰 정우영 같은 고참 선수에게 도움을 청할 것이고, 주장인 손흥민 선수에게도 SOS를 칠 것이다. 그러면 고참을 중심으로 형님 선수들의 중재가 이뤄질 것이다. 이런 상상이 어색하지 않을 만큼 대표팀 선수들은 나이대별로 하모니가 잘 맞는다. 그래서 경기 때 시너지를 기대할 수 있다.

이렇게 칭찬 일색의 이야기를 늘어놓았으니, 혹자는 대표팀 선수들끼리도 경쟁을 하는데 그렇게 사이가 좋을 리 있겠나 하는 의심을 할 수 있을 법하다. 맞다. 대표팀 안에서도 치열한 경쟁이 이뤄진다. 그걸 부정할 수는 없다. 그러나 축구가 본질적으로 팀플레이이기 때문에 그 본질을 훼손할 정도로 타인을 경쟁자로 바라보지 않는다. 오로지 경쟁만이 살아 있으면 그 팀은 유지되지 못한다. 유벤투스에서 뛰던 호날두가 비난을 받았던 것도 자신이 골을 넣고자 하는 욕심이 컸기 때문이다. 그런 선수들이 많아지면 팀 분위기가 망가지고 승리의 기회가 사라진다. 다행히 우리 대표팀에서 이런 욕심쟁이는 보이지 않는다.

내가 주전이 되고 공을 넣어야겠다가 아니라, 우리 팀이 승리하는 게 목적이 되어야 한다. 자신이 공을 넣을 수 있어도 그 순간에 꼭 맞는 적임자를 찾아 패스하면서 기회를 양보할 수 있어야 한다. 이러한 축구의 본질을 잘 이해하는 선수가 슈퍼스타가 된다.

누군가가 골을 넣는 것은 그 선수에게 패스하고 상대팀 사이를 침투하며 공간을 만들어주는 다른 선수들이 있기에 가능한 것이다. 그래서 골을 넣은 선수에게 스포트라이트가 쏟아지더라도 경기를 뛰었던 모든 선수들, 벤치에 앉아서 가슴 졸이면서 경기를 지켜보는 선수들도 동일한 박수를 받아야 한다.

최종 예선 때 선발로 뛰지 않는 선수들과 뒤편에 앉아서 경기를 지켜본 적이 있다. 피치에 올라갈 수 있는 인원이 제한돼 있고 코로나 문제도 있어서 선수들과 다수의 스태프들은 벤치 뒤 관중석에 앉는 경우가 생긴다. 선수들과 함께 앉아서 같은 시간을 보내니 그들의 마음이 느껴졌다. 언제 내 이름이 불리게 될까. 긴장감이 한 가득이다. 축구 경기에서 교체 카드는 다섯 장이니까 일곱 명 정도가 경기 중에 이름이 불리고 훈련을 받는다. 한 사람씩 호명될 때마다 선수들의 긴장감이 높아지는 걸 느낄 수 있다.

팽팽하게 유지됐던 긴장감은 다섯 장의 교체 카드가 다 끝날 때쯤에 풀어진다. 분위기가 발밑으로 가라앉는다. 90분 내내 긴장과 기대를 그러안고 있던 선수들은 가슴 속으로 훅 파고드는 허탈감과 실망감을 상대해야 한다. 감독과 코칭 스태프는 선수들의 이런 마음을 인지하고 있어서 경기 후 면담시간을 갖는다. 왜 이번에 투입되지 못했는지, 앞으로 어떤 역할을 기대하고 있는지 상세히 설명하고 미안한 마음을 전한다.

대표팀에 뽑히는 건 선수들에게 큰 영광이고 자랑이다. 그러나 모두가 주전이 될 수 없고 스포트라이트는 특정한 몇 명을 따라다닌다. 대표팀에 소집된 모든 선수들이 이 사실을 잘 이해하면서 각자 자기 위치에서 묵묵히 최선을 다하고 있다. 누군가를 받쳐주기도 하고, 밀어주기도 하면서 하나의 팀을 만들어간다. 나는 대표팀이 보여주는 이런 하모니가 때때로 눈물겹게 고맙다.

대표팀에 소집된 선수들이 겪는 이 현실은 모든 스포츠가 동일하며, 우리의 일상과도 다르지 않다. 그래서 우리 사회가 일등만 기억하는 세상이 아니었으면 좋겠다. 일등을 하지 않았다고 그동안의 노력도 외면받는 세상이 아니었으면 좋겠다. 결과가 중요하지만, 한 땀 한 땀 바느질하듯 나아갔던 묵묵한 과정도 소중하게 기억해 주면 좋겠다. 한 사람도 소외되는 이 없이 각자의 자리에서 빛나는 별로서 박수를 받을 수 있는 세상이 된다면 참으로 행복하겠다.

우리 흥민이가 달라졌어요

선수들 이야기를 하면서 남자 A 국가대표팀 주장에 대해 빼놓을 순 없을 것 같다. A 대표팀 주장은 손흥민 선수다. 손 선수는 벤투 감독 부임 후에 A 대표팀 주장을 맡게 되었다. 그동안 우리나라 역대 A 대표팀 주장들을 보면 실력이 뛰어나고 대외적인 인지도도 좋았다. 손 선수 역시 이런 '조건'에 부합하지만, 그렇다고 해서 주장의 역할이 쉬워지는 건 아니다. 축구라면 둘째가라면 서러울 실력자들 앞에서 리더십을 발휘한다는 게 어디 쉽겠는가. 자신보다 나이가 많은 선배를 존중하면서 후배들을 이끌어야 하니 긴장감이 많을 것이다.

그런데 손흥민 선수는 주장으로서의 역할을 훌륭히 수행하고 있다. 대표팀 스태프들조차 "우리 흥민이가 달라졌어요"라며 놀라워한다. 주장이 되기 전의 손 선수는 형님들 앞에서 잘 나서지 않았다. 선배들의 자리를 비켜서서 자기 목소리를 잘 내지 않는 조용한 타입이다. 손 선수의 성격을 MBTI로 본다면 E(외향성)와 I(내향성) 중 I에 가까운데 사회화된 I로 보인다. 이전에 내가 지인을 통해 손흥민 선수의 방송 출연을 추진한 적이 있었는데, 한사코 나가지 않으려고 해서 무산됐다. 쑥스러움을 많이 타고 대중적으로 노출되는 걸 피한다. 집에서 조용히 쉬는 걸 좋아하고 남들 앞에 나서기를 꺼렸던 손 선수가 주장이 되면서부터 조금씩 달라지기 시작했다.

내 주관적인 판단으로, 그가 리더십을 본격적으로 발휘하기 시작했던 때는 오스트리아 원정 경기부터였다. 코로나 방역으로 신경 쓰이는 게 많았고 확진자까지 발생하면서 어려움의 연속이었는데, 손흥민 선수는 김영권, 이용, 큰 정우영 선수 등 팀의 고참들과 함께 전체 선수단 미팅을 진행해 선수들을 심리적으로 안정시키는 데 힘을 기울였다.

나이에 비해 성숙하고 감정 컨트롤을 잘하는 편임에도 승부욕은 못 말린다. 위닝 일레븐 게임을 하면서 내가 '손흥민 선수'를 태클했다고 가차 없이 밀고 들어오는 것만 봐도 알 수 있다. 다른 선수들도 마찬가지지만 경기가 끝나고 '승리하지 못함'의 결과를 받으면 기분이 깊게 가라앉는다. 패한 건 말할 것도 없고 비긴 것도 그렇다.

2021년 9월 2일 최종예선 1차 이라크전을 0:0으로 비겼을 때 손 선수는 스트레스를 많이 받았다. 엎친 데 덮친 격으로 도핑 테스트 선수로까지 뽑혀서 더 말이 아니었다. 선수들은 도핑을 싫어한다. 전후반을 모두 뛰어서 체력이 크게 떨어진 상태에서 테스트까지 받으려면 얼마나 피곤하겠는가.

도핑룸에 온 손 선수는 화를 많이 냈다. 운동화를 세게 내려놓고 바닥을 치기도 했다. 이라크 선수들도 테스트를 받기 위해 대기 중이었다는 사실이 그의 화를 가라앉힐 수는 없었다.

"아시아 축구가 이래선 안 돼! 침대축구라니!"

손 선수는 영어로 화를 냈다. 이라크 선수들이 영어를 못한다는 걸 감안한 것 같아 다행이다 싶었다. 그러나 다음 순간, 이라크 선수 중 한 명이 손 선수에게 말을 거는 게 아닌가. 그는 미국 MLS(메이저리그 사커) 솔트레이크시티에서 뛰는 선수로, 영어를 잘했다. 손 선수의 분노를 지켜보던 그는 이라크 팀의 입장을 설명하기 시작했다. 우리는 승점 1점을 따기 위해 그렇게 경기를 끌고 갔어야 한다고, 이건 아시아 축구의 문제가 아니라 우리 팀의 전략 전술이라고.

영어를 못 알아들을 거라고 생각해 일부러 영어로 화냈던 손 선수는 이라크 선수의 말에 깜짝 놀랐다. 두 사람은 서로 의견을 나누었고, 손 선수는 이라크 팀의 입장을 이해해 주었다. 이라크가 침대축구를 했으며 축구팬들이나 축구 발전에 좋지 않다는 생각에는 변함없으나, 이라크 팀이 승점을 위해서 원하는 전술을 구사할 수 있다는 것에는 수긍해준 것이다.

손 선수와 이라크 선수는 기분 좋게 대화를 마무리했다. 이라크 선수는 한발 더 나아가 손 선수에게 기념사진을 찍자고 요청했다. 불과 몇 분 전까지 날선 신경전을 벌였던 두 사람은 활짝 웃으며 사진을 찍었다.

최종예선 1차전 도핑 때 살벌한(?) 모습을 보여주었던 손흥민 선수는 세 번째 경기인 시리아전에서도, 아홉 번째 경기인 이란전에서도, 열 번째 마지막 경기인 아랍에미리트전에서도 도핑 테스트 선수로 뽑혔다. 시리아전, 이란전에서 모두 전후반 풀타임을 뛰어서 무척 피곤한 상태였음에도 분위기는 완전히 딴판이었다. 싱글벙글하면서 도핑룸으로 들어와 너스레를 떨었다.

"박사님~ 보고 싶으면 보고 싶다고 얘길 하세요. 왜 이러세요."

도핑 테스트에 뽑히는 바람에 골을 넣었지만 경기 후 인터뷰를 하지 못했다. 프리미어 리그에 월드컵 최종 예선까지, 잦은 도핑으로 짜증이 날 법도 했다. 그런데도 손 선수의 기분은 날아갈 듯 유쾌했다. 선수들에게 있어 골을 넣는다는 것, 승리하는 것이 얼마나 중요한지를 다시 한번 체감할 수 있었다.

월드컵 예선전을 거듭하면서 그의 리더십은 확실하게 드러났다. 손 선수는 직접 공을 넣기보다 다른 선수들이 공을 넣을 수 있도록 어시스트하는 데 집중했다. 선수로서 골 욕심이 있는 건 당연한데 나서지 않고 팀이 조직적으로 움직이면서 슈팅할 수 있는 기회를 만드는 데 주력한 것이다. 물론 직접 넣을 수 있는 순간에는 놓치지 않고 슛을 시도했다.

전후반 90분 내내 손 선수는 우리팀이 흐름을 주도할 수 있도록 노력한다. 자신이 상대팀 선수의 태클에 넘어졌을 때, 우리 선수들이 파울을 당했을 때, 그는 심판에게 다가가 상대팀의 부당한 행위를 항의했다. 때로는 그라운드 바닥을 치며 화를 내고, 때로는 웃는 낯으로 조곤조곤 설명한다. 파울이나 반칙 때문에 경기 흐름이 상대팀으로 넘어가지 않도록 세심하게 조율하는 것이다. 그의 모든 행동을 종합해 보면 자신이 팀에서 어떤 위치인지 알고 있다는 생각이 든다.

손 선수가 이처럼 리더의 날개를 활짝 펼치게 된 데는 선배들이 기여한 바가 크다. A 국가대표팀 내에 손 선수보다 연령과 연륜이 앞선 권경원, 김승규, 김영권, 김태환, 남태희, 이용, 큰 정우영, 홍철 선수 등이 있다. 이들은 손 선수의 리더십을 인정하며 서포트해 준다. 대선배들이 앞장서서 모범을 보여주니 다른 선수들도 손 선수를 잘 따른다. 훌륭한 리더를 만들기 위해서는 선험자들의 역할이 매우 중요하다는 사실을 알 수 있다.

지금 손흥민 선수는 전성기를 맞이하고 있다. 아시아 선수로는 최초로 잉글랜드 프리미어 리그EPL에서 득점왕 타이틀을 거머쥐었다. 스타가 되려면 실력만 가지고는 어려운 것 같다. 실력은 기본이고 성격, 외모, 운 등을 모두 갖추었을 때 가능하다. 손 선수는 그 모든 것에 더해 진정성까지 갖춰서 대중의 열광을 받고 있다. 2022 카타르 월드컵이 그가 더욱더 비상하는 계기가 될 것이다. 세계적인 선수로 성장한 그에게 거는 국민적인 기대가 큰 만큼 부담도 적지 않을 테지만, 지금까지 해 온 것처럼 단단하게, 흔들림 없이 자신의 길을 걸어가기를 팬의 한 사람으로서 응원한다.

ASIAN G

THE NORTH FACE

11
TEAM OFFICIAL

NIKE
AIR
KOREA

K J
J Y

Chapter 10

산 너머에도 산이 있다

Chapter 18

산 너머에도 산이 있다

어려움은 용기를 북돋우는 것이지,
낙담시키기 위한 것이 아니다.
인간의 정신은 투쟁으로 강해진다.

-윌리엄 엘러리 채닝

9월 2일 열린 최종 예선 1차전. 이라크와의 경기는 0:0으로 마무리되었다. 2차전 상대는 레바논이었고 1:0으로 승리했으나 시원한 승리를 고대하던 축구팬들의 아쉬움이 컸다. 벤투 감독은 자기 계획을 흔들림 없이 실천해 나갔으나 대중이 원하는 결과의 형태로 나타나지 않았다. 모든 걸 결과로만 입증해야 하는 건 참 어려운 일이다.

홈경기에서 승점을 많이 확보하는 게 유리했기에 이후 경기에 대한 염려가 커졌다. 일부 언론에서는 감독에 대한 불신의 시선을 표출했다. 벤투 감독은 한층 예민해졌다. 최종 예선 준비, 선수들의 백신 접종, 최종 예선 1, 2차전 이후 안팎의 좋지 않은 분위기 등으로 신경이 예민해질 수밖에 없었다. 스태프들도 마찬가지였다. 서로가 참 힘들었다.

코로나 사태가 장기전이 되면서 사회 곳곳에 여파를 미쳤다. 축구계도 그러했다. 의무팀을 비롯한 스태프들은 선수들의 건강과 부상 관리뿐 아니라 코로나 방역에도 최선을 다했다. 그런 가운데 선수들의 부상 소식이 이어졌다.

최종 1차전 이라크와의 경기를 마치고 남태희 선수가 부상으로 소집 해제되었고, 주장 손흥민 선수는 다리 부상으로 2차전 레바논과의 경기에 출전하지 못했다. 2차전에서 골을 넣었던 권창훈 선수는 경기 직후 오른쪽 종아리 근육 부상을 호소해 10월 3, 4차전 경기에 뛰지 못했다. 황의조 선수는 부상으로 11월 5, 6차전 소집에서 제외됐다. 이동준 선수 역시 햄스트링이 좋지 않아 소집 명단에서 제외됐다. 그는 당시 울산현대뿐 아니라 아시아 챔피언스 리그에도 출전해야 하는 매우 중요한 선수였던 만큼 의무팀의 걱정이 컸다. 월드컵 최종 예선전은 코로나로 인해 이전보다 훨씬 더 타이트하게 운영되는 데다 선수들의 부상 소식이 겹치면서 스태프들의 고달픔이 갈수록 커져갔다.

고달픈 강행군, 그 끝은

빡빡한 스케줄 외에 가장 걱정했던 것은 10경기 모두 아랍 국가들과의 경기라는 점이었다. 홈경기 때는 별문제 없지만 어웨이 경기가 걱정이었다. 우리는 4(이란전), 6(이라크전이지만 카타르에서 경기), 7(레바논전), 8(시리아전), 10(UAE전)차전을 어웨이로 치러야 했다.

아랍 국가에서 경기를 할 때 우리가 어떤 일을 겪을 수 있는지를 큰 정우영 선수가 자세히 알려주었다. 그는 카타르 알 사드 SC에서 활약하고 있는 만큼 아랍 국가에 대한 이해도가 높았다. 아자디 스타디움에서 카타르 팀과 이란 팀이 경기하는 영상을 보여주면서 충분한 대비가 필요하다고 조언했다.

영상을 보고 놀라지 않을 수 없었다. 좌석을 가득 메운 검은색 옷차림의 관중이 가슴을 두들기면서 "우우우~" 하는 소리를 내고 있었다. 10만 명이 그 소리를 내니까 부부젤라는 저리 가라 할 정도였다. 아랍권 선수들은 여기에 단련돼 있으나 우리 선수들은 그렇지 않다. 소음이 너무 심해서 선수들끼리 아무리 소리쳐도 들을 수 없을 뿐 아니라 마인드 컨트롤을 하는 것도 힘들다. 경기력에 충분히 영향을 줄 수 있는 요소였다.

아랍권 국가의 이런 응원 방식은 프로팀 경기보다 A매치 경기에서 훨씬 더 심하다고 한다. 게다가 10월에 이란 시아파 종교지도자의 순교 기념일이 있어서 그를 기리기 위해 사람들이 검은 옷을 입고 가슴을 두드리는 행위를 한다고 했다. 평소 친분이 있는 이란 축구대표팀 팀닥터에게서도 이 행위에 대해 들었다. 그는 자기 왼쪽 가슴을 주먹으로 치면서Chest Tapping "닥터 킴, 이 소리에 적응해야 해."라고 말해주었다.

천만다행으로 아자디 스타디움에서 치러진 이란전은 무관중으로 진행되었다. 이 사실을 이란 팀닥터에게 먼저 귀띔을 받았다. 기쁜 마음에 KFA에 알리니 "우리를 마음 놓게 하려는 작전일지도 몰라요."라며 선뜻 믿지 못했다. 그럴 정도로 우리는 예민했고, 매사에 경계를 풀지 못했다.

벤투 감독은 경기 때 일어날 수 있는 다양한 경우의 수를 가정해 훈련을 이어갔다. 훈련할 때 전술 노출이 되지 않도록 극도로 신경을 썼다. 아자디 스타디움에서는 마지막 훈련 차원에서 미니게임을 했는데, 그동안 꾸준히 훈련을 보아온 내가 아무리 봐도 알아보기가 힘들었다. 선수 한 명을 붙들고 물어보니 "페이크에요. 보안이 필요하니까."라는 답변이 돌아왔다. 감독은 파주에서부터 철저하게 준비했고, 그가 전술을 일일이 설명하지 않아도 선수들은 몸에 익혀가고 있었다.

대한민국 축구 국가대표팀이 원정 경기에서 한 번도 승리를 거두지 못한 상대가 이란이다.[5] 4차전 이란과의 경기는 경기장도 이슈가 되었다. 아자디 스타디움은 '원정팀의 지옥'이라 불릴 정도로 우리 A대표팀이 한 번도 승전보를 올리지 못한 곳이다. 해발 1,273m의 고지대에 위치해 있으니까 치악산 정상(1,288m)에서 축구하는 것과 마찬가지인 셈이다.

우리나라에 해발 1,100m에 위치한 골프장이 있다. 강원도 태백에 있는 오투 골프장으로, 거기에서 공을 치면 공이 더 멀리 나간다고 한

---

5 최종 예선 4차전을 승리로 이끌기 위해 KFA는 다시 전세기를 띄웠고 선수들의 숙소를 이란에서 가장 좋은 호텔로 섭외해주었다. 이 자리를 빌어 어려운 결정을 해주신 협회장님과 협회 관계자분들께 감사드린다.

다. 해발이 높으면 기압이 낮아서 선수들이 조금만 뛰어도 호흡하는 데 어려움을 겪는다. 평소보다 공을 컨트롤하기 힘들다는 문제도 있다. 4차전 때 전반전이 끝나고 장기모 교수와 함께 선수들의 상태를 체크했다. 선수들은 굉장히 힘들어했다. 황인범 선수는 "박사님, 저 죽을 것 같아요."라고 말하며 고통스러워했다.

고지대에서 경기하게 될 때를 대비해 선수들은 적응훈련을 한다. 산소 농도와 기압이 낮은 병실을 보유한 병원이 있다. 그곳에서 고지대 적응훈련을 하는 것이다. 병실을 사용하려면 하루 200만 원의 비용을 지불해야 한다. 이 훈련을 해도 선수들은 힘들어한다.

우리 선수들에게는 여러모로 악조건이었던 이란과의 경기. 역대 이란 원정에서 한 번도 승리를 하지 못했던 우리 대표팀은 이날 선제골의 기쁨을 맛보았다. 후반 3분 무렵 이재성 선수가 하프라인 근방에서 찔러준 공을 받은 손흥민 선수가 이란 골대 우측 구석으로 공을 밀어 넣은 것이다. 이후 이란에게 한 골을 허용해 1:1을 기록했다. 선수들은 체력 저하로 힘들어하면서도 경기가 끝날 때까지 공격을 늦추지 않았다. 상대가 좀처럼 승리를 거두기 힘든 이란이었고 적진에서의 경기였다는 점에서 승점 1점을 획득한 것은 다행스러운 결과였다.

4차전이 끝나고 벤투 감독의 표정에 살짝 여유가 엿보였다. 철저한 원칙론자, 포커페이스인 그가 처음으로 행복해 보였다. 선수들이 자신이 원하는 플레이를 하기 시작했다고 느끼는 것 같았다. 코치들과 대화하면서 내 느낌이 맞다는 걸 확인할 수 있었다.

KFA는 2018년 8월, 벤투 감독을 한국 축구 남자 A 대표팀 감독으로 임명했다. 그때부터 지금까지 꾸준히 자신이 원하는 축구를 선수들에게 가르치고 훈련시켜 왔다. 벤투 감독의 축구 스타일은 우리 팀이 최대한 볼을 점유하면서 주도권을 잡고 경기를 지배하고 컨트롤하는 것이다. 감독의 전술에 대한 선수들의 이해도와 습득력은 갈수록 높아지고 있으며, 감독이 무엇을 원하는지 잘 이해하게 되었다. 경기가 잘 풀리니 팀워크도 한층 좋아졌다.

월드컵 예선전이 거듭될수록 벤투 감독이 받았던 비판 중 하나는 늘 같은 선수들을 뽑는다는 것이었다. 사실 그 이유는 선수들이 전술을 완벽하게 이해하고 몸에 익히도록 하기 위함이었다. 전술에 대한 이해도가 높아져야 했기에 감독에게는 어쩔 수 없는 선택이었던 것. 선수들은 똑같이 전술 훈련을 받는다. 한 사람도 예외 없이 감독의 전술을 잘 숙지해야 한다. 모든 선수들이 전술에 대한 이해도가 높아졌을 때 다양한 옵션을 구사하는 것이 가능해진다.

이러한 변화가 잘 드러난 것이 최종 5차(UAE전), 6차전(이라크전)이다. 김영권, 황의조 선수가 부상으로 뛸 수 없게 되자 전략을 대폭 수정했다. 조규성 선수가 너무 잘해줘서 황의조 선수의 빈자리를 메울 수 있었다. 김민재 선수가 막강하게 철벽을 치고 김영권 선수의 빈자리는 권경원 선수가 잘 커버해 주면서 전반적으로 좋은 경기 흐름을 보였다. UAE전에선 더 골이 들어가지 않은 게 이상할 정도로 우리 선수들이 전후반 경기를 장악했다. 조규성, 손흥민 선수가 쏜 슛이 자꾸만 골대를 맞고 튕겨 나온 게 유일한 아쉬움이었다.

선수마다 플레이 스타일이 다르므로 전략도 달라지게 된다. 조규성 선수의 경우 황의조 선수와는 다른 플레이를 보여주었다. 황의조는 원탑 스트라이커로 활약하는데, 조규성은 팀의 밸런싱을 만들어가는 식으로 움직였다. 본인이 골을 넣지 않아도 다른 선수들이 골을 넣을 수 있도록 기여한 것이다. 감독은 황의조 선수의 높은 득점력을 노리는 전략을 구사하거나, 조규성 선수를 앞세워 팀 구성원들 간의 유기적인 조합을 활용하는 전략을 사용할 수 있게 되었다.

최종 예선 6차 이라크전은 카타르 도하 타니 빈 자심 경기장에서 열렸다. AFC 관계자에 따르면 본래는 이라크에 가서 경기를 해야 하는데 이라크의 정세가 불안하고 경기할 곳도 마땅찮은 탓에 카타르가 무료로 장소를 빌려준 것이란다. 같은 아랍권 국가로서 잘 사는 동생이 어려움을 겪는 형님에게 도움을 준 셈이다. 이런 의미라서 굳이 신경을 많이 써야 하는 유관중으로 개최하고 싶지 않았나 보다. 이라크전은 무관중으로 결정되었다.

이 경기 때 반가운 얼굴을 만날 수 있었다. 과거 축구 대표팀 의무트레이너로 일했던 조인혁 트레이너인데, 현재 카타르의 아스페타 스포츠 의학병원에서 일하고 있다. 우리 대표팀 경기가 카타르에 있을 때마다 찾아와 여러 도움을 주었다. 대표팀은 조인혁 트레이너와 카타르에서 활약 중인 구자철 선수를 공식 초청했다. 덕분에 오랜만에 만나서 반가운 인사를 나눌 수 있었다.

이라크전에서 우리는 3:0의 승리를 거두었다. UAE전과 마찬가지로 경기 내용으로 퍽 만족스러웠다. 이 경기 결과에 이르기까지 살떨리는 해프닝을 겪어야 했다.

어웨이 경기에서 선수들은 경기를 앞두고 코로나 검사를 받고, 한국 입국을 위해서도 검사를 받는다. 한국으로 돌아오기 위한 검사는 출발 3일 전에 받으면 된다. 출국 날짜가 17일 새벽 2시였으니까 14일에 코로나 검사를 받는다. 경기를 앞둔 검사와 한국 입국용 검사 시간 차이가 얼마 안 되므로 한 번으로 끝낼 수 있었지만, 혹시나 하는 불안감에 14, 15일에 각각 검사를 실시했다. 만약 하나가 지연되더라도 다른 하나를 사용하면 된다고 생각했다.

그런데 14일 검사 결과가 16일이 되어도 나오지 않았다. 카타르에서 코로나 검사를 할 수 있는 병원이 제한되어 있는데, 아랍컵(아랍 축구연맹 22개국에 아프리카 남수단이 참여하는 대회) 개최 관계로 선수들 검사 물량이 너무 많아서 지연되고 있었던 것이다. 게다가 카타르는 병원에서 바로 결과를 통보해 주는 게 아니었다. 검사 결과를 카타르 축구협회로 가져가면 협회 직원이 검체마다 여권과 매칭해서 수기로 리포트를 작성해서 보내주는 방식이었다. 시간 소모가 너무 컸다.

우리나라에 자가격리 앱이 있듯이 카타르도 자가격리 앱이 있다. 카타르에서 검사한 PCR 검사와 백신 접종 결과가 연동돼 있어서 그게 없으면 돌아다니지 못한다. 앱이 깔려 있고 그린 카드가 떠야 한다. 검사 결과가 'Negative'여야 한다. 검사 결과가 없다면 선수들은 돌아갈 수 없었다. 검사 결과가 하루만 지연돼도 입국 날짜가 달라지고, 그러면 다른 날짜의 검사 기록이 필요하다. 우리나라에 입국 날짜가 18일이 되면, 15일에 검사한 기록이 필요한 것이다. 출국이 지연되면 한국 입국 및 해외 선수들의 소속팀 귀환 모두 차질이 생긴다. 골치가 아파졌다.

우리는 병원에 연락해서 검사 결과를 알려달라고 사정했다. 그러나 병원은 규정상 불가하다며 거절했다. 병원에서 카타르 축구협회를 거쳐 우리 선수단으로 전달해야 하는 규정을 어길 수 없다는 것이다. 검사 결과는 경기 당일인 17일 오전까지 나오지 않았다.

벤투 감독은 불안해했다. 선발선수를 이미 다 선정해 놓았는데 만에 하나라도 검사에서 이상이 발견되면 명단을 바꿔야 한다. 이 문제에 감독이 신경을 빼앗겨 경기 준비에 차질이 빚어지지 않도록 계속 의사소통하면서 현지 상황을 알려주고 별 이상이 없을 거라며 안심시켰다. 한편으로는 AFC 활동을 통해 알아둔 인맥을 활용해서 병원에 연락했다. '뒷선'을 활용한 셈이다. 공식적인 리포트를 주지 않아도 되니까 검사 결과를 확인하게 해달라고 부탁했다. 중간에 애써준 인맥 덕분에 선수들 모두 이상이 없다는 결과를 확인하여 감독에게 전달할 수 있었다.

벤투 감독은 이해하기 어려운 일이 생기면 끝까지 물어보고 해결하려고 하는 타입이다. 그래서 그와는 끈질긴 커뮤니케이션이 중요하다. 누군가는 이런 그의 면모가 부담스러울 수도 있을 것이다. 그러나 설명충인 나와는 잘 맞는다.

카타르에서 겪었던 또 하나의 해프닝은 목감기였다. 한국은 추운 날씨였는데 카타르는 덥고 너무 건조하니까 선수들에게 목감기가 돌았다. 김태환, 큰 정우영, 작은 정우영, 조현우 선수 등이 목감기로 고생했다. 약을 써야 하는데 도핑을 고려하면 아무 약이나 쓸 수 없었다. 효과가 좋은 약들은 도핑에 걸릴 여지가 있다. 현지에서 약을 구해야 하지만 우리는 호텔 밖으로 나갈 수 없었다. 머리를 싸매고 고민하다가 SOS를 보낼 사람이 생각났다. 카타르 국왕의 형으로, 2016년부터 카타르 부국왕이었다.

현 카타르 국왕은 전 국왕의 둘째 부인의 둘째 아들이다. 전 국왕의 첫째 부인의 첫째 아들이 원래 왕세자였는데, 스스로 물러나면서 동생에게 자리를 물려주었다. 전체 왕자 순위로 넷째아들이 왕이 되었고, 나라를 잘 다스리고 있다. 그런데 동생 입장에서는 형이 국내에 머무는 게 부담이 될 수 있다. 형은 동생을 배려하느라 10년 넘게 외국으로 돌아다녔는데, 그러다가 병에 걸려서 2019년에 우리 병원에 와서 진료를 받았다. 그의 건강 상태로 봤을 때 치료를 좀 더 받아야 할 필요가 있어서 미국 휴스턴에 있는 병원을 소개해 주었다.

이런 인연이 있어서 카타르에 오기 전에 미리 연락을 해두었다. 카타르 입국과 관련해서 서류가 밀려서 잘 처리되지 않는 상태였는데, 국왕 비서실에 연락했더니 하루 만에 빛의 속도로 해결해 주었다. 그는 선수들의 목감기를 치료하는 약을 구하는 데에도 도움을 주었다.

이런저런 일들로 스태프들은 체류 기간 내내 애를 태웠다. 고달픈 과정 끝에 만난 열매는 달았다. 3:0으로 승리를 거두었고 감독과 선수들 모두 자신감이 붙었다. 경기가 진행될 때 주변 모스크에서 아랍권 특유의 기도 소리가 들려오자 감독은 "이제 DJ를 바꿔야겠는데." 라면서 농담을 했다. 선수들과 코치들은 카타르 타니 빈 자심 스타디움의 잔디가 훌륭하다면서 한국에도 이런 잔디가 있으면 좋겠다고 바랐다. 이런 얘기를 할 정도로 모두들 여유가 생긴 것이다.

당시 우리의 목표는 부상 없이 경기를 끝내고, 11월 경기를 통해 본선 진출의 8부 능선을 넘는 것이었다. 그 목표를 무리 없이 달성했다. 서서히 열매가 드러나자 선수들의 사기가 올라가기 시작했다. 안일한 방심이 아니라 진짜 잘할 수 있을 거라는 자신감이 넘쳤다.

○ 위드 코로나, 환자를 잃다

최종 예선전에서 모두의 노력이 서서히 열매로 드러내고 있을 때, 우리 사회는 코로나의 끈질긴 공격에 지쳐가고 있었다. 이 지면을 빌어 의사로서 경험한 코로나에 대한 나의 경험과 생각을 조금이나마 공유하고자 한다.

사람들은 코로나에 걸리지 않도록 조심해야 한다는 사실을 잘 알고 있었지만, 자꾸 길어지는 불편함에 답답함이 컸다. 생계에 지속적 타격을 받는 소상공인들의 어려움도 두고 볼 수 없는 일이었다. 방역당국의 고민이 나날이 깊어졌다.

델타 변이에 이어 오미크론 변이 바이러스가 출몰했다. 남아프리카 공화국에서 처음 확인된 이 변이 바이러스에 대해 WHO는 '오미크론'이라는 이름을 붙였다. 세계 각국은 남아공을 비롯한 남아프리카 지역 국가들에 빗장을 걸어 잠갔지만, 확산세를 막을 수 없었다. 오미크론은 순식간에 지배종이 되었고 전 세계적으로 감염자 숫자가 가파르게 증가했다.

바이러스에 감염되어서 누군가는 생명을 잃거나 치명적인 후유증을 앓게 되었지만, 다른 한쪽에서는 완쾌되는 사례들이 생기면서 사람들의 생각이 변해갔다. '걸리면 큰일 난다'에서 '걸릴 수도 있지'로 바뀌어갔다. 코로나를 지나치게 두려워할 필요가 없다고 해도 무뎌지고 지겨워해하면서 경계심이 느슨해지는 건 걱정스러웠다. 독감이랑 비슷하네, 걸려도 나을 수 있어, 라는 인식이 확산될수록 병도 확산될 것이다. 이런 변화를 의료인들은 가장 두려워하고 있는데, 사회적 분위기가 그렇게 바뀌어가고 있었다.

아이러니하게도 우리나라는 2021년 11월 1일 위드 코로나를 선언했다. 백신 접종률과 70% 집단 면역률을 감안해서 11월로 잡은 것이다. 계속된 통제에 사람들이 지쳐가는 데다 벼랑 끝에 몰린 자영업자들을 살리려면 불가피한 선택일지 모른다. 그러나 오미크론 변이가 발견된 상황에서도 변함없이 이어진 위드 코로나로 인해 우리나라에서도 감염자가 폭증하기 시작했다. 12월로 넘어가자 독감과 맞물리면서 코로나의 확산세는 더욱 거세졌다.

위드 코로나로 인해 달라진 방역지침은 축구계에 빠르게 적용되었다. 축구계에는 FIFA, AFC, 각 로컬 등 세 가지 규정이 있다. 이중에서 가장 최우선은 로컬, 즉 개별 국가의 규정이다. 우리나라가 위드 코로나를 선택하면서 축구계는 PCR 검사를 기존과 거의 동일하게 진행하되, 방역수칙을 다소 완화시켰다. 예를 들어 2020년 오스트리아와 일본 원정 때 선수들이 한 테이블에 한 명씩 앞만 보고 식사하도록 했다면, 2021년 6~10월에는 칸막이를 설치하고 테이블을 지그재그로 설치했다. 11월부터는 테이블을 지그재그로 두고 칸막이를 제거했다. 2020년에는 손소독을 하고 글러브를 착용하는 게 원칙이라면, 2021년 11월에는 손소독만 하고 글러브를 끼지 않는다. 선수들이 이용하는 버스에서 창가 쪽으로 앉게 하고 옆좌석을 비웠다면, 이제는 나란히 앉는다. 예나 지금이나 불변인 것은 마스크 착용이다. 마스크가 가장 중요한 방역이니까.

또한 선수들은 대부분 3차 접종에 해당하는 부스터 샷까지 모두 완료했다. 백신 접종 2차까지 별 탈 없이 진행되어서인지 선수들은 부스터 샷에 대한 스트레스는 없었다.

사실 위드 코로나로 정책 기조가 바뀌기 시작하면서 축구 쪽은 다소 편안해졌다. 그러나 병원은 전쟁터가 되었다. 환자가 폭증하면서 병원에 입원실이 턱없이 부족해졌다. 입원 대기 중인 환자들이 매일 늘어나는데, 병원 내 감염까지 발생하면서 병실 폐쇄로 환자를 받을 수가 없었다. 의료진들은 이미 과중한 업무에 더욱더 감당 못할 지경까지 내몰렸다.

의사로서 위드 코로나의 필요성에 대해 공감하지 못하는 건 아니다. 하지만 위드 코로나를 위해서는 그에 상응하는 정책이 뒷받침되어야 한다. 위드 코로나로 인해 환자들이 폭증할 걸 예상하고, 병원들이 그에 맞게 인력과 장비, 병실 등을 준비할 수 있도록 지원책이 있어야 했다. 그러나 병원이 받은 건 위드 코로나라서 환자가 폭증할지 모르니 그에 맞게 준비하라는 행정명령이 전부였다. 우리 병원의 경우 이미 평균 병상 가동률이 99%이고 입원 대기 중인 환자가 밀려 있는데, 행정명령을 받는다고 병실이 하늘에서 떨어지겠는가. 환자들은 입원이 지연되자 응급실로 찾아갔다. 응급실을 거치면 입원이 빨라질 거라는 생각 때문이었다. 이 바람에 응급실이 마비되는 사태가 종종 발생했다.

만약 병원 역시 위드 코로나가 적용된다고 가정하면 어떨까. 의사와 간호사가 감염되었을 때 일반 환자와 똑같이 취급하면 된다. 병원으로 곧바로 이송되지 않고 집에서 치료하는 것이다. 그런데 병원은 위드 코로나가 아니었다. 철저한 격리가 원칙이었다. 병원 직원이 감염되면 그가 만난 모든 이들이 밀접 접촉자로서 격리되었다. 감염자가 입원한 병동은 코호트 병동 격리로서 전체 폐쇄되었다. 우리 병원만 해도 10일간 병동 세 곳이 폐쇄되고 8명의 의료진이 격리된 적이 있었다. 한 병동당 평균 42~44명가량 입원하므로 이 숫자가 10일간 입원을 못하게 되면서, 입원 대기 중인 환자들에게 피해가 가게 된다.

세상은 위드 코로나가 되어도 병원은 그렇게 할 수 없다. 환자를 치료해서 완쾌시켜야 하는 곳이므로 병원은 어떤 이유로도 방역을 느슨하게 할 수 없다. 누군가가 감염되면 반드시 격리시켜야 하고 그 공간이 폐쇄되어야 한다. 감염자와 접촉한 의료진도 격리되어야 한다. 위드 코로나를 한다면 이같은 병원의 특수성을 감안한 규정, 문제 발생 시 대처 규정을 먼저 마련했어야 한다. 환자들 격리 공간, 입원 지연 환자들에 대한 대책, 방역 물품 경비(마스크, 모자, 페이스 실드, 가운, 글러브 등 방호장비는 1인당 1회에 3만 원의 비용이 든다. 의료진은 평균적으로 하루 8회 입원환자들을 만나므로 인당 하루 24만 원의 경비가 발생한다), 병원의 손실비용 보전 등을 모두 고려해 제대로 된 대책이 필요한데, 정부는 아무런 규정이나 지원책을 마련해 주지 않았다.

병원들마다 아무리 조심해도 원내 감염이 비일비재하게 발생하였다. PCR 음성 결과를 확인하고 환자, 보호자, 간병인을 출입케 해도 처음엔 음성이었던 사람이 다음 검사에서 양성으로 판정받으면서 원내 감염이 확산되었다. 원내 감염이 일어나면 환자, 보호자뿐 아니라 의료진도 감염된다. 그러면 병동이 폐쇄되고 의료진이 격리된다. 병동 폐쇄로 환자들을 받을 수 없게 되고, 의료진 격리로 환자들을 치료할 사람이 부족해진다. 남은 의료진들은 너 나 할 것 없이 극심한 격무에 시달렸다.

의사들은 회진할 때마다 레벨 D 방호복을 착용한다. 평소라면 회진은 복잡한 일이 아니지만, 코로나 때문에 방호복을 입고 마스크를 착용하고 장갑을 끼는 등 평소보다 두 배 이상 시간이 소요된다. 감염 위험으로 청진을 제대로 할 수도 없다. 의사보다 더 어려움을 겪는 건 간호사들이다. 주사를 놓을 때마다, 약을 주러 갈 때마다 하루에 몇 번씩 방호복을 입고 벗는 과정을 반복한다. 그야말로 미칠 지경이다.

전쟁통과 다를 바 없는 병원 현장에서 나는 몇몇 환자를 잃었다. 병실의 한 간병인이 코로나 감염 상태로 들어왔다가 환자들에게 전파되면서 내 환자들도 감염된 것이다. 모두 고령이셨고 기저질환이 있으셨는데 코로나 감염으로 인해 상태가 나빠져서 중환자실로 옮겨졌다. 그곳에서 인공호흡기를 달고 투석을 받다가 끝내 돌아가셨다.

환자를 잃은 심정은 글로 쓰기 어렵다. 의사는 환자를 놓친 기억을 잊어버릴 수 없다. 스트레스가 극에 달했다. 보호자들은 감염 경로를 파악해 병원의 잘못이 아니라는 걸 알았지만, 그렇다고 원통함이 풀릴 리 없었다. 그간 면회를 할 수 없었고 임종과 장례도 제대로 치르지 못한 보호자들의 한을 누가 알아줄 수 있을까. 보호자들과 만남을 거듭하면서 감정적으로 견딜 수가 없었다. 나를 믿고 따라줬던 그분들의 실망감, 분노, 슬픔을 눈으로 보면서 내가 무엇을 할 수 있을까, 어떻게 하면 이 비극을 막을 수 있을까, 생각했다.

이런 일을 나만 겪는 게 아니다. 전국의 의사들과 간호사들, 특히 감염내과 교수들은 더 어려움을 겪었다. 2022년 들어서 방역수칙 완화 및 거리두기 해제까지 도달하였으나 여전히 하루 확진자가 적지 않은 숫자로 발생하고 있어 의료계의 어려움은 현재진행형이다. 확진된 의료진에 대한 격리 기간이 줄어들어서 아픈 몸을 이끌고 환자들을 돌보는 사람들이 적지 않다. 과중한 업무를 견디지 못해 병원을 떠나는 의료인들도 있다.

사람들은 오미크론이 기존의 코로나 변이보다 무서운 것인지의 여부에 관심이 많다. 그러나 그보다 더 중요한 것은 전파력이 높은 변이가 발생할수록 환자가 폭증하고 그것이 의료체계를 무너뜨릴 수 있다는 점이다. 환자들이 증가하면 당연히 중증 환자의 발생률도 증가한다. 의료체계가 받는 하중은 심각한 수준을 넘어섰다.

의료체계가 정상적으로 굴러가지 못하면 그 피해는 환자들이 입는다. 특히 중증도의 질환자나 기저질환자들이 타격을 입는다. 수술을 받아야 하는데, 자신이 다니는 병원이 신규환자를 받아주지 않아 다른 병원을 찾아야 하는 일들이 비일비재하다. 평소 꾸준히 진료를 받던 병원에서 수술을 받지 못하는 환자들 입장에서 의료서비스의 만족도는 떨어질 수밖에 없다.

어떻게 하면 이 어려움을 타개할 수 있을까. 많은 전문가들이 제시하는 해법은 백신 접종이다. 백신의 효과가 짧다고 해도 백신 접종을 통해 중증 환자로의 발전 가능성을 낮출 수 있다. 전 연령대가 비슷한 수치로 접종하지 않는 한 백신 접종이 효과를 발휘하긴 어렵다. 내가 백신을 맞지 않으면 그 문제가 언젠가 나 자신, 부모님, 조부모님에게 돌아온다. 백신을 맞지 않으면 코로나를 참아야 하는 시간이 길어질 것이다.

코로나는 참 이상한 세상을 만들고 있다. 의사들은 코로나를 통해 많은 걸 깨닫고 있다. 과거 어떤 질병도 이런 식의 변화를 만들어내지 못했다. 그간의 상식, 의학적 통념을 모두 다 깨버릴 정도로 코로나의 파괴력은 크다. 지금도 계속 발생하는 코로나 변이로 인해 우리는 아주 오랫동안 이전의 생활로 돌아가지 못할지도 모른다. 그럼에도 사회는 굴러가고 있고, 굴러가야만 한다. 인생도 마찬가지. 'Life goes on, Soccer goes on.'

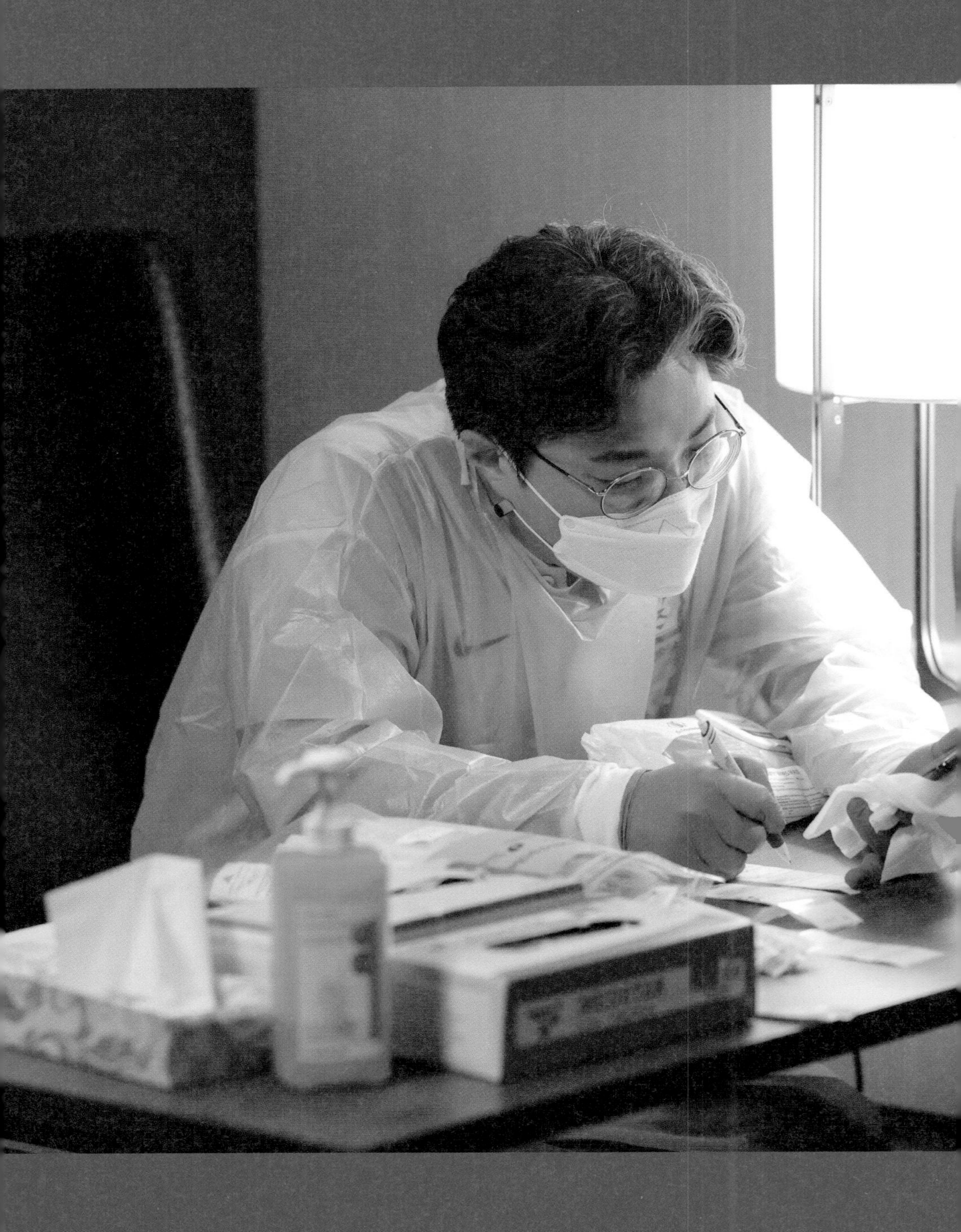

Chapter 11

도핑 때문에, 도핑 덕분에

Chapter 11

도핑 때문에, 도핑 덕분에

항상 맑으면 사막이 된다.
비가 내리고 바람이 불어야 비옥한 땅이 된다.
-스페인 속담

"도대체 왜 그러시는 거예요, 박사님."

원망 섞인 시선들. 나 역시 내 손을 마치 남의 것인 양 노려보았다. 손아, 왜 이렇게 눈치가 없냐. 한숨만 나올 뿐이다.

이번이 벌써 두 번째다. 도핑 테스트 선수를 뽑는데, 최종 예선 2차 레바논전(9월 7일)에서 홍철과 황의조, 3차(10월 7일) 시리아전에서 손흥민과 황인범을 뽑은 것이다. 네 사람 모두 우리 스태프들이 도핑에 걸리지 않았으면 하고 바랐던 선수들이다. 그러나 나의 손은 '바로 그들'을 정확하게 골라내고 말았다.

선수들은 도핑 테스트를 싫어한다. 앞서 도핑 방법을 설명했듯이, 경기가 끝나고 나서 소변을 채취하는 게 쉬운 일이 아니다. 몸 안의 수분이 부족한 상황이라 소변이 나올 때까지 얼마의 시간이 걸릴지 예상 불가이다. 생수를 몇 박스 갖다 놓고 마셔도 몇 시간 동안 소변이 나오지 않을 때가 부지기수다. 경기를 마치고 남들은 다 숙소로 돌아갔는데 피곤에 절여진 상태로 도핑을 하자면 아무리 성자라도 욕 한두 마디는 자연스레 뱉고도 남을 것이다.

도핑 테스트 방법은 크게 두 가지로, 타깃 지정과 랜덤 샘플링이 그것이다. 전자의 경우 경기력이 뛰어난 선수들이 대상이 되는데, DCO가 타깃 선수가 있는 곳으로 직접 찾아간다. 아웃 오브 컴페티션Out of Competition이라고도 하며, 집이나 훈련장이 주요 장소이다. 호날두는 집으로 찾아온 DCO에게 화를 내며 물건을 집어 던지기도 했다. 화를 내고 욕을 하거나 문을 잠그고 안 열어주는 선수들도 있다. 그렇게 되면 경찰을 불러야 한다. 중국의 경우 공안에게 끌려간 선수들도 있었다. 선수들이 칠색 팔색을 하니 DCO도 애를 많이 먹는다. 나의 경우는 인 컴페티션In Competition으로 경기장에서 랜덤 샘플링을 진행하니까 그나마 다행인 셈이다.

랜덤 샘플링에서 도핑 테스트 선수 선발은 경기 45분쯤 이뤄진다. 양 팀의 팀닥터들이 모인 가운데 DCO가 바스켓에 들어있는 플라스틱 코인을 뽑는다. 코인에 적힌 선수 번호를 확인하지 않은 채 봉투에 넣어 밀봉하고, 75분경 확인한다. 밀봉된 봉투를 개봉할 때까지 누가 뽑혔는지 아무도 모른다.

악마의 손이 아니고서야

2차전 그리고 3차전 때 도핑 테스트 선수 번호를 알게 된 우리 스태프들은 황당해했다. 먼저 2차전 때의 황당 포인트는 홍철, 황의조 선수 모두 경기 직전까지 치료를 받고 있었다는 점이었다. 당시 손흥민 선수는 우측 종아리 근육 염좌로 인해 2차전을 결장하기로 하고 치료를 받는 중이었고, 홍철 선수는 바이러스성 각막염, 황의조 선수는 편도선염이었다.

이중 홍철 선수의 병은 전염성이 있는 데다 염증으로 인해 시야가 가려져 더 신경이 쓰였다. 벤투 감독은 이번 경기에 홍철 선수가 꼭 뛰었으면 한다는 의사를 밝혀왔다. 선수가 부상을 입으면 절대 무리하게 투입시키지 않으나, 부상이 아니었고 전술상 홍철 선수가 꼭 필요했다. 가장 빠르게 효과를 볼 수 있는 약은 스테로이드성 치료제였는데 문제는 도핑이었다. 스테로이드는 금지약물이지만 치료 목적일 때 제한적인 양으로, 사전에 신고하면 사용 가능하다. 사용 신고 후 승인이 떨어지기까지 약 30일이 필요하다. 하는 수 없이 긴급 사용신청을 했고, WADA에 연락해 자문을 구했다. "먹지 말고 눈에만 넣을 것"이라는 자문에 따라 안약만 사용했다. 약을 쓰고 나니 다음 날 증세가 확연히 좋아져서 출전할 수 있었다.

황의조 선수는 편도선염으로 진통제, 항생제를 복용하고 있었다. 스테로이드성 약물은 사용하지 않았다. 두 선수 모두 규정을 지키면서 치료했으나 굳이 이들이 도핑에 뽑히지 않기를 바랐다. 설마 그렇게 운이 나쁘겠어, 싶었다. 하지만.

"박사님~ 왜 그러시는 거예요? 우리 편 맞아요?"

나도 울고 싶었다. 나의 손이 왜 배신을 때리는 걸까. 전생에 청개구리였을까. 온갖 걱정과 짜증이 밀려왔으나 다행히 도핑은 무사히 마무리되었다.

3차전 도핑 테스트 선수에 대한 황당 포인트는 손흥민, 황인범 선수가 그 경기 골을 넣은 선수라는 점이었다. 최종 예선 초반에 0:0(이라크전), 1:0(레바논전)의 스코어가 이어지면서 우리는 시원한 승리 소식에 갈급했다. 홈경기에서 왕창 이기기를 바랐던 팬들은 불안해했고, 언론에서는 축구대표팀의 성적이 지지부진하다며 질타하는 목소리가 커졌다. 급기야 감독의 거취를 거론하는 말까지 돌았다. 그런 가운데 거둔 2:1 승리의 스코어, 게다가 손흥민 선수가 넣은 두 번째 골은 '극장골'이었다. 승리를 확정 짓는 짜릿한 결정골! 손 선수 개인적으로는 2019년 10월 스리랑카전 때 골을 넣은 후 2년 만의 A매치 골이었다.

모두가 환호하며 승리를 만끽할 때 나만 홀로 우거지상이었다. 75분경 누가 도핑에 뽑혔는지 확인한 후 어이가 없었다. 그 시간은 황인범 선수가 선제골을 넣고 시리아가 골을 넣어 1:1 상황이었다. 무승부로 끝날지도 모르는데, 골을 넣은 황인범 선수에 1차전 때 도핑 테스트에 뽑혔던 손흥민 선수까지 또 뽑은 것이다. 큰일이다 싶어 전전긍긍하는데, 손흥민 선수의 극장골이 터졌다. 너무 기뻐서 웃음이 나는데 한편으로는 울 것 같은 기분이라니.

도핑에 누가 뽑혔는지는 경기가 끝난 직후에 알릴 수 있다. 아무것도 모르는 스태프들은 인터뷰 준비를 완벽하게 해놓았다. 맨 오브 더 매치MOM:Man of the Match, 경기에서 가장 뛰어난 활약을 펼친 선수 한 명에게 주는 상 인터뷰를 위해 프린트를 해서 벽에 붙여놓는 등 만반의 태세를 갖췄다. 시리아전의 맨 오브 더 매치는 골을 넣은 선수 중 한 명이 될 터였다.

경기가 끝나자마자 조직위원회 박일기 팀장에게 이실직고했다. 그는 정말 원망스러운 눈빛으로 나를 바라보며 "박사님, 왜 이러시는 거예요…."라며 한탄했다. 골을 넣은 두 명이 인터뷰를 하지 못하는 사상 초유의 상황이었다.

모두가 기쁜 잔칫날, 수훈 갑인 두 명이 사라졌다. 손흥민 선수는 TV 중계팀과 잠시 인터뷰를 했지만, 이후 모습을 감췄다. 손, 황 선수 모두 취재진과 인터뷰를 할 수 없었다. 기자들은 어안이 벙벙했고, 스태프들은 한숨을 쉬었다. 두 선수를 대신해 김민재 선수가 승리의 소감을 전해주었다.

손흥민, 황인범 선수는 도핑 크루들에게 붙들려 도핑룸으로 들어왔다. 아, 나의 손. 이쯤 되면 똥손이라 불려도 할 말 없다. 스태프들은 2, 3차전에서 연달아 만행을 저지른 나의 손에 '악마의 손'이라는 별명을 붙여주었다. 우리나라 축구 역사에서 도핑이 사람들의 입에 이처럼 많이 오르내렸던 때가 있었을까. 두 선수가 '하필' 도핑 테스트에 선정되어 인터뷰를 못했다는 기사가 쏟아졌고, 나는 여기저기서 연락을 많이 받았다. 불행인지 다행인지 도대체 그 똥손이 누구인지는 기사에 나가지 않았다.

경기에 승리한 기쁨에 두 선수의 표정은 밝았다. 도핑을 대기하면서 손흥민 선수는 황인범 선수와 대화의 꽃을 피웠다. 도핑 때 선수들 간의 진솔한 대화를 들을 수 있다는 것은 내가 가진 행운 중 하나이다. 손 선수는 월드컵 출전이 처음인 후배에게 골을 잡을 때 어떤 마음인지, 월드컵이란 게 어떤 건지 선험자로서 진중하게 얘기해 주었다.

근래 들어 손 선수는 한국에 입국할 때마다 굉장히 바쁜 시간을 보내고 있었다. 예술체육 요원으로서 대체 복무를 하고 있어서다. 그래서 한국에 와서도 선수들과 어울릴 여유가 없었다. 그날은 도핑 덕분에(?) 후배 선수와 대화를 나눌 기회가 생긴 것이다.

"인범아, 월드컵 최종 예선은 우리가 생각했을 때 아무리 약팀 같아도 절대 약팀이 아니야. 절대 쉽지 않아. 어찌 보면 월드컵 본선보다 훨씬 더 긴장되는 경기야."

약팀은 없다. 이 말이 마음에 와닿았다. 따지고 보면 그렇지 않은가. 우리는 축구대표팀이 아시아 국가들과 예선전을 치를 때 이기는 걸 당연시한다. 우리 축구가 이만큼 성장했는데, 선수들 연봉이 얼마인데 고작 '저런 나라'에게 질 수 있는가 하고 생각한다. 그러나 축구계에서 가장 진리로 통하는 말이 "축구공은 둥글다."는 것이다. 승부는 끝나봐야 알 수 있고, 끝날 때까지 끝난 게 아니다. 게다가 최종 예선은 팀마다 악바리처럼 뛰기에 이변과 변수가 속출한다. 결과를 예측하기가 어렵다. 아무리 약팀이라도 강팀을 이길 수 있고, 반드시 이길 것 같은 경기에 지기도 한다. 축구공은 둥그니까. 승부를 장담해서도 안 되고, 방심도 금물이다. 그렇기에 바로 지금 최선을 다할 수밖에.

앞서도 언급했듯이 손흥민 선수는 이번 월드컵 최종예선에서만 총 4차례의 도핑을 받았다. 부상으로 나오지 않은 2경기를 제외하면 8경기에 출전했으니까 4번이면 50% 확률이다. 내가 왜 한국팀 7번을 이렇게 연달아 뽑게 되었는지 도저히 알 수가 없다.

소변 때문에 똥줄이 타다

도핑을 하다 보면 사건이 많다. 테스트 대상 선수를 제비뽑기로 선발하기 때문에 그로 인해 온갖 해프닝이 발생하는 것이다. 앞서 말했듯이 골을 넣은 선수들이 선정돼 인터뷰가 무산되기도 하고, 선수들의 소변 채취가 지연돼 생고생을 하기도 한다.

최종 예선 4차전 이란 대표팀과의 경기를 위해 이란으로 갔을 때의 일이다. 나는 AFC 활동을 하기에 이란 축구대표팀의 의무팀과 친분이 있다. 이란에서 AFC 도핑 담당관과 이란 의무팀을 만나 반갑게 인사를 나누고 손흥민 선수의 사인을 받은 저지를 건네주었다. 저지를 받은 그들의 입이 귀에 걸렸다. 안 그래도 친했던 그들은 더욱더 친근하게 다가왔고 아낌없이 친절을 베풀어주었다. 손흥민 선수는 그야말로 세계적인 선수이다. 손흥민 선수가 사인한 저지를 해외 축구 관계자들에게 선물했을 때 적재적소에서 빛을 발하는 걸 보면 그의 위상이 얼마나 대단한지 짐작할 수 있다.

이란과의 어웨이 경기가 1:1로 끝났다. 현지 시각으로 오후 7시쯤 경기가 끝나고, 도핑이 시작됐다. 관행적으로 홈팀이 먼저 하거나 경기에 진 팀이 먼저 하는 편이다. 그러니까 이란 선수들이 먼저 도핑을 받아야 하지만, 우리는 마음이 급했다. 비행기 스케줄이 빠듯했기 때문이다.

선수들이 탑승할 비행기 스케줄을 잡을 때 고려해야 할 점들이 많다. 이란에서 한국으로 향하는 비행기가 매시간별로 있는 게 아니었고, 해외로 출국하는 선수들 스케줄도 있으므로 이런 점을 모두 고려해야 한다. 그때 우리가 타야 할 비행기의 탑승 시각은 오후 10시였다. 이 비행기를 놓치면 이틀 후에 출국해야 하는데, 선수들의 일정이 어긋나고 추가 비용도 발생한다. 내 경우엔 병원 진료 일정에 차질이 빚어진다. 그래서 반드시 10시 비행기를 타야 하고, 그러기 위해 늦어도 9시에 공항에 도착해야 하며, 경기장에서는 8시 20분에 출발해야 한다. 도핑이 오래 걸릴 땐 세 시간을 넘기기도 해서 빨리 시작할수록 유리했다. 10, 20분만 늦어도 비행기를 놓칠 수 있었다.

나는 이란 관계자들에게 이런 우리 팀의 사정을 설명했다. 그들은 "닥터 킴, 먼저 해. 너희는 한국 가야 하니까."라고 배려해주었다. 감사한 마음을 안고 우리 선수들이 준비되길 기다렸다.

그런데 잠시 후, 이란 선수 한 사람이 "나는 준비가 다 됐어요."라고 하는 게 아닌가. 그는 소변 채취를 마치고 돌아갔다. 10분 만이었다. 뒤이어 다른 이란 선수도 끝냈다. 30분 만이었다. 우리 선수들은 1시간~1시간 10분 만에 도핑 검사를 완료했다.

도핑이 늦어지는 이유는 선수들 체내 수분량이 감소된 상태라서 그렇다. 경기를 뛴 선수들은 체내 수분량이 많이 떨어진 상태라 경기가 끝난 후 물을 아무리 마셔도 쉽게 소변을 배출하기 어렵다. 이때 우리 측 도핑 테스트 선수 두 명 중 한 명은 선발, 다른 한 명은 교체 선수로 경기를 모두 뛴 선수들이었기 때문에 이란보다 도핑이 늦어졌다.

끝나자마자 부랴부랴 정리하여 8시 반에 경기장을 나왔고, 총알 택시를 타고 공항으로 직행해 9시에 도착했다. 손흥민 선수 사인 저지 덕분에 양보를 받아서 기분 좋았는데, 이란 선수들이 먼저 소변 채취해서 아무 보람이 없었다가, 다행히 늦지 않게 우리 선수들도 마무리되어 공항에 도착할 수 있었다.

소변을 10분만 늦게 채취해도 이란에서 하루를 더 머물러야 했기에 한 시간 동안 엄청 마음을 졸였다. 마치 전공의 시절 환자들이 소변을 보는지 알아내기 위해 몇 시간 동안 소변줄을 쳐다봤던 심정과 유사했다. 선수들이 언제 소변을 볼 수 있을까. 이건 선수들 당사자와 DCO가 가지고 있는, 영원히 끝나지 않을 고민이다.

◦ 일상의 고단함에 초심이 희석되지 않도록

도핑을 좋아하는 사람은 없다. 검사를 받는 사람도, 시행하는 사람도 괴로운 게 도핑이다. 우리나라 축구계에서 독보적인 도핑 전문가로 20년 넘게 활약하던 윤영설 교수가 나에게 도핑 업무를 위임하신 데다가 코로나19 팬데믹으로 해외 전문가의 입국이 불가능해졌으므로 도핑 업무가 한층 과중해졌다. 특히 FIFA 주관 경기에서 기본적인 의료 행위를 담당하면서Medical Officer, 코로나 방역을 책임지고Hygiene Implementation Officer, 도핑 테스트를 실시할 수 있는 사람Dopping Control Officer이 국내에 나 외에 없었다. 축구가 좋다는 팬심으로 DCO로서의 삶을 시작했으나, 업무가 나날이 과중되자 너무나 힘들었다. 환자 진료에 차질을 빚지 않으면서 임무를 수행하는 건 고행에 가까웠다.

2021 AFC 아시아챔피언스리그 16강전이 9월 14일에 진행되었다. 이 경기에 내가 DCO로 가야 했다. 울산에서 화요일에 경기가 진행됐는데, 연장전에 승부차기까지 갔다. 이후 도핑을 마무리하니까 밤 12시였다. 도저히 서울로 올라올 수 없었다. 그래서 새벽 1시에 호텔에 들어가 자고, 새벽 5시에 일어나 6시 차를 타고 서울로 올라와 바로 진료에 들어갔다. 계속되는 강행군에 피로가 쌓였고 심리적 부담이 커졌다. 과거처럼 순수하게 즐거워할 수 없었다. 윤영설 교수는 이런 나를 걱정하면서 조언해주었다.

"FIFA 경기는 도핑할 수 있는 사람이 김 교수뿐이니 그것은 직접 하도록 해. 대신에 AFC 경기는 다른 분과 함께 하는 게 좋겠어."

윤영설 교수가 말씀한 다른 분이란 조선대학교 정형외과 이준영 교수로, 광주 FC 팀닥터이기도 하다. 나와 비슷한 시기에 AFC에서 유사한 코스를 밟았기에 AFC 주관 경기 도핑 테스트를 진행할 수 있는 분이었다. 황희찬 선수가 유소년 축구를 할 때부터 인연이 있으며 U20 월드컵 대표팀, U16 청소년 국가대표팀, 아시안게임 대표팀 등의 팀닥터를 역임한 전문가이다.

경력이 대단함에도 이 교수는 대외적으로 드러나길 원하지 않는다. 신나게 나대는 나와는 달리 묵묵히 일하는 타입이다. 이준영 교수는 다행히도 내 부탁을 받아들여 주었다. 그 이후부터 AFC가 주관하는 챔피언스 리그가 국내에서 열릴 때 이 교수의 도움을 받을 수 있게 되었다.

DCO로서의 어려움이 가중되면서 고민이 시작되었다. 시작이라기보다는 묵혀두었던 고민이 살아나고 있다는 표현이 맞겠다. 축구 DCO로 일할 수 있는 후배들을 어떻게 키울까 하는 고민이었다. 후배를 키우는 건 쉽지 않은 일이다. 나만 해도 7~8년의 수련 과정을 거치지 않았는가. 윤영설 교수나 이준영 교수의 경력을 따라가려면 시간이 훨씬 더 오래 걸린다. 윤영설 교수는 1987년부터 25년간 오롯이 홀로 축구 DCO로서 활동했다.

DCO는 전 세계를 다니면서 유명한 축구선수들과 만날 수 있으므로 얼핏 화려해 보일 수 있다. 하지만 의사라는 자격 외에도 DCO 어시스턴트로서의 수련, 일정한 교육을 거쳐 자격을 획득해야 한다는 점에서, 축구를 좋아하는 마음만으로 도전하기가 어렵다. 업무 자체가 선수들의 선수 생명과도 직결되므로 실수가 용납되지 않으며, 철저한 사명감과 프로정신이 요구된다.

선수들은 도핑을 많이 받았기 때문에 DCO가 프로페셔널하지 않으면 단박에 알아본다. 손흥민 선수만 해도 100회가 넘는 도핑 검사를 받았다. 선수들이 많은 경험을 갖고 있는데, DCO의 경험이 적다면 선수들이 그를 신뢰하지 못한다. 오랜 현장 경험을 통해 숙련된 기술을 쌓아야 선수들의 신뢰를 얻을 수 있다. '영광'은 화려해도 '과정'은 지난至難하고 고통스럽다. 이 모든 걸 다 견디고 참아낼 마음을 가진 이를 어떻게 찾을 것인가.

그동안 사람이 없었던 건 아니었다. 의사이면서 축구를 좋아해서 선수들을 돕는 일을 하고 싶어 하는 사람들이 있었다. 의욕적으로 수련 과정을 시도했던 이들도 있었다. 하지만 번번이 잘 되지 않았다. 안타깝고 속상했다. 이유를 알기에 더 낙심이 되었다.

우리나라 축구 DCO의 대代가 이대로 끊어지면 어쩌나 하는 불안을 가끔 느낀다. 축구를 좋아하는 사람들이 많은 만큼 고단한 수련 과정을 모두 견뎌줄 사람이 나올 거라는 기대감이 있지만, 눈앞의 현실이 녹록지 않으니 괜스레 부정적인 마음이 커져갔다. 늘 힘차게 용솟음쳤던 마음이 바람 빠진 풍선처럼 맥을 잃어버리는 듯했다.

"손흥민 선수를 봤는데 집에 가는 게 뭐 대수예요. 안 가도 됩니다!"

청년의 목소리가 도핑 대기룸을 채웠다. 그는 최종 예선 1차전과

2차전 때 도핑을 도와주었던 크루자원봉사자였는데, 도핑 대상 선수들을 경기장에서 도핑 룸으로 데려오는 역할을 해주었다. 그의 꿈은 손흥민 선수와 황의조 선수를 만나는 것이라고 했다. 그런데 첫 경기에 손흥민 선수, 두 번째 경기에 황의조 선수가 도핑 대상 선수가 되었고, 그는 두 선수를 직관하고 몇 시간 동안 함께 있을 기회를 얻게 되었다.

첫 번째 경기 도핑은 밤 12시에 끝났다. 청년의 집은 수원에 있는데 차가 끊어져 돌아갈 수 없다고 했다. 그 말을 너무나 신나게 했다. 손흥민 선수를 만났는데, 그깟(?) 귀가가 뭔 대수냐는 거였다.

두 번째 경기 도핑은 더 오래 걸렸다. 황의조 선수가 편도선염인데다 경기 전반전을 뛰어서 체내 수분량이 급감한 상태라 애를 먹은 것이다. 1차전 때 집에 돌아가지 못했는데 2차전 도핑도 늦어지니 청년 크루에게 미안한 마음이 들었다. 끝날 때까지 기다리지 말고 먼저 집에 가라고 권했다.

"괜찮습니다. 의조느님을 만났는데 왜 먼저 가겠어요. 끝날 때까지 있을게요."

도핑은 새벽 1시에 끝났다. 청년은 시종일관 밝은 얼굴로 끝까지 함께했다. 정말 찐팬이었다. 정작 나는 '일'로서 수행하고 있었고 다음 날 병원에 가서 진료해야 하기에 걱정이 가득했는데 말이다. 게다가 오전에는 KBS 〈무엇이든 물어보세요〉 생방송까지 예정돼 있었다. 온갖 부담과 걱정이 내 팔다리에 덕지덕지 붙어서 몸을 더욱 무겁게 했던 것 같다.

이런 나에게 청년의 반짝이는 눈빛은 신선한 충격이었다. 덕분에 내가 무엇을 잃어가고 있었는지를 생각하게 되었다. 윤영설 교수를 수행해 처음 DCO 어시스턴트를 하면서 얼마나 신났었는지, 선수들과 같은 공간에서 호흡한다는 것만으로 얼마나 행복해했는지, 기억이 되살아났다. 축구로 받은 위로와 위안들이 너무나 많았는데 현실의 고단함, 미래의 걱정에 밀려 내 초심을 잃어버려서야 되겠는가. 내가 좋아하는 선수들과 함께 있는 이 순간을 즐기자, 이전처럼.

청년을 만난 지 몇 개월이 지났지만 내 눈은 계속하여 그의 얼굴을 기억하고 있다. 초심을 잃고 매너리즘에 빠지면 내가 하는 행위는 어느 누구에게도 좋은 영향을 줄 수 없다. 이 사실을 깨우쳐준 그 청년에게 참으로 고맙다.

어쩌면 청년의 간절한 소원이 이뤄지기 위해 첫 번째와 두 번째 경기 도핑 테스트에 손흥민과 황의조, 두 선수가 뽑혔던 걸까. 우리 스태프들이 퍽 당황했던 사건이었지만, 어쩌면 신은 이 청년의 편이었을지도. 말도 안 되는 상상을 해본다.

Chapter 12

카타르로 가는 길

Chapter 12

카타르로 가는 길

실현될 꿈도 실현되지 않을 꿈만큼 불확실할 수 있다.

-브렛 버틀러

짜장면(with 탕수육) vs. 삼겹살.

과연 승리의 여신은 어느 쪽에 미소를 지어줄 것인가. 투표 결과에 모든 선수들의 시선이 쏠렸다. "오랜만에 삼겹살을 먹자." "자고로 회식하면 짜장면이지!" 등등 선수들의 의견이 팽팽하게 엇갈린 가운데 이뤄진 투표였다. 웬만한 A매치 못지않은 긴장감이 선수들 사이를 흘러 다녔다. 11월 12일 대표팀 선수들의 풍경이다.

최종 예선 5차전 UAE와의 경기가 1:0으로 끝났다. 경기 내내 압도적인 공격력을 보여주었고 승리로 마무리하여 선수들의 사기가 크게 올라 있었다. 이라크와의 경기를 위해 출국하기 전날인 11월 12일, 벤투 감독과 스태프들은 선수들을 격려하는 차원에서 특식을 먹기로 결정했다. 본래 경기가 끝나고 나면 선수들이 외출해서 가족을 만나고 바깥 밥을 먹을 수 있었으나 코로나 때문에 그렇게 할 수 없어

특식을 먹기로 한 것이었다. 평소 선수들이 돼지고기를 먹는 걸 선호하지 않는 벤투 감독은 이번만큼은 돼지고기로 한 끼를 먹어도 좋다고 통 크게 양보했다.

앞서 설명한 것처럼, 선수들의 식사 메뉴는 여러 사람들의 협의가 필요한 사인이다. 감독이 큰 틀에서 방향을 제시하면 영양사와 조리사가 함께 식단을 짠다. 이를 다시 감독이 보고 승인한다. 이번 안건의 핵심은 '돼지고기를 먹어도 되는가?'였다. 식단을 관리하는 운동선수가 갑자기 다량의 돼지고기를 먹으면 돼지고기에 있는 동물성 지방을 분해하기 위해서 몸의 대사가 변화한다. 평상시에 자주 돼지고기를 먹는 사람은 그렇지 않지만, 선수들은 경기를 앞두고 철저하게 식단을 관리하기 때문에 몸이 돼지고기의 지방에 민감한 상태다. 이럴 때 기름이 많은 음식, 특히 튀긴 음식이 몸에 들어오면 대사 변화가 생기는데 길게는 3일 정도까지 몸 상태에 영향을 준다. 17일 이라크와의 어웨이 경기를 앞두고 있던 대표팀이라 신중하게 결정하지 않을 수 없었다.

짜장면도 먹고 싶고 삼겹살도 먹고 싶고

페널티킥을 차기 직전과도 같은 초조함. 마침내 투표 결과가 나왔다. 한 표차로 삼겹살의 승리였다. 삼겹살에 표를 던졌던 선수들은 환호성을 질렀고, 짜장면과 탕수육을 기대했던 선수들은 크게 낙심했다. 나라를 잃어도 저 표정보다는 덜 슬플 것 같았다.

"한 표 차이라 너무 억울하다. 두 개 다 먹으면 안 되나."

선수들 사이에서 두 개를 다 먹자는 의견이 스멀스멀 피어올랐다. 워낙 팽팽한 접전에 달랑 한 표 차이여서 짜장면파는 너무 아쉬워했다. 삼겹살파는 삼겹살파대로 짜장면파에게 미안했다. 선수들은 너나할 것 없이 자연스럽게 의기투합하면서 "두 끼를 먹자!"고 주장하게 되었다. 점심은 짜장면(with 탕수육), 저녁은 삼겹살로 먹자는 것이다. 선수들의 '강력한 의지'를 알게 된 김충환 매니저는 머리를 싸매고 고민했다.

대표팀의 의사전달 시스템은 이렇다. 선수들이 논의해서 팀의 리더에게 어떤 의견을 내면 이를 김충환 매니저가 중간 역할로서 코칭스태프에게 전달해준다. 감독과 코칭 스태프의 입과 귀 역할을 하는 것이 매니저라 그를 통해 의사 전달이 이뤄진다. 벤투 감독은 한 끼를 특식으로 허락했는데 선수들은 두 끼를 먹자고 하는 상황이었다.

나는 이 사실을 알고 영양적 관점에서 두 끼는 안 된다는 의견을 밝혔다. 충환 매니저에게 선수들과 코칭 스태프에게 그렇게 전달하라고 얘기했다. 선수들의 희망을 꺾는 게 미안하지만 의학적으로는 합리적이지 않았다. 두 끼라면 처음 특식을 먹자고 결정했던 때보다 기름 섭취가 늘어나게 되고, 갑작스러운 고용량 지방질 섭취로 인해 지방변이라고 부르는 설사를 하게 될 수 있다. 또한 운동을 하면서 젖산이 생기는데 이 젖산의 분해에도 영향을 줄 수 있다. 체내에 젖산이 쌓이면 피로가 잘 풀리지 않는다. 며칠 후 이라크와의 경기가 있는데, 경기력에 영향을 줄 수 있는 만큼 두 끼는 불가능했다. 이런 정보를 감독이 알게 되면 당연히 허락할 리 없었다.

누군가는 타협점으로 두 끼를 먹되 양을 적게 하는 대안을 제시할 수도 있다. 그러나 이 역시 불가능하다. 문제가 동일하니까. 한 끼를 많이 먹는 것보다 두 끼를 연달아 먹을 때 문제가 생긴다. 체내 영향을 주는 시간이 길어지기 때문이다.

"절대로 설사 안 할게요."

"박사님이 약 주시면 되잖아요."

처음엔 선수들이 마음을 움직이지 않았다. 생각보다 심각하고 진지했다. 어떻게 해서든 뜻을 관철하겠다고 결심한 듯했고, 두 끼를 먹을 수도 있다는 기대감에 쉽사리 마음을 바꾸지 않았다. 이러다가 두 끼 먹겠다고 단체로 탈출하는 거 아닐까. 걱정스러웠다.

나는 선수들에게 개별적으로 연락하기 시작했다. 이용, 김태환, 큰 정우영, 김진수 선수에게 먼저 이야기했다. 고참 선수들은 곧바로 내 말의 취지에 수긍해주었다.

"다른 선수들에게 얘기할게요."

고참 선수들은 선수들 단톡방에서 의견을 말했다. 선배들이 리드해주니까 후배 선수들이 속속 의견을 바꾸기 시작했다. "그럼 한 끼만 먹는 걸로 하죠."라는 댓글이 쭉쭉 올라왔다. 그 와중에 황희찬 선수는 "그래도 두 끼 먹읍시다."라고 꿋꿋하게 주장하였는데, 내가 의학적 이유로 안 된다고 말하자 "박사님이 여기에 나타날 줄이야…."라고 하면서 한 끼에 동의해 주었다.

그리하여 우리는 토요일 저녁에 삼겹살로 특식을 먹었다. 경기 때문에 먹고 싶은 음식을 마음대로 먹지 못하는 선수들의 처지가 안쓰럽고 안타까웠다. 코로나만 아니라면 외출하고 가족도 만났을 텐데 특식으로 만족해야 하다니. 많이 서운했을 텐데 "박사님이 그렇게 말하시니 한 끼만 특식으로 먹자."면서 의견을 바꿔준 게 참 고마웠다.

○ '국가를 대표하는 사람들'이란

대표팀 선수들은 다들 고액 연봉자이지만 대표팀에 참여할 때는 나라를 위해 뛰기 때문에 연봉에 비교할 수 없을 정도로 저렴한 수당을 받는다. 국가대표로서 받는 수당은 하루 10만 원이다. 물론 선수들은 돈 때문에 국가대표로 뛰는 게 아니다. 국가대표가 되는 것을 엄청난 명예라고 생각한다. 가슴의 태극마크를 늘 인식하면서 국가대표로서 해야 할 일을 하고 싶어 한다. 꾸준히 기부하면서 자신의 수입을 의미 있게 사용하는 선수들이 적지 않다.

11월에 있었던 최종 예선 5, 6차 경기를 위한 선수단 소집은 7~16일까지 열흘간이었다. 6차전을 앞두고 선수단 미팅이 진행되었다. 이때는 전술에 대한 논의가 주요 안건이며 그 외에 선수들 간에 상의할 일들을 이야기한다. 선수들만의 미팅이기에 선수 외의 사람들은 참여할 수 없다. 그런데 선수단 미팅 때 투표를 한다는 소식이 들려왔다. 정우영 선수가 단톡방에 투표를 열었다. 찬성과 반대를 묻는 투표였고 전원 찬성이라는 결과가 나왔다고 한다. 무슨 주제로 투표를 한 건지 알 수 없어서 궁금했다.

선수단 미팅이 끝나고 얼마 지나지 않아 이유를 알 수 있었다. 카타르 정우영 선수가 나를 찾아온 것이다. 이용, 김승규, 권경원, 조규성 선수도 함께였다. 대표팀 선수들 전원이 이번 소집으로 받는 수당을 의미 있는 곳에 쓰고 싶다는 뜻을 알려왔다.

대표팀 선수들 중에는 우리 사회를 위해 어떤 형태로든 기여하고 싶다는 생각을 가진 이들이 있다. 조용하게 기부를 하는 사람들도 있다. 몇몇 선수들이 개별적으로도 하고 있지만 대표팀 차원에서 해보자는 의견을 나이 어린 선수들이 제안해 줘서 선수단 차원에서 상의하게 되었다고 한다. 대표팀 소집 기간 중에 협회에서 선수들에게 지급하는 '일당'이 있는데, 크다면 크고 적다면 적을 수 있는 이 돈을 자발적으로 모아서 누군가를 돕고 싶다는 것이다.

기부 조건은 단 하나였다. 기부 사실을 아무도 몰라야 한다는 것. 대표팀 선수단 차원의 기부라면 이슈가 될 수 있는데, 절대 그러고 싶지 않다고 했다. 기부를 받는 대상자에게만 신원을 밝히고 싶다고 했다. 이를테면 진료비가 없어서 치료를 받지 못하는 어린이 환자를 지정해서 익명 기부하되, 대상자에게만 기부자들이 누군지 알려주는 거다. 대표팀 선수들이라는 사실을 알면 대상자가 힘과 용기를 얻을 수 있을지도 모르니까. 기부 대상자가 축구를 좋아한다면 선수들이 만나서 응원해 주고 경기장에도 초청하고 싶다고 했다.

선수들은 앞으로도 선수단 소집 때마다 일정 금액을 모아서 지정된 곳에 기부하고 싶다는 뜻을 밝혔다. 기부를 대표팀의 전통으로 만들고 싶단다. 마침 내가 세브란스 병원에서 기부 관련 업무를 담당하는 발전 기금 사무국 일을 하고 있어서 선수들의 뜻을 실천하는 데 조금의 도움을 줄 수 있을 것 같았다. 선수들의 뜻에 맞는 기부 대상과 방법을 찾기 위해서 논의하고 있다.

사람이 사람을 도울 수 있다는 게 얼마나 의미 있는 일인가. 사람은 절대 홀로 살 수 없기에 자신이 속한 공동체에 응당 관심을 기울여야 한다. 내 옆 사람이 울고 있는데 나 홀로 웃을 수 없지 않은가. 옆 사람이 웃어야 나 역시 아무 거리낌 없이 웃을 수 있다. 그렇게 다 같이 잘 사는 세상을 위해 내가 할 수 있는 역할을 해야 한다. 당연한 건데도 혼자 잘 살겠다고 아득바득 기 쓰는 사람이 얼마나 많은가.

나에게 이야기하는 선수들의 눈빛이 반짝이는 걸 보았다. 대표팀 선수들이 국가에 대한, 사회에 대한 소명의식을 갖고 있다는 걸 알게 되어 참 반가웠다. 아무도 시키지 않은 일을 아무도 모르게, 그것도 대표팀 전원이 찬성해서 기부를 한다니 대단해 보였다. 여러 명이 모여서 좋은 일을 하려면 과정이 투명해야 하고 누군가의 욕심이 앞서서는 안 된다. 사람들의 입에 오르내리는 것도 불필요하다. 선수들은 이런 점들을 다 고려하고 있었고, 오직 선한 영향력을 미치고 싶다는 것에만 포커스를 두었다. '국가를 대표하는 사람들'은 역시 달랐다.

만약 경기 결과가 좋지 않아서, 경기력이 왜 그 모양이냐는 지적이 쏟아지고 있었다면 선수들이 이런 생각을 할 수 있었을까. 아마

어려웠을 것 같다. 마음의 여유가 전혀 없으니까. 9월부터 시작된 최종 예선전 초기에 팬들의 기대에 부응치 못하면서 대표팀은 안팎으로 따가운 시선에 시달렸다. 그러다가 10월 들어서 경기력이 눈에 띄게 향상되었고 팬들의 시선이 달라지기 시작했다. 선수들의 자신감에 불이 붙었다. 자신감이 상승하니 경기가 잘 풀리고 결과가 좋으니 사회에의 기여로 눈을 돌린다. 선순환의 시작이었다.

벤투 감독의 축구를 말한다

나는 팀닥터로서 감독과 스태프, 선수들을 만난다. 의사로서는 말할 게 있어도 축구 경기에 대해서는 말할 수준이 되지 않는다. 오랫동안 축구를 좋아하고 경기를 봐온 팬일 뿐이다. 그런 내가 축구 전문가들과 자주 만나면서 축구에 대한 설명을 들으니 퍽 재미있었다. 그간 들었던 얘기들, 팬으로서 지켜봤던 점들을 정리해서 잠시 소개하고자 한다. 벤투 감독의 축구를 이해하는 데 조금이라도 도움이 되길 바라는 마음에서다.

벤투 감독은 처음 우리나라에 왔을 때부터 추구하는 바가 정해져 있었다. 벤투 감독의 축구 스타일을 빌드업Build up이라고 하는데 이는 적절하지 않은 표현이다. 빌드업은 상대의 압박에 대항해 공격을 전개하는 모든 과정으로서, 흔히 말하는 뻥축구조차 목적이 있는 롱볼이라면 빌드업의 일환이다. 롱볼을 차면 빌드업이 아니고 선수들이 패스를 이어가면서 공격해 나가면 빌드업이다, 라는 세간의 표현은 잘못된 상식이다.

빌드업에는 여러 가지 방식이 있다. 벤투 감독은 우리가 최대한 볼을 점유하면서 주도권을 가지고 경기를 지배하고 컨트롤하는 축구를 추구한다. 이러한 철학을 구현할 수 있게 도와주는 것이 게임 모델Game Model로, 크게 여섯 가지로 나뉜다. 공격 조직골킥까지 포함, 공격 전환상대 볼을 빼앗아서 역습, 공격 세트피스, 수비 조직, 수비 전환공격하다 볼을 빼앗기는 순간, 수비 세트피스이다. 이 게임 모델이 표준 정답지 같은 거라고 보면 된다. 이 모델을 바탕으로 하고 상대팀에 대한 분석을 가미하여 경기별 게임 플랜Game Plan을 만드는 것이다. 벤투 감독은 이것이 잘 구현될 수 있도록 코칭 스태프와 논의하고 선수들을 훈련시킨다.

게임 플랜은 쉽게 말해 족집게 과외인데 특히 핵심 기출 문제와 응용 문제를 풀기 위한 과외라고 보면 된다. 게임 모델이 '교과서'라면 게임 플랜은 '상대에 따라서 수정된 형태'이다. 예를 들어서 벤투는 기본적으로 골키퍼들이 골킥 시 킥이 아니라 패스하는 걸 선호한다. 이는 게임 모델에도 나온다. 그런데 패스가 아닌 킥을 할 때가 있다. 당시 상황이나 상대팀을 고려하여 목적성이 있는 킥을 하는 것이다. 아무 의미없이 골키퍼가 뻥 차는 것이 아니라 빌드업의 일환이다. 기본 철학은 변하지 않되 다양한 상황과 상대팀 성향 등을 고려해서 변칙이 이뤄진다고 보면 된다.

또 하나의 예로 우리 진영에서 빌드업 시 풀백들을 상대 진영에

높게 배치하는 것이 기본 게임 모델인데, 밀집수비를 하는 상대팀을 상대할 때는 다소 낮은 위치에 풀백들을 포진시킨다. 기본 게임 모델 안에서 각 경기에 맞게 조정하는 게 게임 플랜이다.

선수들은 공격할 때 어떤 인원이 공격 지역으로 넘어가고 어떤 인원이 수비 지역으로 남는지, 같은 선수가 수비에 있을 때와 공격에 있을 때 각각 어떻게 할 것인가, 공격 혹은 수비 시 중앙이냐 사이드냐에 따라 어떻게 할 것인가, 수비 하는 과정에서는 롱볼을 찰 것인지, 짧게 끊어서 패스로 진행할 것인지 등등 갖가지 상황에 대한 게임 플랜을 반복 훈련으로 익힌다. 그런 다음 자신의 재량을 덧붙인다. 벤투 감독은 선수들의 창의력을 존중하는데, 그것이 더 좋은 경기 결과를 만들어낼 수 있다고 생각하기 때문이다.

세계적인 수비형 미드필더였고 현재는 세계 최고의 감독이라고 인정받는 맨체스터 시티 감독 펩 과르디올라는 벤투처럼 선수들의 창의적인 플레이를 존중한다. 기본 모델을 주고 그 안에서 선수들이 알아서 할 수 있도록 한다. 반면에 토트넘의 안토니오 콘테 감독은 모든 걸 계산하는 타입이다. 이탈리아에서 감독을 할 때도 선수들에게 상황별로 모든 케이스를 다 만들어주었다. 쉽게 표현해서 정답지를 준 것이다. 두 사람 중 누가 더 옳은가란 없다. 감독의 스타일일 뿐이다.

벤투 감독의 게임 모델과 게임 플랜이 선수들에게 전달되면, 그들은 이를 이해하고 익히면서 자신의 스타일을 입혀 나간다. 누군가는 빠르게 배울 수 있고, 또 다른 누군가는 그보다 늦을 수도 있다. 모든 선수들이 전술을 자연스럽게 체화하여 구현할 때까지 시간이 걸린다.

벤투 감독의 축구 철학에 자신의 스타일을 잘 입히는 대표적인 케이스는 황인범 선수다. 어떤 상황에서 어떻게 패스하기, 라는 기본 지침을 받고 그 점을 고려하면서 현장 상황에 맞게 변형하는 것이다. 예를 들어 선수들이 중앙에 몰려 있을 땐 공을 측면으로 빼라는 지침을 받았는데, 마침 황희찬 선수가 잘 침투한 걸 발견했다면 그쪽으로 패스하는 것이다. 선수들의 자율성이 이렇게 발휘된다.

데이터를 축구에 활용하면서 스포츠 데이터를 분석하는 회사가 많아지고 기술이 발전하면서 선수들의 성향을 분석하는 게 쉬워지고 있다. 감독들마다 이런 데이터를 자기 스타일에 맞게 활용하고 있다. 벤투는 데이터를 선호하되 선수들의 창의성이 발휘할 수 있는 길을 열어둔다.

창의성은 기본적으로 지식이 없으면 나올 수 없다. 수학의 기본 공식을 모르는 사람이 미적분을 풀 수 없는 것과 마찬가지다. 창의적인 플레이를 하기 위해서는 선수들이 기본 전술과 팀 전술에 대한 이해도가 있어야 한다. 나는 이 위치에서 무엇을 해야 하는가(개인 미션), 우리 팀은 이 순간에 무엇을 할 것인가(팀 미션), 이걸 감독이 제시해준다. 선수들은 팀 미션과 개인 미션을 모두 이해해서 수행해야 한다.

2018년 9월 7일 벤투호의 첫 경기 상대는 코스타리카였다. 감독은 한국 대표팀에 부임한 후 한 달여밖에 되지 않은 상태에서 매우 짧은 시간 내에 자신이 추구하는 축구 모델에 대해 설명해 주었는데, 경기 때 우리 선수들이 그걸 잘 수행해서 퍽 만족스러워했다. 이때 받은 느낌을 세르지오 수석코치와 이야기한 적이 있었다. 팀 벤투의 포르투갈 코칭 스태프들은 자신들이 구현하고 싶은 축구를 우리 선수들이 충분히 해낼 수 있다고 확신을 가졌다고 한다.

2019년 AFC 아시안컵과 월드컵 2차 예선, 친선경기 등을 치르고 2020년이 되었다. 코로나 때문에 제대로 된 경기를 할 기회를 거의 얻지 못했다. 올림픽 대표팀과의 친선경기, 오스트리아에서 멕시코, 카타르와의 경기가 다였으니까. 벤투는 예측 가능한 범위 내에 모든 일이 있어야 하고 예측을 벗어나는 일을 원하지 않는 타입이다. 그의 색깔이 조금씩 대표팀에게 입혀졌지만, 코로나로 중간에 가로막히면서 시행착오를 겪어야 했다. 성과가 빠르게 나타나지 않으면서 감독에 대한 불신의 목소리가 새어 나오자 걱정하는 사람들이 많았다. 코로나로 인한 변수, 뜻대로 흘러가지 않는 환경 모두 벤투 감독을 힘들게 했다.

2021년 10월 이란에서 열린 원정 경기를 기점으로 벤투호에 대한 평가가 달라졌다. 경기력이 좋아지고 감독이 여러 옵션을 들고 경기를 운영하고 있음을 확인한 언론들은 대체적으로 호의적인 반응을 보였다. 과거 벤투 전술이 단조롭고 변화가 없다고 비판했었으나, 다양한 플레이가 보인다는 평가가 주류를 이뤘다. 그리고 마침내 우리는 2022년 2월, 아랍에미리트에서 열린 시리아와의 최종예선 8차전에서 월드컵 본선 진출을 확정했다. 이에 더해 2022년 3월 서울 월드컵 경기장에서는 11년 만에 난적 이란을 꺾는 쾌거를 이루었다.

축구는 스토리가 있는 경기다. 감독은 그 스토리를 쓰는 사람이다. 밀릴 때, 몰아칠 때, 중간 단계일 때 등 상황마다 빠르게 캐치해서 선수들이 어떻게 조치해야 하는지를 훈련으로 미리 주지시킨다.

스토리가 무너지면 경기 장악력이 휘청거리고 큰 점수 차로 패할 수 있다. 2021-2022 EPL 9라운드 맨유와 리버풀의 경기에서 맨유가 대패했다. 0:5라는 충격적 스코어였다. 맨유의 스토리가 무너졌기에 발생한 패배였다. 천하의 호날두가 똥볼을 차는 굴욕적 모습에 팬들은 놀라지 않을 수 없었다. 지금까지 벤투호는 스토리가 한 번도 무너졌던 적이 없다. 단 한 번, 2021년 일본전이 유일했다. 물론 그것조차 승패에 무관하게 코로나 시대의 축구를 하겠다는 목표에 따른 것이지만 말이다. 벤투는 스토리가 무너지지 않는 힘을 키우고 싶어 했고, 소기의 성과를 거두는 중이다.

이제 그는 주전과 비주전의 경기력을 좀 더 끌어올리고 이들의 조화를 고민하면서, 인력풀을 다양하게 하기 위해 새로운 선수들을 테스트하는 데에도 관심을 쏟고 있다. 이는 2022년 1월 터키 전지훈련의 목적이기도 했다. 어떤 경기에서 누구를 쓸 것인지는 감독의 선택이다. 선수 개인의 성향, 상대팀 전력, 우리 팀 전력, 원하는 결과, 당일 경기장 환경까지 꼼꼼하게 고려해서 선수를 선택한다. 이 과정에서 모든 선수들에게 설명하고 이해를 구하는 건 필수다.

벤투 감독은 선수 성향을 관찰하고 눈에 보이지 않는 이면도 보려고 노력한다. 이를 위해 식사할 때, 경기할 때, 훈련할 때, 선수들과 대화를 많이 하고 코치나 스태프 등 다양한 루트를 통해 선수들의 정보를 입수한다. 스스로의 관찰에 다른 사람들의 의견을 모두 취합하여 판단하려고 한다. 자기 판단이 틀릴 수 있으므로 자신을 맹신하지 않는다.

꼬치꼬치 따지고 이유를 캐묻는 벤투의 스타일은 스스로 피곤할 뿐 아니라, 상대를 귀찮게 만든다. 좋은 게 좋은 거라는 우리나라 정서와 잘 맞지 않는다. 누가 나를 계속 관찰한다는 게 얼마나 부담인가. 그러나 벤투 감독의 관찰이 선수들의 발전을 위하는 것이라는 걸 인지한 선수들은 이를 강점으로 활용해 빠른 발전을 이뤄냈다. 스태프들도 마찬가지다. 유야무야 넘어가는 법이 없고 때로는 마찰도 불사하는 감독이 때론 부담스러울 수 있다. 그럼에도 마찰을 통해 성과를 내고 발전적인 방향으로 갈 수 있다는 걸 이해한 스태프들은 감독과 협력하면서 일을 해나가고 있다. 클럽팀과의 협조도 한층 원활해졌다.

스태프들은 헌신적이고 서로 합이 잘 맞는다. 팀닥터 쪽도 그렇다. 장기모 교수는 2021년 한 해 동안 선수단의 모든 소집, 합숙훈련, 해외 원정 경기에 빠짐없이 참여했다. 금쪽같은 안식년 일 년을 A 대표팀 팀닥터 활동에 몽땅 털어 넣었다. 내가 열심히 한다고 까불어봐야 장 교수에 비하면 한참 모자라다. 그렇게 열정적이면서도 드러내지 않고 은근하다. 나는 즉흥적이고 시끌시끌한데, 장 교수는 사색

적이고 철학적이다.

2022년 월드컵을 앞두고 올림픽 대표팀 팀닥터를 역임한 정형외과 전문의 왕준호 교수, FC 서울 팀닥터이자 재활의학과 전문의인 조윤상 원장이 합류하였다. 앞으로 의무팀이 선수들에게 더 많은 도움을 줄 수 있을 것으로 기대하고 있다.

행정팀에서는 정태남 현 국가대표팀 지원팀장의 기획력과 문채현 차장, 이경민 매니저의 하모니가 좋다. 완벽주의자인 정태남 팀장, 부드러운 문채현 차장, 국제 경험이 풍부한 이경민 매니저. 장단점이 서로 다르니 시너지가 난다. 스태프들 간의 협력이 잘 되는데, 선수들은 말할 것도 없다. 축구협회 내 인력풀이 다양하고 협력이 잘 이뤄진다. 벤투호가 변하고 있는 게 아니라 오랜 노력의 결과가 날개를 펼치고 있다고 보는 게 맞을 것이다. 비로소 옷이 몸에 잘 맞는 상태가 된 것이다.

11월 원정을 떠나기 전에 벤투 감독과 식사를 같이 하며 감사 인사를 전했다. 축구 대표팀이 좋은 성과를 거둬서 한국인들이 무척 기뻐하고 있다고 전해주었다. 벤투 감독은 자신도 행복하다고 했다. 한국 선수들은 정말 뛰어나고, 자신이 방향을 제시했을 때 훌륭히 잘해내고 있으며 최선을 다해 노력하고 있다고, 그런 모습이 자신에게 큰 의미가 있다고 화답했다.

벤투호는 2022년 1월 25명의 국내파 선수들 위주로 터키 안탈리아로 전지훈련을 떠났다. 25명 중 대표팀에 첫 소집된 선수들이 7명이나 되는 것은 신예를 발굴하겠다는 의지를 나타낸 것이다. 전지 훈련 중 치러진 두 번의 친선경기에서 대표팀은 5:1(15일, 아이슬란드), 4:0(21일, 몰도바)의 스코어를 기록하며 7, 8차전에 대한 기대감을 올렸다.

1월 27일 레바논 사이다 시립경기장에서 열린 7차전 경기. 대표팀은 논두렁 그라운드에서 쏟아지는 비를 맞으며 1:0의 승리를 거두었다. 2월 1일 두바이에서 열린 8차전에서는 시리아를 상대로 2:0의 승리를 거뒀다. 두바이 입국 과정에서 코로나 감염 사실이 확인된 홍철 선수가 격리되는 충격이 있었으나 선수들 모두 그동안의 경험을 토대로 흔들림 없이 경기에 임해 좋은 결과를 얻었다. 코로나 대응 경험이 풍부한 스태프들의 후방지원이 빛을 발한 것은 두말할 필요가 없다.

이로써 A 대표팀은 9, 10차전 결과와 상관없이 카타르 월드컵 본선 진출을 확정 지었다. 브라질, 독일, 이탈리아, 아르헨티나, 스페인에 이어 여섯 번째로 월드컵 10회 연속 진출의 신화를 쓴 것이다. 대한민국의 FIFA 랭킹은 33위에서 29위로, 4계단이나 껑충 뛰어올랐다. 기쁨에 찬 선수들, 국민들과 함께 벤투 감독과 코칭 스태프도 모처럼 활짝 미소를 지었다.

조 추첨이 끝나고 포르투갈, 우루과이, 가나와 같은 조에 편성된 지금, 벤투 감독은 우리의 월드컵을 11월로 끝내지 않을 계획을 짜고 있다. 그의 계획, 우리의 꿈이 이뤄지길 뜨겁게 갈망한다.

대한민국 축구 남자 A 대표팀은 오랫동안 만만치 않은 길을 걸어

왔다. 코로나로 인해 더 거친 길이었다. 이 길의 끝에 무엇이 있을까. 월드컵으로 가는 길은 워낙 변수가 많다. 선수들에게 어떤 이슈가 발생할지 모르고, 본선은 또 다른 레벨이다. 그동안과 또 다른 상황을 숱하게 맞닥뜨릴 것이다. 이런 과정에서 대표팀은 진짜 프로의 모습을 보여주어야 한다. 프로와 아마추어의 차이는 얼마나 꾸준하냐이다. 어떠한 상황에서도 일정 수준 이상을 보여주는 게 진짜 프로이다. 대표팀 선수들이 이를 입증해 줄 거라고 믿는다.

혹자는 2002년 한일 월드컵 때 한국이 4강에 진출했을 때 벤투 감독이 포르투갈 국가대표 선수였으니, 좋은 기를 받아서 좋은 성적을 내보자고 하기도 한다. 축구협회, 그 안에서 남자 대표팀, 그 안에서 의무팀. 작은 톱니바퀴와 같은 내 입장에서는 감히 짐작하기 어렵다. 커다란 바람을 기대하지만, 이걸 사람이 일으킬 수 없고 방향을 조절할 수도 없다. 그렇기에 할 수 있는 만큼 최대한 노력하고 그다음은 운명에 맡기는 게 최선일 것이다. 열심히 노력했는데 안 되면 할 수 없는 거니까. 최선의 노력 끝에 얻은 결과라면 후회도 되지 않을 것이다. 그러기 위해 오늘 매일의 최선을 다하고 있다. 우리가 할 수 있는 최선, 양질의 결과를 만들어내는 게 우리의 희망이다.

한국 스포츠 발전을 위한 제언

선수 관리 목표, 부상 치료 아닌 예방!

국가대표팀 의무팀의 궁극적인 목표는 선수가 부상당하지 않도록 예방하는 것이다. 선수가 부상당하면 다음 경기에 불참하게 되고, 선발 명단을 꾸리는 데 영향을 미친다. 선수의 부상은 개인이 아니라 팀 경기력에 영향을 미치는 중대한 문제이다.

선수는 부상을 입으면 아무래도 플레이가 위축되기 쉽다. 부상을 안 당하고 싶은 게 몸의 본능이다. 우리의 신체는 참 현명해서 경험을 통해 학습하면 같은 실수를 반복하지 않으려 한다. 그런데 선수들은 이러한 인간 본능적 학습을 따를 수 없다. 부상당할까 몸을 움츠리면 경기력에 영향을 주기 때문이다. 인간으로서 갖고 있는 보호본능을 제거하지 않으면 안 되는 것이다. 손흥민 선수를 비롯해 많은 선수들이 공통적으로 말하는 것이 하나 있다. 부상 없이 경기를 뛴 적이 없다는 것. 자신들은 통증을 늘 달고 살고 그것에 익숙해져 있다고 한다. 축구뿐 아니라 스포츠 선수들이라면 모두 그럴 것이다.

현재 우리나라 스포츠계의 선수 관리는 부상 치료, 즉 사후 관리에 초점이 맞춰져 있다. 엄격하게 보면 이것은 비효율적이다. 부상이 발생하고 나서 치료하는 것보다는, 부상 발생률을 확 낮추는 것이 선수의 경기력 향상에 훨씬 더 도움이 되기 때문이다. 소를 잃고 나서 외양간을 고치는 것보다 소를 잃기 전에 외양간을 수리하는 게 백 배 낫다는 건 상식이다.

부상 치료가 선수 관리의 중심이 된 이유는 무엇일까. 첫째 선수가 부상당하기 전에 미리 관리하고 예방하는 데 필요한 요소가 아직까지 갖춰지지 않았기 때문이다. 예방하려면 선수들의 평상시 건강 상태에 대해 소속팀 팀닥터와 대표 의무팀 간에 일정하고 꾸준한 의사소통이 이뤄져야 한다. 대표팀이 요구해서 될 일이 아니라 상호 간에 필요성을 공감하고 마음이 잘 맞아야 가능하다. 선수 역시 자신의 건강 정보 공유에 열린 마음을 가져야 한다. 소속팀, 대표팀, 선수 본인 중 어느 쪽 하나라도 거부감을 갖는다면 이뤄질 수 없다.

선수의 출전 여부를 결정해야 하는 감독과 코칭 스태프는 선수의 건강에 대해 최대한 자세한 설명을 듣고 정보를 얻기를 원한다. 그런데 건강 정보가 제한적일 때 적절한 판단을 내리기 어렵다. 특정 검사에서 발견되지 않는 문제들이 있을 수 있고, 선수가 자기 문제를 말해주지 않는 경우에는 진찰을 해도 알아내기 어려운 경우가 많다. 예를 들어 한 선수가 소속팀 경기 때 약간의 불편감을 겪었는데 크게 문제가 없을 것 같아서 대표팀에 소집된 경우를 생각해보자. 대표팀 소집기간 중 의료진이 매의 눈으로 선수 상태를 관찰하다가 어딘가 불편한 부위가 있다는 걸 알게 되었다면 이때 어떻게 해야 하는가? '선수들은 다 아프지 뭐'하고 넘어갈 수 없다. 상세하게 진찰하고 필요한 검사를 시행한다. 대표팀은 선수의 소속팀으로부터 선수를 잠시 '모셔오는' 거라서 더욱 신경을 써야 한다.

만약 선수가 소속팀에서 경기를 잘하고 대표팀에 와서 검사했는데 근육이 다쳤다면서 경기를 못 뛴다고 한다면? 이건 문제가 될 수 있다. 소속팀에서 입은 부상을 미처 의식하지 못했다가 대표팀에서 발견한 것이라 해도 이런 사실관계를 정확하게 파악하기 어렵기 때문이다. 소속팀은 대표팀이 선수 관리를 제대로 못했다고 원망할 것이고, 대표팀은 소속팀에서 왜 선수의 건강 상태를 제대로 알려주지 않았냐고 원망할 수 있다. 그리고 의무팀은 중간에서 뭘 한 거냐고 욕을 먹을 수 있다. 그래서 선수들 건강 관리에 있어서 감독과 의료진, 선수들 간의 의사소통은 매우 중요하다.

선수 관리가 부상 치료 중심으로 이뤄지는 두 번째 이유는 의무팀의 역량 문제이다. 선수들의 건강 관리를 잘 해내려면 영양 상태가 어떤지, 식습관은 어떤지, 평소 훈련은 어떤 내용으로 이뤄지는지, 심리 상태가 어떠하며 고민되는 건 없는지 등등 다양한 정보가 필요하다. 이런 다양한 내용을 의무팀이 모두 커버할 수 있어야 한다. 현재 의무위원회에 여러 전문가들이 참여하고 있으나, 영양전문가, 운동능력 분석 전문가, 데이터 분석 전문가를 비롯해 좀 더 다양한 분야 전문가가 모여야 한다. 의무위원회 위원들은 축구에 대한 애정과 사명감이 있는 분들이지만 본업이 있다 보니 늘 시간 부족에 쫓긴다. 논의하다가 더 진행되지 못하기도 한다. 더 많은 사람들이 필요하다.

물론 사람이 늘어난다고 해서 다 잘 되는 건 아니다. 조직 구조가 유기적으로 움직여야 하고 내부 구성원들이 하나로 뭉쳐서 같은 목표를 향해 나아가야 한다. 스포츠 선진국들은 소속팀과 국가대표팀 간의 유기적인 정보교류와 협력체계를 갖추고 있다. 선수들의 경기력뿐 아니라 삶의 질 향상을 궁극적인 목표로 하여 신체와 정신 건강을 함께 케어하고, 은퇴 후를 위한 직업훈련 교육을 체계적으로 진행하고 있다.

이에 반해 우리나라는 소속팀과 대표팀이 각각 선수들의 건강 관리를 하고 있으며, 각자 보유한 정보를 주고받을 수 있는 공식적인 네트워킹이 존재하지 않았다. 팀닥터들 간의 친분이나 인맥으로 인해 비공식적으로 교류하는 정도였다. 다행히 2021년을 기점으로 조금씩 바뀌고 있다. 선수의 건강 상태에 대해 연속적이고 유기적인 관리가 이루어지기 시작했다. 팀닥터들과 수석 트레이너의 노력, 협회의 지원, 소속 구단의 관심 속에서 대표팀 선수들의 건강관리가 체계적으로 이루어지고 있다. 물론 아직 부족한 점이 많고 첫술에 배부를 수는 없다. 그러나 시작이 반이란 말이 있지 않은가. 앞으로 선수들의 건강관리에 긍정적인 변화가 있을 거라는 확신이 든다.

선수 관리가 부상을 넘어 예방으로, 삶의 질 향상으로 발전해 나가야 하는 것은 필연적이다. 선수들은 부상당할 위험이 줄어들면 더욱 더 경기에 집중할 수 있다. 부상으로 낙마할 걱정이 없다. 그러면 경기력이 더 좋아지고, 향상된 경기력으로 진행되는 경기를 보는 우리는 무척 즐겁다. 선수들 그리고 스포츠 팬들을 위해 선수들의 통합적 건강 관리 시스템은 반드시 필요하다.

선수들의 건강을 통합적으로 관리하는 시스템이 구축된다면 어떻게 될까. 부상 예방을 위해 맞춤 훈련 프로그램을 짤 수 있다. 선수가 어떤 상황에서 무슨 부상을 당하니 훈련 프로그램을 이렇게 하자, 라는 식으로 리스크 매니지먼트가 된다.

과거에 특이하게도 남태희, 이동경 선수가 같은 부위의 부상을 당한 적이 있었다. 2021년 9월 남태희 선수가 최종 예선 1차 이라크전 후반전에 교체 투입됐다가 부상을 당했다. 이동경 선수는 11월에 6차 이라크전을 앞두고 부상을 당해 소집에서 제외됐다. 두 사람 다 체구가 작고 강력한 슈팅을 하는 선수인데, 내전근허벅지 안쪽 근육을 다쳤다. 비슷한 체격 조건을 가진 선수들이 비슷한 시기에 같은 부위에 부상을 당했다는 점을 주목해 다른 사례들을 조사해 보았다. 그 결과 신장이 크지 않은 선수들이 순간적으로 강력한 슛을 때리려고 할 때 내전근 부상을 입을 수 있다는 결과를 얻을 수 있었다.

내전근 부상의 문제는 일반적 부상과 달리 다쳐도 티가 잘 나지 않는다는 것이다. 아프긴 한데 당사자가 큰 문제로 인식하지 못할 때가 많다. 그래서 부상을 발견하는 것이 늦어진다. 근육이 나빠지고 있는 걸 모른 채 계속 방치하다가 나중에 알게 된다. 슛을 때릴 때 근육에 강한 충격이 가해지니까 상당한 통증을 느낀다. 통증 때문에 슛의 정확도가 떨어진다. 경기력에 영향을 주는 사안이다.

선수들의 부상이 우연이 아니라 원인이 있음을 확인했다. 원인을 알았으므로 대처하는 게 가능해진다. 작은 체구에 강력한 슈팅을 때리는 선수들은 내전근 부상을 막기 위한 훈련을 받는 것이다. 바로 이런 것이 데이터 과학에 기반한 선수 맞춤형 부상 예방 프로그램이다. 우리나라는 이제 걸음마 단계인데, 스포츠 선진국에서는 진작부터 시작돼 많은 발전을 이뤄가고 있다. 우리도 스포츠 전반에 걸쳐서 데이터 과학에 기반한 선수의 통합 관리가 활발해져야 한다.

축구 + 과학 = 비즈니스

데이터를 기반으로 한 선수 관리는 미국 야구계에서 먼저 시작했다. 오클랜드 어슬레틱스OAK 구단 부사장 빌리 빈(빌리 빈은 애칭이고 본명은 윌리엄 라마 빈 3세이다)은 오클랜드 단장 시절에 통계와 데이터를 활용해 구단의 체질을 획기적으로 변화시켰다. 세이버 메트릭스Sabermetrics라는 수학적·통계학적 방법론을 도입하여 상대적으로 저평가된 선수들을 발굴해낸 것이다.

이후 빌리 빈은 보스턴 레드삭스 구단주 존 헨리로부터 천문학적 연봉과 함께 스카우트 제안을 받았지만 거절했다. 빌리 빈은 헨리의 영입 제안을 거절했으나 그와의 인연을 이어갔다. 존 헨리는 빌리 빈의 자문을 받아 2004년에 FSG펜웨이 스포츠 그룹를 설립했으며, 2010년 영국 프리미어 리그의 명문 구단 리버풀을 인수했다. 이로써 그는 세계 최고의 야구팀과 최고의 축구팀을 동시에 소유한 구단주가 되었다.

존 헨리는 2021년 4월 유럽을 떠들썩하게 만든 슈퍼 리그 출범의 주역이기도 하다. 2021년 4월 18일 플로렌티노 페레스 레알 마드리드 회장이 슈퍼 리그ESL:European Super League 출범을 공식 발표했는데, 존 헨리는 슈퍼 리그의 부회장으로 이름을 올렸다. 슈퍼 리그의 임원진은 존 헨리 외에도 안드레아 아넬리이탈리아 기업인. 유벤투스 FC 회장, 조엘 글레이저미국 기업인. 맨체스터 유나이티드 FC, 탬파베이 버커니어스 구단주, 스탄 크론케미국 기업인. 아스널 FC 구단주가 있다. 미국 거대 자본이 유럽 축구에 스며들어가고 있음을 임원진의 명단만 봐도 확인할 수 있다.

슈퍼 리그로 대변되는 미국 자본가들은 유럽 축구에 관심이 많다. 축구 자체가 매력적이기도 하거니와 열혈 팬들을 두텁게 보유한 업계의 특성상 '잘만 해보면' 황금알을 낳는 거위로 탈바꿈할 수 있다고 믿고 있다. 철저한 자본의 논리를 좇는 미국 스포츠업계, 유명하고 돈 있는 팀 몇몇이 참여하는 그들만의 리그에 거부감을 가진 팬들의 강한 반대에 슈퍼 리그 창설은 무산되었으나, 축구팬의 한 사람으로서 이들이 야구에 적용했던 두 가지가 축구에 필요하다고 생각한다. 하나는 데이터 과학, 또 하나는 자본이다.

데이터 과학은 자본력이 좋은 대형 구단들보다 소형 구단들에 더 효과를 발휘한다. 우리나라 스포츠계는 대중적 인기가 높은 야구와 축구마저도 자본이 풍부하지 않다. 그래서 운영의 효율성을 최대한 살릴 수 있는 방법을 찾는 게 필요하다. 선수들의 경기력을 과학적 데이터로 산출해서 가치에 비해 과대평가 되었다면 비용을 낮추도록 하고, 과소평가 된 경우에는 강점을 키워주면 된다.

데이터는 특정한 몇몇 사람들의 주관에 선수에 대한 평가가 좌지우지되는 것을 막아준다. 사람에게 의지하는 시스템은 그가 정확하고 열정적으로 업무를 수행한다는 전제하에서는 문제가 없다. 그러나 반대의 인물이 업무를 맡았을 때는 다르다. 데이터를 기준으로 삼으면 사람이라는 변수로 인해 발생하는 문제를 줄일 수 있다. 과거에는 선구자가 업계를 이끌었다면, 데이터는 모두의 전문성이 상향 평준화가 될 수 있게 해준다. 결과적으로 선수와 구단 모두가 윈윈할 수 있는 것이다.

우리나라 축구계는 과학을 적극적으로 받아들이기 위해 노력 중이다. 그 중심에 선 것이 한국 축구과학회이다. 축구에 대한 관심을 공유하고 전문 지식을 축구와 결합해서 축구 발전을 꾀하겠다는 목적으로 2011년에 창립되었다. 이용수 KFA 부회장이 축구과학회 회장, 황보관 KFA 본부장이 대외협력위원장을 맡고 있다. 이외에도 스포츠 의학자들이 중심이 된 몇몇 학회에서도 스포츠 과학화를 위해 많은 노력을 기울이고 있다.

한 집단이 발전하려면 네 단계가 필요하다. 연구 결과가 있는가, 그것을 표현할 수 있는가, 표현한 것을 들어줄 수 있는가, 시스템화가 되어 있는가이다. 우리나라는 이제 세 번째까지 전진한 것 같다. 마지막 단계는 비용과 시간 등의 문제가 걸려 있어 쉽지 않지만, 반드시 도달할 수 있을 것이다.

전 세계적으로 축구 과학은 유망한 비즈니스로 손꼽히고 있다. FIFA는 선수들이 경기를 뛸 때 EPTSElectronic Performance and Tracking System 착용을 공식 승인했다. EPTS는 GPS 기반의 웨어러블로 선수의 맥박수·산소포화도 등 생체신호, 출전 시간, 최고 속도, 뛴 거리, 활동량, 스프린트 횟수와 지속시간, 슈팅과 패스 성공률 등을 측정하는 시스템이다. 유럽은 이미 적극적으로 EPTS를 활용하고 있으며, K리그도 공식 경기에 EPTS 사용을 허용했다.

우리나라 스타트업계에서 축구의 과학화에 뛰어든 회사들이 있다. 국내 최초 웨어러블 EPTS '오코치OhCoach'를 개발한 핏투게더Fitogether, 인공지능시스템을 축구 경기 영상에 접목해 선수들의 움직임을 분석해서 전략을 제시하는 비프로일레븐Bepro11이 대표주자이다. 비프로일레븐의 경우 2019년 FIFA 주관 U-20 월드컵 대표팀 선수들 코칭에 활용되었으며, 창업 5년 만에 유럽 5대 빅리그영국·스페인·이탈리아·독일·프랑스 축구팀을 포함해 전 세계 약 700개 팀을 고객으로 확보했다(참고:유럽 빅5 축구 리그가 찾는 한국 AI 스타트업 '비프로일레븐'/중앙일보/2020.10.1.).

빅데이터를 활용하면 선수들의 몸 상태를 파악하기가 쉬워서 퍼포먼스 향상뿐 아니라 맞춤 훈련법, 부상 예방 등이 가능해진다. 평상시 데이터에서 달라지면 선수에게 뭔가 건강 문제가 발생한 것이므로 발 빠른 대처가 가능하다. 데이터를 잘 축적하고 분석하면 누군가의 주관적 관점에 의해 선수 평가가 좌지우지되는 일이 없어진다.

우리나라가 세계적인 변화의 흐름에 발맞춰가고 있다는 건 퍽 다행스럽다. 여기에 더해서 지도자가 데이터의 행간을 읽을 수 있다면 훨씬 더 발전할 수 있을 것이다. 경험과 지혜를 가지고 데이터의 행간에 존재하는 빈틈을 채워주는 거다. 데이터가 발전한다고 하여 그것을 맹신해서는 안 되며 데이터와 선수, 데이터와 축구팬, 데이터와 축구 문화 사이에서 균형을 잡을 수 있어야 한다. 과학만 중요시하고 축구의 본질을 이해하지 못하면 기계적인 접근을 할 수 있으며, 그렇게 되면 진정한 발전을 이룩하기는 어렵다.

데이터와 통계는 단지 선수를 평가하는 데만 사용되지 않는다. 이를테면 입장권 가격을 책정하는 데 좀 더 합리적인 안을 마련할 수 있고 이를 통해 수익을 거둘 수 있다. 현재 우리나라에서 열리는 대부분의 축구 경기 입장권료는 경기장이 어디인지, 좌석이 어떤지에 따라 금액에 차등을 둔 비교적 단순한 구조이다. 물론 서울 월드컵 경기장에서 열리는 국가대표팀의 경우 조금 더 세분화된 기준을 가지고 입장권 가격을 책정한다. 하지만 스포츠 선진국은 거의 대부분 경기장에서 제공되는 서비스에 따라 입장권 가격에 큰 차이가 있는 구조이다. 예를 들어 경기장 투어 서비스를 선택하면 전설적인 선수에게 경기장 안내를 받고 선물을 받을 수 있다. 30만 원짜리 티켓이라도 그에 맞는 서비스를 더 한다면 고객은 충분히 만족할 수 있다. 고객들은 뭔가를 구매할 때 단지 가격만 보는 게 아니라 가치를 본다.

경기를 보는 것뿐 아니라 선수와 인사하거나 사인이나 유니폼을 받거나 사진을 찍는 등등의 경험에 가치를 두고 기꺼이 비용을 지불하는 것이다. 축구를 발전시키기 위해서는 이러한 비즈니스 차원의 접근이 필요하다. 데이터를 활용해 비즈니스 성향을 강화할 수 있다면 자본의 문제를 해결할 수 있을 것이다.

사실 자본의 문제는 스포츠계가 오랫동안 갖고 있는 무거운 주제이다. 우리나라 축구 구단들은 실질적으로 적자 상태이다. 왜 그럴까. 무엇보다 시장의 크기가 너무 작다. 스폰서 기업을 유치하는 것이 쉽지 않다. 세계적인 기업들이 보기에 우리나라는 수익을 많이 거둘 수 있는 시장이 아니다. 우리 축구대표팀을 기업이 후원하게 하려면 팬들이 그 회사의 제품 혹은 서비스를 많이 이용해 줘야 하는데, 팬층이 두텁지 않으니 그런 걸 기대하기 힘들다. 기업들은 홍보나 제품 판매에 도움이 되지 않으면 막대한 후원금을 내기가 부담스러울 수밖에 없다.

당연히 협회와 축구단의 주 수입원 중 하나인 입장권 수익 역시 다른 나라에 비해 적다. 가까운 일본만 해도 우리나라보다 훨씬 더 많은 수익을 거두고 있다. 우리나라의 K리그 티켓값은 일본 J리그와 비교하면 1/4, 영국 프리미어 리그와 비교하면 1/10 수준이다(1등석 기준).

수익이 높으면 이를 구단 운영이나 유소년 선수 양성 등에 재투자할 수 있다. 그 반대라면 재투자는 어려워진다. 수익률이 악화될 때 기업이 가장 먼저 줄이는 게 R&D 분야이다. 코로나로 인해 KFA 예산이 상당히 줄어들어 과학적·의무醫務적으로 선수들을 서포트하고 유소년 축구와 인재 양성 등에 투자할 여력이 약해졌다. 빨리 힘을 키워야 한다. 축구에 비즈니스 개념이 접목되어야 하는 이유다.

축구가 발전하면 각 구단이 돈을 벌어들여서 다시 축구에 투자하는 선순환의 구조를 이룰 수 있다. FC서울, 대구FC 등 몇몇 구단을 중심으로 수익률 강화를 위한 다양한 시도들이 이뤄지고 있는데, 시장의 크기를 확대하고 수익률을 높일 수 있도록 더 많은 고민과 노력이 필요하다.

자본의 문제는 모두 거론하기를 불편해한다. 어떤 세계가 성장, 발전하기 위해 자본이 필수적으로 필요함에도 입에 담는 걸 꺼리는 것이다. 심지어 속물 소리까지 듣는다. 우리 모두 이러한 시각에서 벗어날 필요가 있다고 생각한다. 자본의 순기능을 활용해 축구를 발전시켜야 한다는 의미이다.

물론 자본이 중요하다고 해서 수익만을 좇아서는 안 된다. 유럽리그 입장권이 한화로 수백만 원에서 수천만 원까지 뛰어서 팬들에게 박탈감을 주는 것처럼, 돈이 있는 사람만 즐길 수 있는 스포츠로 바뀌어서는 안 될 것이다. 팬들과 하나가 되면서 축구라는 산업이 건강하게 발전할 수 있는 방안을 찾는 게 중요하다.

과학과 문화 사이의 중용이 필요하다

의사로서 나는 의학(인체와 질병 예방/치료를 연구하는 학문)은 과학이지만 의료(병을 치유시키는 행위인데, 자연적·사회적·시대적 조건에 따라 달라진다)는 문화라고 생각한다. 또한 축구에 과학이 접목되는 건 필연이라 생각한다. 과학으로 인해 축구는 지금보다 더 많은 발전을 이룩할 수 있다. 다만 의학이라는 과학을 축구에 접목하려면 축구 문화와 중용中庸을 이룰 수 있는 방안을 찾는 것 역시 꼭 필요하다. 다소 어려워 보이지만 중요한 이 이슈를 지금부터 풀어보려고 한다.

2020년에 있었던 일이다. 인도에서 축구 실력이 굉장히 뛰어난 선수가 있었다. 그는 유럽으로 연수를 갔다가 돌아와서 프로팀에 스카우트되었는데, 메디컬 테스트에서 비후성 심근병증(심실중격과 좌심실 벽이 두꺼워지는 심장 질환)이 발견되었다. 급사를 할 가능성이 있어 주의를 요하는 질환이다.

인도 축구협회는 해당 선수에게 더 이상 뛰지 말라고 판정했다. 선수 생명을 끝내는 결정이었다. 선수는 억울하다며 국제스포츠중재재판소CAS와 AFC에 제소했다. CAS는 선수를 영국의 권위 있는 스포츠 센터에서 진단받게 하였는데, 그곳의 의사는 '뛰어도 괜찮다'는 소견을 밝혔다. 비후성 심근병증이라 해도 사망률이 약 1%, 대부분 증상이 없거나 경미한 만큼 경기를 뛰어도 괜찮다는 것이다.

한편 AFC에서 메디컬 위원회를 열고 이 선수에 대해 논의했다. 나는 AFC로부터 연락을 받고 선수의 데이터를 받아 검토하면서, KFA 의무분과위원회 위원들 중 심장 전문의들에게 자문을 요청했다. 자문에 응해주신 모든 분들이 해당 선수가 더 이상 선수 생활을 이어가서는 안 된다는 소견을 전해주었다. 이 병증은 급사의 위험 때문에 의사들이 보수적으로 판단한다. 아무리 확률이 낮아도 사망 가능성이 있는 게 사실이므로, 선수가 건강하고 오래오래 살려면 운동을 포기해야 한다고 보는 것이다.

양쪽 입장을 모두 보았다. 어떤가. 의학은 과학의 영역에 속한다. 과학을 접목하더라도 축구라는 문화와 중용을 이룰 수 있는 방안을 찾아야 한다는 건 바로 이런 문제 때문이다. 의사라면 누구나 위의 선수를 비후성 심근병증이라고 진단할 것이다. 병에 대한 진단은 얼마든지 과학만으로 가능하다. 그러나 '비후성 심근병증을 가진 선수가 축구를 계속할 수 있을까?' 하는 의문은 과학으로만 판단할 수 없다. '선수의 생명'이 가장 중요하지만 '선수로서의 생명'을 섣불리 끝낼 수 없으므로 이런 문제가 발생하면 매우 진지하고 다각적으로 고민해야 한다.

비후성 심근병증의 사망률이 현저히 낮음에도 불구하고 한평생 축구를 한 선수에게 축구를 그만두라고 말해야 할까. 선수의 삶 그 자체인 축구를 포기하라고 하기보다는 사망확률이 낮으니 조심하면서 축구를 하라고 하는 것도 가능한 것일까?

과학이 발달할수록 이런 케이스는 많아질 것이다. 그에 따라 의사들의 고민이 깊어진다. 일반적인 환자 진료 때 의사는 MRI를 찍으면 전치 몇 주 진단을 내릴 수 있다. 그런데 대표팀에서는 조금 다르다. 고려해야 할 요소들이 훨씬 많다.

선수들은 부상이 있어도 뛸 수만 있다면 뛰고 싶어 한다. 팬들도 자신이 좋아하는 선수의 출전을 바란다. 감독과 스태프들도 승리가 절실하다. 이럴 때 어떻게 결정해야 할까. 국가대표팀 팀닥터는 선수 건강, 감독의 뜻, 소속팀 상황, 행정 관련 사항, 국민의 기대치 등을 모두 고려해서 결정해야 한다. 일반 환자를 진단할 때처럼 전치 몇 주, 회복 기간 얼마, 해서 결정할 수 없다. 굉장히 복잡한 문제이고 균형을 잡기가 늘 어렵다. 어찌 보면 국가대표팀 팀닥터란 자리는 독이 든 성배일지도 모르겠다.

아무리 최선을 다한다 한들 자기 소견에 대한 책임을 모두 감당할 수 있을까. 선수를 직접 관찰하고 관련 데이터를 모두 파고든다 해도 어려운 문제이다. 과학적 데이터는 명확해도, 해석은 복잡하며, 책임의 무게는 부담스럽다.

그렇기에 스포츠계 의학 전문가들은 의학醫學과 의료醫療의 경계에서 균형을 찾으려고 끊임없이 노력해야 한다. 서두에 언급한 것처럼 나는 의학은 과학이지만, 의료는 문화라고 생각한다. 병증 진단은 과학적으로 가능해도 그 치료를 언제 그리고 어떻게 할 것인지는 사람의 삶과 전반적으로 연결해서 판단해야 한다. 앞서 언급했듯이 과학이 발전해도 맹신해서는 안 되며 데이터를 해석하는 사람의 시각과 경험이 무시되어서는 안 된다. 과학과 축구의 본질, 그 사이의 균형을 잡으려는 노력 역시 병행되어야 한다.

기분 좋은 변화를 기대한다

데이터 과학을 바탕으로 선수 건강을 통합적으로 관리하게 된다면 팀닥터들은 지금보다 더 바빠질 것이다. 현재 대표팀 팀닥터들은 전술회의 때 참여하지 않는다. 훈련장에서 선수들의 모습을 지켜보긴 하지만 회의에 들어가진 않는다. 그러나 통합적 프로그램이 도입되면 선수들의 훈련 정보를 팀닥터들이 알아야 한다. 식단을 어떻게 짜야 할지, 체력을 유지하기 위해 어떻게 영양 관리를 할 것인지, 그에 따르는 운동법은 무엇인지 등을 코칭 스태프와 논의해야 한다. 누가 주전인지, 누가 교체 투입 예정인지 알고 있어야 한다.

벤투 감독과 코칭 스태프들은 데이터 과학에 관심이 많고 팀닥터들에게 이런 역할을 요구하고 있다. 그는 선수가 부상이 있을 때 뛰지 못하게 한다. 후유증의 위험을 감수하면서 뛰게 하지 않는다. 다만 그런 부상 가능성을 미리 알고 싶어 한다. 선수 부상으로 인한 변수를 좋아하지 않는다. 그래서 데이터 과학을 활용하면서 팀닥터들에게도 주문이 많은 것이다. 벤투 감독의 이런 성향에 따라 축구대표팀은 2018년부터 정형외과와 내과, 두 명의 팀닥터가 함께 움직이게 되었고, 근래 들어 물리치료사도 증원되었다. 점점 발전하고 있으나 선진국들이 갖춘 체계로 가자면 더 많은 변화가 필요하다.

사실 변화가 일어나면 일하는 사람들 입장에서는 힘들다. 설명 중에 데이터 과학에 관심이 많은 나조차도 그렇다. 옛날엔 안 했던 일이니까. 그러나 데이터 과학이 꼭 필요하다는 걸 알기에 그 방향으로 가자는 것이다. 감사하게도 현재 우리 대표팀은 그러한 방향으로 가고 있다. 정몽규 협회장이 적극적으로 방향을 제시하고, 이용수 부회장은 데이터 과학의 전문가이며, 새로 부임한 박경훈 전무는 선수들과 감독들의 입장을 잘 이해한다. 황보관 본부장은 일본통이자 국제적인 감각을 보유하고 있다. 서동원 의무분과위원장은 선수들이 최상의 컨디션을 유지할 수 있도록 다양한 지원을 아끼지 않는다. 선수단의 경기력 데이터를 관리하는 브라질 유학파 우정하 코치를 비롯한 대표팀 스태프들 하나하나가 이러한 변화를 받아들이고 대표팀에 도움이 될 수 있도록 노력하고 있다. 감독과 코칭 스태프, 행정 스태프, 의무팀도 유기적으로 협력하고 있다. 처음에 변화를 어색해 했던 선수들은 팀의 방향성을 인정하고 잘 따라준다.

대표팀의 당면 과제는 카타르 월드컵에서 좋은 성적을 거두는 것이다. 나는 지난 4년간 벤투호와 함께하면서 이 팀은 월드컵과 관련하여 인간의 힘으로 할 수 있는 최선을 다했다고 생각한다. 그러면 다음은 무엇이어야 할까. 벤투호가 좋은 성적을 거두더라도 그 성취에 취하지 말고 다음을 기약해야 한다.

2002 한일 월드컵 때 한국 대표팀은 4강 진출의 신화를 썼다. 그때도 히딩크호가 낳은 산물을 어떻게 이어갈 거냐는 고민이 있었다. 이러한 고민이 일회성에 그쳐서는 안 된다. 결과가 좋다고 과정의 문제를 덮어서는 안 되고, 결과가 나쁘다고 과정의 장점을 폄훼해서도 안 된다. 결과가 좋았는지 나빴는지의 여부를 떠나 과정을 들여다보고 잘한 점과 보완점을 찾아야 한다. 이를 기록으로 남기고 연구하며

더 발전시켜 나가야 한다. 내가 책을 쓰려고 결심했던 것은 이런 이유에서다. 성취의 순간에 매몰되지 않고 과정을 기록하고 연구할 때, 과거의 경험은 단지 기억에 머물지 않고 우리를 더 성장시켜주는 유산으로서 빛을 발한다. 그리고 다행스럽게도 대한축구협회는 이미 이를 준비하고 있다. 마이클 김, 최태욱 코치가 벤투호의 선수단 운영방식을 내재화하는 중추적 역할을 하고 있으며 TSG라고 불리우는 전력 강화위원들의 선수단 분석자료는 향후 우리 대표팀의 발전에 큰 도움이 되리라 확신한다.

스포츠계를 들여다보면 감독이 누구냐에 따라 많은 게 달라진다는 걸 확인할 수 있다. 감독에 따라 운영 스타일은 다를 수 있다. 그러나 이를 지원하는 시스템Infrastructure은 감독이 누구든 유사해야 한다. 좋은 시스템이 만들어졌다면 감독이 바뀌었다고 그것이 사라지는 게 아니라 개별 소스들을 재정리해서 시스템을 더 발전시켜야 한다. 다양한 분야 전문가들이 적극적으로 소통하면서 시스템을 구축하고 발전시키기 위해 무엇을 지원하고 어떤 리소스가 필요한지를 논의해야 한다. 문제 자체를 불편하게 생각하지 말고 기꺼이 상대하면서 해결하기 위한 노력을 할 수 있어야 한다. 그러한 조직에게 발전적 미래가 있다.

시곗바늘을 움직이는
작은 톱니바퀴처럼

처음엔 경기를 보는 것만으로도 좋았다.

선수들을 만나고 승리의 현장에 함께하는 것만으로도 좋았다.

선수들이 승리하면 카타르시스가 느껴진다. 자긍심과 행복감이 순간적으로 폭발한다. 2018년 아시안게임에서 축구대표팀이 금메달을 딸 때 눈물 나게 감동적이었다. 국민들이 환호하면서 기뻐하는 것도 너무 보기 좋았고, 내가 눈곱만큼이라도 기여했다는 사실이 참 뿌듯했다. 이 마음이 지금까지 이어지고 있다. 그렇기에 병원 진료를 마치고 공항으로 달려가 경기를 보러 가고, 잠 한숨 안 자고 돌아와서 병원에서 신나게 일할 수 있었다.

경기를 지켜보는 누구나 같은 마음일 것이다. 이런 마음을 계속 느끼고 싶어서 내가 할 수 있는 노력을 하고 싶었다.

다른 차원에서는 나름의 '소심한 애국심'이 있었다. 선수들을 따라 타국에 가서 애국가와 태극기를 만나면 감격스러웠다. 외국에 나가면 애국자가 된다는 건 빈말이 아니었다. 우리나라를 알아보고 좋아해 주는 이들이 있으면 어깨가 으쓱거린다.

FIFA 직원 중에 나한테 무척 친근하게 행동하는 이가 있다. 너무 잘해주어 이상할 정도였는데 알고 보니 그가 블랙핑크의 왕팬이었다. 동생은 BTS의 왕팬이라고 했다. 그에게 블랙핑크 멤버 지수 씨의 사인을 받아주니 난리가 났다. 이보다 더 좋을 수 없을 정도로 그의 친절도가 상승했다. 박세리·류현진·김연아 선수, BTS와 블랙핑크처럼 해외에서 뛰는 축구선수들이 우리나라의 국격을 드높이고 있다. 그야말로 민간 외교사절단이다.

내가 품은 소심한 애국심이란 대단한 게 아니라 이런 거다. 우리나라를 위해 우리 선수들에게 잘해주고, 우리나라에 온 외국팀 선수들에게 잘해주는 것이다. 애국이라니. 꼰대 같아도 어쩌겠나. 40대 아재로서 이 세대는 다들 그런 마음을 쬐금씩은 가지고 있다. 좋아하는 축구, 우리나라를 위해 내가 할 수 있는 노력을 한다. 이 결심으로 여기까지 왔다.

책을 쓰겠다는 것도 같은 맥락이었다. 내가 도움이 되는 사람이고, 앞으로 더욱더 그렇게 될 거라고 잔뜩 힘을 줬다. 책이 잘 팔리면 KFA에 인세를 기부하겠다는 야심찬 계획도 세웠다. 솔직히 고백하건대, 우쭐대는 마음이 있었다.

책을 끝내면서 이런 감정이 달라졌다. 내 부족함을 절감했다. 기꺼이 무대 뒤를 자처하며 헌신하고 있는 수많은 전문가들에 비하면 나는 아무것도 아니었다. 이 세상 곳곳에 빛나는 별들이 숨어 있다는 걸 대표팀 팀닥터가 되지 않았다면 알지 못했을 것이다. 그들 앞에서 까불었다는 사실이, 보탬이 되겠다는 큰소리가, 부끄럽기 짝이 없다. 시계를 움직이겠다고 호기를 부렸으나 실은 작은 톱니바퀴 하나에 지나지 않는다.

이제는 욕심을 내려놓고 내 본분을 바라본다. 축구대표팀 팀닥터로 활동한 지 햇수로 5년째, KFA 의무분과위원으로서 6년째, AFC 의무위원으로 7년이다. 고민이 점점 많아진다. 축구와 방역, 경기력과 선수 건강, 꿈과 현실. 매 순간 줄타기를 하고 타협점을 찾아가려 노력하고 있다. 중용中庸, 역지사지易地思之란 단어가 책 속이 아닌 현실세계에서 살아 숨 쉬게 하려면 얼마나 더 노력해야 할까. 가늠되지 않는다.

그래도 이 모든 고민은 나를 더 나은 방향으로 갈 수 있게 도와줄 것이다. 선수들이 좀 더 행복하게 운동할 수 있는 환경을 위해, 더 나은 미래를 만들기 위해 고민하는 이들이 많다. 누구든 혼자서는 변화를 만들 수 없다. 여러 사람의 선의와 역량이 모여야 한다. 이 책을 통해서 비슷한 생각을 가진 사람들, 축구를 좋아하는 이들이 더 많이 모일 수 있었으면 좋겠다.

한 사람, 한 세계의 발전을 보면서

처음 저자와의 만남은 어색함투성이었다.

책 작업을 돕겠다고 온 나는 전형적인 '축알못'이었고, 저자는 축구세상에의 열정이 끓어 넘치는 '열혈남아'였다. 몹시도 다른 조합에 두려움이 컸으나 미팅을 거듭하면서 그가 보여주는 세상 속으로 빠져들어 갔다.

저자의 계획은 하루빨리 책을 만드는 게 목표였다. 2020년 코로나19 팬데믹으로 거의 문이 닫히다시피 한 축구계를 안타까워하면서 코로나 시대에 축구를 할 수 있는 방법을 널리 알리고 싶어 했다. 책이 나오면 다른 나라에도 소개하겠다는 꿈도 꾸었다. 우리나라의 방역이 타국가보다 모범적이었기에 전 세계 축구계에 우리의 경험을 공유하면 많은 도움이 될 거라고 생각했다. 선수들과 축구계에서 일하는 많은 이들의 생업이 끊어지지 않도록, 우리가 사랑하는 축구가 계속 이어질 수 있도록, 필요한 이야기를 하고 싶어 했다. 그래서 서둘러 작업을 진행했다.

저자는 자신이 좋아하는 세계에 진심인 사람이다. 병원 진료, 행정 업무, 팀닥터 업무로 바빠 죽을 지경일 것 같은데도 책 작업에 시간을 냈다. 마른행주의 물기만큼 시간이 없어 보이는데도 어떻게 해서든 틈을 냈다. 아무리 좋아하는 일이라도 저렇게까지 할 수 있을까 하는 생각이 들었다.

피곤해 보이는 안색으로 만나도 축구 이야기를 할 때만큼은 신기하게 에너지가 끓어 넘쳤다. 방역과 경기를 설명할 때는 진지했고, 사람들을 말할 때는 눈빛에 웃음이 돌았다. 세 시간 넘게 얘기를 쏟아내면서 되레 안색이 돌아왔다. 안쓰러운 마음에 언제 쉬시냐 물으면, "지금 이게 쉬는 거예요."라는 대답이 돌아왔다. 좋아하는 일을 위해 노력하는 것, 이것이 그에게는 비타민이었다. 참 간절하구나, 진심이구나, 싶었다.

작업이 진행되면서 1, 2차 백신 접종이 이뤄졌고 코로나가 곧 종식될 수 있을지 모른다는 희망이 들었다. 그러나 코로나는 계속해서 얼굴을 바꿨고 축구 이슈도 경기가 진행됨에 따라 달라졌다.

그에 따라서 저자의 생각 역시 바뀌어갔다. 더 많은 사람들의 이야기가 담기길 바랐다. 스태프들의 땀과 눈물, 주전 선수들을 묵묵하게 받쳐주는 선수들, 다방면으로 경기 진행을 도와주는 크루들까지,

화려한 무대 이면의 이야기를 더 많이 하고 싶어 했다. 축구세상을 구하겠다고 나 홀로 고군분투하는 듯했던 그의 모습은 다 함께 차근차근 나아갈 수 있다는 기대감으로 변화하고 있었다.

저자를 만나온 지 1년이 되어간다. 그 시간을 거치면서 저자의 성장을 보았다. 그가 속한 세상의 변화를 보았다. 세상에 우연은 없다던데, 난 전생에 무슨 덕을 쌓은 걸까. 한 사람, 한 세계의 발전을 지켜본다는 건 다시 없는 행운이다.

앞으로도 저자와 그가 속한 세계가 써 나갈 역사가 많이 궁금하다. 원고를 마무리하는 시점에 확진자가 일일 2~3만 명을 넘어서고 있지만, 믿음이 있다. 앞으로 어떤 일이 닥치든 우리는 이겨낼 수 있을 거라고. 넘어지고 자빠져도 결국 일어설 거고, 우리의 세상은 계속 이어질 것이다.

저자를 만나면서 내가 잘한 일이라고는 절대 마스크를 벗지 않은 것, 그것 하나뿐이다. 그가 만나는 환자들, 선수들, 스태프들 등 많은 이들을 생각하며 미팅 내내 물 한 모금 마시지 않았다. 책 작업을 돕겠다고 만나서 내가 배운 게 더 많은 미안함에 그것만큼은 기어코 지켰다. 축알못인 내게는 행운, 저자에게는 고단했을 이 작업을 마무리하면서, 저자에게 진심 어린 고마움을 건넨다.

엮은이 **박보영**

축구 국가대표 팀닥터의
Goal! 때리는 좌충우돌 분투기

로드 투 카타르

초판 1쇄 발행 2022년 7월 27일

지은이 김광준
엮은이 박보영
발행처 예미
발행인 황부현
편집 박진희
디자인 김민정

출판등록 2018년 5월 10일(제2018-000084호)

주소 경기도 고양시 일산서구 중앙로 1568 하성프라자 601호
전화 031)917-7279 **팩스** 031)918-3088
전자우편 yemmibooks@naver.com

ISBN 979-11-89877-91-0 03810

• 책값은 뒤표지에 있습니다.